文芸社セレクション

子犬とやぶ蚊としゃぼん玉。

橋本 ひろ実
HASHIMOTO Hiromi
郡山 還
KORIYAMA Kaeri

目次

子犬とやぶ蚊としゃぼん玉。

橋本ひろ実

登場人物

島本光一郎（郡山中央警察署総務部係長）
島本めぐみ（光一郎の妻）

雀之宮公三郎（郡山中央警察署総務部長）
鵜川和博（郡山中央警察署総務課長）
笠原静香（郡山中央警察署総務部職員）

福島学（郡山中央警察署刑事部警部）
笠原正修（郡山中央警察署刑事部巡査部長）
長谷川次郎（郡山中央警察署刑事部）
加藤悦司（郡山中央警察署地域部自動車警ら隊）

村松貴公（郡山中央警察署鑑識課主任）
浅木久美子（郡山中央警察署鑑識課）

勝間田響輝（郡山中央警察署長）

弓削武彦（郡山中央消防局救命救急隊）
佐藤正孝（郡山中央病院医師）
小野寺絵美（郡山中央病院看護師長）

重中裕俊（三穂田警察署刑事部警部補）
五十嵐恭子（いわき南警察署警備部巡査部長）
柏崎淑乃（福島県警察本部犯罪心理分析官）
新堀千鶴（福島県警察本部財務捜査官）
根本優（西那須野警察署長）
和田武一（西那須野警察署刑事部長）
小山吉文（西那須野警察署刑事課長）

平松一朗（郡山市長）
瓜生泰宏（福島県議会議員）

佐々木晃司（日本セキュリティーガード社経理担当専務取締役）
佐々木梅子（晃司の妻）
小比類巻聖人（日本セキュリティーガード社整備工場長）
田母神慎二（日本セキュリティーガード社総務部長）
若田部純（日本セキュリティーガード社社員）
飯島邦夫（日本セキュリティーガード社社員）

及川陸（民友新聞社報道部キャップ）
鈴木広行（民友新聞社報道部記者）
浦野雄三（民友新聞社報道部カメラマン）
橘川修一（日報新聞社報道部記者）
北里研二郎（週刊喜怒哀楽社取材記者）
津田柴三郎（テレビ郡山中央社報道局員）

黒滝眞理夫／キャプテン（闇バイト実行役）
黒滝正道（眞理夫の叔父）
ピーター（闇バイト実行役）

ポパイ（闇バイト実行役）
ジミー（闇バイト実行役）
ジャック（闇バイト中継役）
赤月智則（マイタウンブラック社指示役）

佐武宏（近隣住民）
佐武はるか（宏の妻）
花咲恋美（島本光一郎の元恋人）
葉山冨美雄（道の駅郡山南店駅長）
有栖川定徳（那須別荘地主）
春風くらら（子犬チャッピーの飼い主）

郡山中央病院

「こちら、郡山市中央消防局救急救命隊の弓削武彦《ゆげたけひこ》と申します。先ほど、消防司令室から受け入れ病院として紹介されました郡山中央病院でしょうか？」

「はい。救急患者の受け入れを承諾しました郡山中央病院急患受付窓口です。早速で恐縮ですが、患者さんの容体をお聞かせください」

「はい。三十代と思われる身元不明の成人男性一名を保護いたしました。呼び掛けにも、被害者からの応答がありませんでした。脈拍がほとんどなく、一見して死と間違われる状態でしたが、被害者の瞳孔反射があることを確認いたしました。目撃されたみなさんの手厚い人工呼吸法である心臓マッサージなどの応急手当てで体温が、一時的に維持されておりました。

脈拍数、血圧計測、呼吸数並びに心電図ともにかなり基準値より著しく低下しておりましたので、受け入れ病院が見つかるまで、司令室を通してマニュアルに従い、酸素吸入と人工呼吸などで呼吸が安定するよう救命・生命維持装置を装着いたしました。

また、脈拍並びに呼吸が乱れていましたので、静脈に栄養分補給を兼ねた点滴も注入いたしました。

受け入れよろしくお願いいいたします」

「はい。了解いたしました。

万全の態勢でお待ちしておりますので、気をつけてお越しください」

被害者男性を乗せた救急車は、けたたましいサイレンを鳴らし、パトカーを伴って一路郡山中央病院へ。

パトカーは、緊急要請をされた災害・事故などに対しては、消防局と警察署との間で情報共有することが大前提になっていたことから、速やかに駆けつけてくれていた。ただ、パトカーに同乗していた加藤悦司《かとうえつじ》自動車警ら隊巡査だけが、被害者の顔にどこか薄っすら見覚えがあるような無いような気がしていて頭から離れなかった。

病院の到着手前で、武彦は緊急サイレンを止め赤色灯を点けたまま、緊急車両停車位置に横付けた。

救急患者を待ち構えていた佐藤正孝《さとうまさたか》医師は、小野寺絵美《おのでらえみ》看護師長と看護師二名を従えて待っていた。

武彦たちは、救急車から飛び降り後部のハッチバックを開けて、救急患者が横たわっているストレッチャーを速やかに下した。

成人男性に装着されている二袋の点滴袋を支えているスタンドを、近くにいた看護師に引き渡した。

正孝を先頭に、看護師二人を引き連れて集中治療室（ＩＣＵ）へと直行した。

一方、絵美は武彦と悦司たちと一緒に救急ワークステーションの中へ。

ワークステーションは、患者の病気の原因や治療方法などを話し合う場所に設計されていた。

病気と向き合う患者と家族を中心に、病院から心と体の負担を軽減するためのメンタルケアを中心とした大事な場所の一つで情報交換の場所になっていた。

武彦は、現場で聞き取り調査を行なったワークシート（タブレット端末）を見つめながら、絵美に報告をはじめた。

「わたしたちは、災害・事故に遭遇した被害者に関する聞き取り調査の内容を報告させていただきます。

氏名は不明。年齢は三十代と思われます。

服装は、蛍光色オレンジ色のジョギングウエア装着。

所持品は、ワイヤレスイヤホンとウエストポーチ内に焼け焦げたブルートゥース機能搭載のスマートフォン一台。

その他、身元を証明するようなものは所持しておりませんでした。

今回の事故は、突然、晴天の空に異様な透明雲が発生し、荒池公園の真上に立ち止まり稲光と爆音が発生し、成人男性が直撃を受けたらしくその場に倒れ込んでしまった。

何事もなかったかのように雷雲は去って行ったそうです」

「報告の途中で恐縮ですが、今回災害に遭遇した被害者の顔に見覚えがありましたので、本署に問い合わせ中です。

今しばらくお待ちください。

もし万が一、わたしが見間違っていなければ、本署勤務の島本光一郎《しまもとこういちろう》総務係長ではないかと思われます。

ただ、元気な島本係長の面影がどこにも残っていない弱々しい姿から、本人でないことを祈っております」

突然、悦司が言い放った。

話を聞いた武彦と絵美が顔を見合わせた。

「分かりました。

身元が分かり次第、ご連絡ください」

話を遮られた武彦は、改めて報告書を見つめながら話を続けた。

「荒池公園を日課としてウォーキングを楽しんでいた佐武《さたけ》さんご夫婦の目の前で、稲光が成人男性を襲ったように見えたようです。

カミナリです。

佐武さんご夫婦は、自分たちも危ないことは分かっていたものの、何とかしなくてはいけない思いから、無我夢中で近くの木陰に移動させたことを振り返っていました。

被害者男性は、意識を失った状態で倒れ込みました。

見よう見まねでしたが、佐武さんは両手を組み合わせ被害者男性の心臓部分に押し当て必死に押していた。

人工呼吸は、周りの人たちと協力し合い交代で行っていたようです。

佐武さんの奥さんは、意識不明の被害者の様子を見ながら自分の携帯電話で、緊急連絡先の一一九番に連絡を下さいました。

わたしたちが駆けつけたときには、被害者の体温がほんのり温かかったのが忘れられませんでした。

速やかに、被害者を救急車の中に乗せ、本部並びに病院と連絡を密に取り、所定のマニュアルに従いながら処置してきました。

病院へ向かっている最中、被害者男性が微かに意識を取り戻したような仕草が見受けられました。

唇が動き、指を小刻みに動かしてきました。

うれしかったです。

名前が分かりませんでしたが、耳もとで勇気と励ましの声を囁き続けました。

正直、被害者男性は周りの人たちの協力により命を助けられたものと考えられます。

ただ、わたしも被害者男性をどこかで見たことがあるようでしたが、思い出せませんでした」

被害状況の報告を終えかけたところに、タイミング悪く悦司の無線通信機の周波数が合わなかったのか、雑音が激しく鳴り出し絵美たちは顔を見合わせた。

地下一階は、病院の心臓部である手術室や集中治療室などが集中していることから入館するに当たっては、無線通信機の電源を切るよう指示されていた。

悦司は、被害者に気を取られマナー違反を犯してしまっていたのである。

病院側も、電気通信に関わる精密機械などに影響を及ぼすことのないよう、事前にどんな電波でも完全シャットアウトするようシステム管理されていたのだが、緊急を要する電波だけが紛れ込んでしまっていた。

＊　＊　＊

悦司は、ワークステーションから離れ無線通信機の電波が届く地上へ向かった。

ワークステーション個室の扉が叩かれた。

悦司が頭を下げて入ってきて、開口一番、

「先ほどは、大変失礼いたしました。

被害者の身元が判明いたしました。

わたくしが予想していたことが当たってしまいました。

今回の被害に遭ってしまった方は、当署勤務の島本光一郎氏であることが判明いたしました。

災害現場で撮影された被害者の顔写真と両手の指紋を採取したデータを、本部鑑識課へ送信しておいた解析の結果、身元判明の人物が島本光一郎氏にヒット（繋がり）しました。

ご尽力をいただいた皆さんには、大変お世話になりました。

署長ならびに島本本人に成り代わってお礼申し上げます。

本当にありがとうございました。

また、島本さんの奥様と直属上司の雀之宮《すずめのみや》公三郎《こうざぶろう》総務部長が、こちらに向かっているとの報告を受けましたので、集中治療室の前では待つことが出来ないことを伝え、ワークステーションの中にある家族控室で待つよう案内させていただきました」

署長からの言葉を代読する悦司は、改めて頭を下げた。

「よかったですね。

名前が判明した島本さんは、正に隣の集中治療室で自分自身と戦っています。

島本さんは、一瞬の出来事で何も覚えていないものと思われます。

一日でも早く、島本さんの社会復帰に向けた最善の治療と心のダメージである精神面を取り除いてあげられる思いで、わたしたちも一緒に戦っていきたいと思っております」

優しく悦司に声を掛ける絵美だった。

＊　＊　＊

家族控室の扉をノックして、真新しい白い制服に着替えた執刀主治医の正孝が看護師を連れ立って入ってきた。

正孝は、島本《しまもと》めぐみたちに向かって、開口一番、

「ご安心ください。

無事、手術は成功いたしました。

あとは、島本様の体力の回復と心の傷口（メンタル）を、いかに早く正常に取り戻せるかが焦点になっています」

看護師は、数枚の光一郎に関するレントゲン写真を正孝に手渡した。

正孝は、レントゲン写真を眺めながら、

「今回、不慮の事故に遭遇された島本様の手術経過ですが、直接、雷が右側の肩口から右腰に装着していたウエストポーチ内のスマートフォンを通過して地面に電流が放出されたものと想定されます。

正直、雷が島本様の急所である心臓部分を外れていたことが、一命を取り留めた一番の要因かと思われます。

普通の生活に支障はないものと思いますが、体の部分に電流が流されているので、何らかの後遺症が残るかも知れません?

今後は、リハビリテーションを兼ねた経過治療を進めながら、様子を見てゆきましょう。

以上が、わたしから申し上げられる手術の処置と治療に関する報告です」

真剣に聞いていためぐみは、涙をハンカチで拭きながら、

「あ……り…が…とうございました」

次の言葉が出てこなかった。

涙が言葉をせき止めていたのである。

隣にいた公三郎が、正孝に、

「ありがとうございました。

大変失礼なことをお聞きしますが、先ほど先生は、普通の生活に支障がないものとおっしゃっていましたが、百パーセント大丈夫でしょうか？」

「わたしは、百パーセントと言いたいのですが、何事においても本人次第なんです。一番心配しているのは、今後どういう後遺症が残るか、わたしにも分かりません。良い方向に動いてくれると、信じておりますが……。長い目で見守ることにしましょう」

正孝は、明確な答えを敢えて避け、いつも決まって励ます言葉しか出来なかった。からだの不安定な光一郎に向けた言葉は、力強い励ましの言葉とこれから先お互い頑張りましょうの言葉で締め括《くく》るのであった。

なぜなら、からだの治療は完全に成功しているにもかかわらず、心の傷の痛みは計り知れないのである。

正孝は、いつも患者と寄り添い、心の治療にも積極的に取り組んでいた。

本当は、現実を知ってほしかったのだ。

郡山中央警察署（通称・郡中署《ぐんちゅうしょ》）

署長室から、人命救助に関わった佐武夫妻をはじめ数名の男性たちの笑い声が、廊下に漏れていた。

「人命救助に携わっていただいたみなさん！　ご歓談中のところ大変恐縮ですが、感謝状贈呈式の準備が整いましたので、恐れ入りますが、こちらの位置にスタンバイしていただきたいと思います。

　よろしくお願いいたします」

　ジェスチャーを交えて誘導する公三郎は、司会進行役の定位置についた。

「ただいまより、人命救助に多大なるご尽力いただきました佐武宏《ひろし》、はるかご夫妻をはじめみなさんに感謝状贈呈式を開催いたしたいと思います。

　ご列席いただいたみなさん！　特に、署員のみなさん姿勢を正して、勝間田響輝《かつまたひびき》署長はじめ佐武ご夫妻に向かって挨拶（礼）をお願いいたします」

「礼！」

　静粛な署長室の中は、制服の擦れ合う音が異様に響き渡っていた。

　感謝状授与式には、一命を取り留めた光一郎も出席していた。

光一郎の瞼には、今にも流れんばかりの涙が出来上がっていた。

「恐れ入ります。佐武宏様、はるか様、勝間田響輝署長の前までお進みください」

佐武夫婦はこのような儀式に従い慣れていないこともあり、手足が少しぎこちない動きになっていた。

県警記者クラブ所属の民友新聞社鈴木広行《すずきひろゆき》記者とカメラマンの浦野雄三《うらのゆうぞう》たちマスコミ関係者も多数参列していた。

雄三たちカメラマンは、お気に入りの一枚を撮りたいがゆえ被写体の邪魔にならないポジションをキープするのが常識になっていった。

「ただいまより、人命救助活動に多大なるご尽力をいただきました佐武ご夫妻に対しまして表彰式を行います」

笠原静香《かさはらしずか》が、お盆に乗せてある感謝状を公三郎に差し出した。

公三郎は、感謝状を響輝に手渡した。

感謝状を受け取った響輝は、

「感謝状　佐武宏殿、はるか殿
貴殿ご夫婦は　危険な状況を顧みず　人命救助に勤しみ　市民の模範となる行動に感謝するとともに　記念品を添えて表彰いたします　令和十年七月二十三日　郡山中央警察署　署長　勝間田響輝」

響輝から感謝状を宏に手渡された。

署長室は、割れんばかりの拍手が鳴り止まなかった。

ただ一人、光一郎だけは涙が止まらなかった。

感謝の涙であり、うれし涙である。

引き続き、はるかに響輝から記念品が手渡された。

のし紙付きの記念品の中身は、警察章（旭日章）が刻印された金杯である。

「引き続きまして、○○様署長の前までお進みください」

「……以下同文」

厳格な儀式が終了すると、改めて響輝から佐武夫妻たちに向かって握手を求めた。

「本当にご協力ありがとうございました」

儀式を見守った光一郎の涙は止まらなかった。

光一郎の涙姿を見た宏は、感謝状をはるかに手渡し、

「良かったですね。お元気になられたお姿を拝見し、わたしたちもうれしいです！」

握手を求めた宏に、光一郎は言葉が出てこなかった。

「……」

無情にもふたりが交わしている握手の拳に、光一郎の涙が流れ落ちた。

涙が、感謝の代弁になっていた。

抱擁の瞬間を雄三たちは、見過ごさなかった。

［パシャ、パシャ！」

カメラのシャッター音だけが、署長室に響き渡っていた。

広行たちは、すかさず宏と光一郎の間に入り込み、

「感動の中恐れ入りますが、ひとつお聞きしたいのですが、よろしいでしょうか？」

宏と光一郎は、顔を見合わせた。

個人的な光一郎本人に対する取材は、異例中の異例だった。

数々の難事件に関する高評価を得ていた警察署職員の光一郎は、時には福島県警察本部長はじめ郡山中央警察署長賞などを表彰されてきていた人物でもあった。

しかし、今回ばかりは被表彰の対象者になってしまった。

表彰式が終わると、恒例のマスコミ関係者による囲み取材がはじまった。

しかも、取材のターゲットは、光一郎に向いていた。

今回の不慮の事故に遭遇した光一郎本人は、死の淵から生還に導いてくれた市民の手厚い看護により蘇ってきたのが、不思議でならなかった。

これはもしかして、若くして自殺した元恋人の花咲恋美《はなさきこいみ》が、光一郎に向かって押し返されたように思えた。

『まだ、あなたは、こちらの世界に来るのは早いわよ。

あなたには、まだまだやることがいっぱい残っているでしょう。

もう少し、そちらの世界で頑張ってくれなくちゃいけないでしょう。

お母さんやめぐみさんを悲しませないで……』

恋美の心の声が光一郎を目覚めさせたのを、まだ本人は知らない。

何よりも、光一郎はうれしかった。

ただ、何のお返しも出来ないもどかしさに苦しむ光一郎は、正直、取材など拒否したかったのだが、自分を救助してくれた宏たちに感謝する手前、自分から断ることなど出来なかった。

広行たちは、根掘り葉掘り聞き取り取材することで、一言一句言葉のつなぎ合わせで尾ひれをつけて、紙面を感動的なストーリーに仕上げるべく仕掛けが出来上がっていた。

「島本さん、いまのお気持ちをお聞かせ願いませんか？」

光一郎は、目頭をハンカチで押さえ、

「……ありが…とうご…ざいました。

みなさんの…おかげを…もちまして、……一命を取り留める…ことが出来ました。

本当に…あり…がとう…ござい…ました……。

みな…さん…から……いただいた……この命を……大事にして…ゆきたいと思って

おります。

これ…からも、公務員の一員として市民として、みなさんのお役に立てるよう邁進してまいります。

今後とも、ご指導ご支援よろしくお願いいたします」

「からだの方は大丈夫ですか？」

「はい。本当にご心配をおかけいたしました。

まだ、頭の片側だけが激しい発作性の頭痛が差し込んできます。

それ以外は、特に気になるような症状はありません」

当初の取材では、涙声で聞き取れなかった言葉も、後半は精神的に落ち着いてきたのか言葉に乱れはなかった。

雄三たちは、光一郎の顔の表情をカメラに収めていた。

人命救助の第一人者の宏に、取材を申し込んだ。

「佐武さん、目の前で倒れ込んだ時の島本さんについて教えてください」

「はい。わたしたちは、いつものウォーキングコースをマイペースで走っていました。

わたしたちの前後左右に雷雲らしき雲はなかったのに、突然、ピカッと光ったと思ったら、ドッカンとけたたましい音が鳴ったかと思った瞬間、前を走っていた島本さんが倒れてしまったのです。

わたしたちは驚きました。

もう一度、上空を見上げたところ、小さな一つの透き通った雲らしき中で異様に光り輝く閃光が、わたしの目の中に飛び込んできました。

その雲は、何もなかったかのように西の方向へ飛んでゆきました。

倒れた島本さんをそのままに出来ず、近くにいたみなさんと協力して直射日光を避けるために直接当たらない場所へと移動させました。

顔面蒼白の島本さんに大きな声掛けをしたのですが、反応がありませんでした。

名前が分かりませんでしたので、大きく肩を叩きながら呼び掛けるも反応がありません。

呼吸を確認するため、わたしはわたしの耳を島本さんの口元に近づけました。

呼吸はなかったです。

わたしは、妻からハンカチを借りて、島本さんの口元へ。

島本さんの鼻を摘み塞いで、マウスツーマウス（くちづけ）を実践しましたが、反応は返ってきませんでした。

これはまずいと思い、心臓付近に両手を合わせマッサージを開始しました。

三十回繰り返し、周りの人たちと交代で実施しました。

この繰り返しは、救急車が来るまでの間、協力することをみんなで話し合いながら続けました。

正直、一般市民のわたしは、地域の安全安心まちづくりに協力できる消防団に入団していました。

ここで地元消防団の上級救命講習会で学んだ人命に関わる基本中の基本である人命救助に役立つ実践と知識を教えられました。

上級講習会では、救命救急の対応として原寸大の人形を使って数々のコース訓練を熟すことで、自然とからだに叩き込まれていたようにも思いました。

生身の人間を前にして、救命救急を実践するには躊躇しましたが、実践するには勇気がいりますよね。

でも、こうして島本さんの元気なお姿を拝見して抱き合うことが出来たのですから、何も言うことはありません。

本当にうれしいです」

感情溢れた言葉を言い終わった宏は、再び光一郎に抱きついた。

雄三たちは、決定的な瞬間である抱擁を見過ごさなかった。

再び、カメラのフラッシュ等の音が、署長室に響き渡った。

＊　　＊　　＊

各新聞社の見出しやタイトルは、

【あなたは、目の前で起こった事故を、どのように対処しますか!?】

【恋人や家族を守るために、あなたは救命救急の知識はお持ちですか!?】

【民間人が、警察署職員を救う!?】

新聞のタイトルよりも、宏と光一郎が抱き合っているカット写真や映像が紙面や画面を飾っていた。

それも、光一郎が感謝の涙を流しているカット写真や映像だった。

感動的な活字やテロップよりもカット写真や映像が、何よりも読者や視聴者の心を鷲《わし》掴《づか》みにするのだった。

はなさき醤油醸造所跡地での襲撃事件

「緊急指令！　緊急指令！　日本セキュリティーガード社（通称・NSG）の普通乗用車が襲撃されました。

繰り返します。日本セキュリティーガード社の普通乗用車が襲撃されました。

場所は、はなさき醤油醸造所跡地路上で襲われたとの連絡あり！

繰り返します。場所は、はなさき醤油醸造所跡地路上で襲われました。

至急、現場に急行せよ！」

突然、郡山中央警察署内に緊急事態発生の放送が、けたたましい音量で流された。

慌ただしくエントランスホールを駆け抜ける警察官。

＊　＊　＊

百年余りも続いた老舗中の老舗・はなさき醤油醸造所のシンボルでもあった黒い煙突や建物そして貯蔵倉庫などは取り壊され、昔の面影は一切残っていなかった。

残ったのは、広大な更地だ。

どのくらいの広さだろうか、高校のグランドに匹敵するぐらいの広さはあるだろうか？

西洋風の煉瓦《レンガ》塀も取り壊され、代替として有刺鉄線が張り巡らされていた。

道路に面した敷地内に、大きな立て看板［売地　問い合わせ電話番号０２４９－××－○○○○　管理者　郡山銀行本店］が立てられていた。

有刺鉄線が張り巡らされている箇所は、人間の背丈より高いススキやカヤなどの雑草が生い茂っていて、人間の目の位置から見通しが出来る状態ではなかった。

普通乗用車の襲撃事件が発生してから約一時間が経過していたのと、同時刻に日本セキュリティーガード社から乗用車が消えた旨の連絡が郡山中央警察署に飛び込んできた。

はなさき醬油醸造所跡地の南東に位置する場所に、黄色いビニールテープの規制線が張られ道路は閉鎖されていた。

立入禁止・KEEP OUTと記載されている規制線は、風に揺れていた。

テープを潜りながら、大勢の警察官が出入りしていた。

鑑識課主任の村松貴公《むらまつたかひろ》を中心に浅木久美子《あさきくみこ》たちは、道路にL型の数字やカタカナ入りの板を並べて、白チョークで目印を書きはじめた。

日本セキュリティーガード社の普通乗用車が襲撃され、車両ごと現場から消えたとのこと。

ただ、現金輸送車が何らかの理由で一般の普通乗用車に変更されていたため、車メーカーはじめ車種およびナンバープレートに表示されている番号などを、いち早く捜査に関わる情報を全署員に一斉送信していたことで、半径五十キロメートル以内を緊急配備するよう本部を通して指令されていた。

また、現金輸送車の代替車用普通乗用車が消えた状況の中、経路にまつわる足取り

は防犯カメラに、必ず写り込んでいると判断した福島学《ふくしままなぶ》刑事部長は声を荒げて、

「一般普通乗用車が消えている今、ＧＰＳから発信されている電波もキャッチされていない焦りから、唯一、手掛かりは防犯カメラや監視カメラなどに写り込んでいる手配車両を見つけることを最重要な課題である。

主要道路はもとより、車が通れる細い道路でも道路に面した防犯カメラ全てをチェックする必要がある。

防犯カメラは、手元の資料では数え切れないほど設置されているのは充分把握しているが、そんなこと言っている暇などないはずです。

諸君の聞き込みなどの手腕と足が頼りです。

少しでも市民の不安材料を早く取り除いていくことが、我々警察官としての使命であり、信頼を得ることが第一であると思います。

諸君！　大変だろうと思いますが頑張ってください。

よろしくお願いいたします！」

学が、捜査員全員へ激励と願いを込めて頭を下げた。

笠原正修《かさはらまさのぶ》巡査部長たちに指示命令を下した。

張りつめた緊張感が、一段と厳しいものになっていた。

正修は、声を高らかに、

「姿勢を正して、福島刑事部長に向かって礼！」

一斉に、学に向かって右手をこめかみにあてがった。

＊　＊　＊

一方、貴公たち鑑識課は、真っ先に犯罪捜査のため、場所、物、人物の身体などについて、強制的にならずにその実況を調べ上げる重要なセクションになっていた。

現場から消え去った一般車両（普通乗用車）の行方に結びつく、鑑識作業である遺留品探しに全力を注ぐのだった。

特に、久美子は鑑識課に配属されて日が浅い新人であった。

貴公の上司から、久美子を一人前の鑑識員に育て上げるよう指示されていた。

鑑識課の仕事は、事故現場や事件現場に残された遺留品を探し出し、犯人の特定や事件の真相究明に繋げる根気のいる職場になっていた。

一昔前までは、地面に這いつくばって天眼鏡を片手に遺留品を探すのが一般的だった。

いまでは、メガネ型拡大鏡を耳に掛け、地面を舐めるように懐中電灯で遺留品に繋げられる毛髪や足跡・タイヤ痕・破片・指紋・体液・植物片など、現場に残されたものを、一つひとつ収拾してゆくのである。

拡大鏡を長く掛け続けると、頭の片側だけに局限的に激しい発作的な頭痛に悩まされることも多かった。

貴公は、久美子に現場での教育を手取り足取り懇切丁寧に指導していった。

「浅木くん！　ケのL板をそこに置いてくれ！」

「はい。ここでよろしいでしょうか？」

「違う！　急発進と思われるタイヤ痕の傍に置いてくれ。

それから、タイヤ痕の周辺に木片が散らばっているので、採取袋に入れて保管してくれ！」

久美子は、ピンセットを器用に使い木片を採集袋に入れて、木屑を強力接着剤付シートで採集していった。

久美子は、机上で学んだことを忠実に頭の中で描きながら収拾するも、現場での対応は緊張感が張り詰める作業であることを肌で感じていたのである。

「浅木くん！　襲撃されたと思われるところに、排気ガスが付着している発煙筒が一本残されています。

採取袋に入れて、取り除いたら数字1のL板を置いてください。

それから、犯人と争った痕跡がある下足痕（革靴やスニーカーなど）が複数あると思うので、慎重に見極めて採取してください。

特に、ここを中心に写真撮影と目に見えない潜在足跡が見えてくる科学捜査用ライトを使用して、複数の下足痕を採取してください。

下足痕から、靴の種類やメーカー、そしてこの現場に人が何人いたかなどが判明することが多々あります。

俗にいう、下足痕の状況で犯人の身長や性別も解析されます。

だからこそ鑑識課は、人間で言う心臓に当たる血液に該当する大切な責務に位置しているものと、ぼくはひそかに思っています。

鑑識課は大変なところですが、やりがいのある最高の職場です。

鑑識課に人事異動を希望しても、なかなか入れるセクションじゃないことは分かってください。

選ばれし浅木巡査は、我々のホープなんです！

期待していますよ。

分からないことがあれば、何でも聞きに来てください。

わたしがもし分からないときは、お互い解決に向けた資料を紐解き研究を積み重ねながら、事実解明に結びつくヒントを導き出せるよう、お互い頑張りましょう」

上司らしい言葉を残して貴公は、遺留品に結びつく手掛かりを探すのだった。

犯罪現場で採取された証拠物件や遺留品の識別を、科学の専門的知識を応用し鑑定・検査する科学捜査研究所（別名・科捜研）が併設されていた。

犯罪の立証に不可欠な証拠を科学で明らかにする重要なセクションで、常に鑑識課と合同で事件解決に向けたバックアップ体制で捜査活動を支えているのであった。

＊　　＊　　＊

正修と長谷川次郎《はせがわじろう》巡査は、襲撃された普通乗用車を運転していた若田部純《わかたべじゅん》と助手席にいた飯島邦夫《いいじまくにお》に、事件にまつわる事情聴取を行った。

強奪犯から、大量の催涙スプレーを掛けられた純と邦夫は、ご丁寧にも両手首と両足首に結束バンドが掛けられていた。

恐怖感からか体が小刻みに震える純と邦夫は、大量の涙を流しながら激しい咳き込みで、正修たちを迎え入れていた。

純と邦夫は、「ゴッホン、……ゴッホン！」と咳き込み、背広の袖口で涙を拭き続けた。

正直、早急に目の治療などを受けたかったが、取引先の貴重品を奪われたショックから、そんなことを言える立場でないことは分かっていた。

一刻でも早く、憎き犯人たちを逮捕するための証言などを話したかったのである。

「長谷川くん。早く結束バンドを切り離してあげてください」

正修は、次郎に指示した。

純と邦夫は、両手を前に差し出した。

次郎は、万能鋏を用いて結束バンドを切断した。

ふたりの背広は所々有刺鉄線で切られたと思われる綻《ほころ》びがあり、植物の種子であるひっつき虫なども張り付いていた。

本来なら、隣で控えている救急車に純と邦夫を乗せ、目などの治療を優先にさせたかったが、郡山市初めての大事件が勃発していたことで、そんな生易しいことなど警察としては言っていられる状態ではなかった。

いち早く、事件解決に向けた犯人にまつわる新情報を全署員に徹底したかったのだ。

純と邦夫は、事情聴取を積極的に協力したかったものの、からだの震えが止まらなかった。

言葉を選びながら答えたかったのだが、真面に答えられる状態ではなかった。

上空では、県警のヘリコプターやマスメディアのヘリコプターやドローンなどが入り乱れて旋回しながら取材合戦が行われていた。

中核都市の郡山市誕生して以来の大事件であることは、物々しい報道陣の人だかりが物語っていた。

事件現場の空撮と犯人の足取りに結びつく逃走経路を模索するための手段として、飛行することも多かった。

「バタ、バタ、バタ！」「バリ、バリ、バリ！」

けたたましい音が交差する中、救急車や緊急車両などのサイレンも加わり騒々しい現場になっていた。

普通乗用車の強奪事件に関する事情聴取なのに、違和感も感じる大事件に繋がってゆくことを正修たちは、まだ知らなかった。

正修は空を見上げながら、純たちに向かって、

「まわりの音がうるさくて聞き取れないので、もう少し声を張り上げてもらえませんか？

また、分かっている範囲で結構ですので、ご協力をお願いします。

早速ですが、あなたたちは犯人の顔を見ていますよね？」

「……は、はい。はっきり見ているつもりですが、目が痛いのと咳が止まらなくて、どのように話してよいものか頭の中で整理がつきません……」

「ゆっくりで結構ですので、覚えていることを思い出しながらお話しください」

「ゴッホン、ゴッホン！

……は、はい。犯人の顔は、薄っすら覚えているのですが、突然の出来事に見舞われたことで頭の中がパニックっています。

申し訳ございません……。

わ、わたしが薄っすら覚えているのは、カーキ色の作業帽に作業服を着込んだ配達員のような姿で、メガネをかけ口には大きなマスク姿の男でした」

「何人組でしたか？」

「た、確か、三人組でした……？」

「三人組？　とは、何ですか」

「犯人たちが乗っていたピアノを運搬するバンボディ車（荷台がアルミ製の箱型トラック）に、マスクを掛けた運転手が乗り込んでいたと思います」

「ピアノ運搬車？」

「……はい。バンボディ車の側面にピアノのイラストが描かれていたのと、ルームミラー越しでしたが、確か令和ピアノセンターと書かれていたと思うのですが……？」

「ですがじゃなくて、はっきりしてください！

はっきりしないと、緊急配備の手掛かりの情報の一つになるんですよ？

ちょっとしたことでも重要なんです！」

純は、目を擦《こす》り頭を掻《か》きあげながら思い出そうと必死だった。

　純は、邦夫に向かって助け舟をお願いした。

「邦夫さんも見ていましたよね？」

　急に振られた邦夫は、返事に困りながらも、

「……わ、わたしもミラー越しですが、確かに令和ピアノセンターと書かれていたのを確認しました。

　間違いありません。

　わたしも薄っすら覚えているもう一人の犯人ですが、メガネをかけ大きなマスクから黒い髭のようなものがはみ出ていたことが、特に印象に残っています」

　次郎は、ふたりの聞き取り調査の内容を、しっかり書き留めながら携帯無線機を使って本部へ報告するのであった。

「犯人は三人組。

〝令和ピアノセンター〟と書かれているバンボディ車を緊急手配お願いいたします！

犯人が運転しています！

繰り返します！

犯人は三人組。

令和ピアノセンターと書かれているバンボディ車を緊急手配お願いいたします。

犯人が運転しています！」

次郎の本部連絡をよそに、正修は立て続けに質問を続けた。

「これから、もっとも重要なことをお聞きします！

あなたたちの普通乗用車が襲撃されるまでの経緯を詳しくお聞かせください」

「わ、わたしたちが乗っている車の後ろで、盛んに前照灯をパッシングしてくるバンボディ車が、ドライブレコーダー付ルームミラーとサイドミラーに映り込んできましたが、最初は無視し続けました。

急に、バンボディ車が横付けされて〝マフラーから煙が出ていますよ！〟って優しく言ってきたんです。

わたしは、車を急停止して後部を確認するつもりで、エンジンを切りました。

本来は、アクシデントが発生したときは、必ず本社と連絡することになっておりますが、余りにも気が動転していたこともあり、普通乗用車には本社と直結している無線機が設置されておりませんでしたので、携帯電話まで気が回りませんでした。

それだけ、気が動揺していたのかも知れません。

いま考えますと、わたしたちガードマン失格ですね。

先に降り立っていた作業帽男が、マフラーから煙が出ているのを指摘してきました。

慌てたわたしは、車の後部マフラーから煙が勢いよく出ていたので、助手席の邦夫さんに知らせようと、助手席のドアを開けるようお願いして開けてもらった瞬間、マスクから髭をはみ出していた作業帽を深くかぶった男が、後ろから催涙スプレーをかけてきました。

特に、目を中心に噴射してきたものですから、目の前が真っ暗で痛烈に痛くて何も見えませんでした。

正直、早く目を洗浄したかったですが、咳も出続けたこともあり胸が苦しくて何も出来ませんでした。

両目が強烈に痛くて、何も出来なかったのです。

本当に痛くて咳が止まらず、悔しかったです。

目を開けようと袖口で擦っていると、犯人から

〝静かにしろ！

大声出すと殺すぞ！

黙って両手を前に出せ！〟

わたしたちは言われるまま、犯人の指示に従いました。

突然、わたしたちの両手両足に結束バンドを装着してきました。

そのときに、わたしたち二人の携帯電話も奪い取られてしまいました。

結束バンドの装着が終わると、乱暴にも有刺鉄線が張り巡らされている藪の中に放り込まれてしまいました。

一瞬の出来事でした。

藪の中で、もがき苦しんでいるわたしたちをないがしろにした犯人たちは、わたしたちの普通乗用車を移動させようと盛んにエンジン音が切り替わるのが耳から離れませんでした。

また、エンジン音とは異なった大きな音も耳に飛び込んできました」

「どんな音？」

「はい。何かを持ち上げているような声が、犯人たちから〝よっごらしょっと〟のような掛け声が聞こえてきました。

言葉に濁りがあるように感じました。

どこかの方言ですかね？

時間は五分くらいかと思いますが、わたしたちには凄く長い時間でした。

目が見えなかったので想像でしか話せないのですが、わたしたちが乗ってきた普通乗用車をバンボディ車の中に載せていたのではないでしょうか？

それから、やたらと〝ガッチャン、ガッチャ、ガッチャ……ガッチャン！〟と異様な音も聞こえてきました」

正修は、次郎に向かって本部へ連絡するよう指示した。

すかさず、奪われた普通乗用車がバンボディ車に載せられた可能性を、次郎は本部に連絡するのであった。

正修は、立て続けに質問した。

「ほかに気づいたことはないですか？」

「……はい。普通乗用車を奪われてから気づいたことなんですが、わたしは大きなミスを犯してしまいました」

「大きなミス？」

「はい。会社から厳しく指導されていたルール違反です。

「ルール違反？」

「はい。車を離れるときは、必ず、車のキーを引き抜くことになっていたのですが、気も動転していたこともあり、パニックを起こしてしまい忘れてしまったのです。即ち、車のキーをつけっぱなしで、車から離れてしまったのです。

また、貴重品が入っていると思われるジュラルミンケースも一緒に奪われてしまいました。

本来なら後部トランクに入れて運ぶのが常識ですが、わたしたちの目の届きやすい後部座席の足元へしっかり施錠して、黒いシートで覆いかぶせて運んでいました」

「なぜ、貴重品を運ぶに当たって、現金輸送車じゃなかったのですか？」

「はい。現金や貴重品などを運ぶときは、事前に会社側が現金輸送車運行計画表に予約記入することになっております。

しかし本日、運行する予定の現金輸送車が不運にも、整備不良が事前に判明したので代替車を探しましたが、一般の普通乗用車しか空いておりませんでした。

会社の最高責任者である佐々木晃司《ささきこうじ》執行役員に相談のうえ上層部が協議した結果、一般車両で運行することが即決されました。

佐々木執行役員いわく、今回運搬する貴重品が一般の乗用車で運んでいることなど、誰も気づかないだろうとの安易な考えが浮かび運行に踏み切ったようです。

もし、今回の運行が成功したなら、裏ワザの一つとして採用するものと思ったんじゃないでしょうか?

ただ、〝何かあったら怖いけれどね〟とも言っていました。

だからといって、〝いつもこの裏ワザが使えるとは思わないでください〟と釘を刺されました。

〝今回に限り承認します〟とのお言葉をいただきましたので、今日に至りました。

万が一、一般車両での現金などの貴重品が強奪された場合は、損害保険契約書の中の運送保険は契約上の対象外に当たることも知らされ、補償債務されないことも説明がありました。

重大な仕事に変わりないことは分かっておりましたが、今日に限って襲われてしまったのです。

これから先、どうしましょうか？

わたしたちの責任問題も去ることながら、会社全体の取引先への信用信頼などの問題にまで発展するのが、一番怖いです。

会社への信頼回復に時間がかかることが、とても心配です。

明日のテレビ、ラジオ、新聞などマスコミの見出しが躍ることで報道などが気になります」

頭を抱える純に、追い打ちをかけるように次郎が、

「あなたたちは、ど偉《えら》い事件に巻き込まれてしまったんです。

この事件は、あなたの一生を左右するものと思われますが、心が折れることのないよう頑張ってください。

でも、ぼくがまだ生まれる以前にもなかった大事件が、この地域で本当に起きてしまったのですね。

それも、あなたたちはこの大事件の当事者であり、犯人の目撃者でもあるので、ここはよく思い出してください！

ご協力お願いします。

また、今回の貴重品などを輸送する車両が、一般の普通乗用車に替わったことを

知っている人は、何人いますか？」

「……わ、わたしたち含めて、五、六人ぐらいかと思います？」

「思います？　思いますじゃ困るんですよ。

これは、とっても重要な質問なんです！」

「……。

わ、わたしが知っている範囲では……。

佐々木執行役員と経理部長、運行管理者、整備工場長とわたしたち二人の六人だけだと思いますが……？」

「ところで、持ち去られたジュラルミンケースの中身は、何ですか？」

「わ、わたしたちは、ジュラルミンケースの中身は聞かされておりません。

わたしたちの間では、中身を知っていてもシークレットになっております。

今回も聞かされておりません。

いままで、当社が運搬した物件は、主に現金をはじめ債権（株券・有価証券・国債・地方債・社債など）や登記簿権利書（不動産売買契約書・土地付き建物売買契約書など）の貴重品が対象になっております。

が、中には、金の延べ棒や貴金属（宝石・腕時計など）をお願いされることも少なくはないですね。

な、なぜなら、中身を知らせると良からぬことを考えてしまい、最後には犯罪者になってしまいます。

これこそ、取り返しのつかないことが想定されます。

じ、自分から言うのもお恥ずかしい話ですが、こう見えても肝っ玉が小さいチキン男なんです（薄笑）」

正修たちに同情してもらおうとして、純は心にもないことを口走るのであった。

「ところで、ジュラルミンケースを、どこからどこまで運搬する予定だったのですか？」

「は、はい。前日、郡山建物ホールディングスからお預かりしておりましたジュラルミンケースを、郡山銀行本店へ届ける予定でした」

「最後の質問になりますが、運搬ルートは、どのように決まるんですか？」

「は、はい。その日によって異なるルートを、運行管理者から手渡されますし、車のナビゲーションに登録されます。

従いまして、わたしたちは登録されたルートで運搬することになっております」

「運搬ルートは、いくつぐらいあるのですか？」

「と、取引先によっても異なりますが、一般道路でも広い道路とか有料道路を優先的に運行して参ります。

なぜなら、このような危険な仕事を携えていると、必ず、監視カメラや防犯カメラがたくさん設置されている場所を走行するようドライブレコーダーなどに登録しております。

し、従いまして、今回も郡山銀行本店までのルートが登録されていました」

「ちなみに、今日の運搬ルートから外れることはありませんでしたか？」

正修の鋭い質問に、純は涙を流しながら天を仰いだ。

「……ル、ルートは外れていませんでしたが、途中で下水道工事をしているところが一か所ありました。

一時停車させられましたが、一分か二分間程度の停止でした。

ルートからは外れていません。

しかし、いま考えると、一時停車した後ろにいつの間にかバンボディ車がピッタリ着いてきていました。

道路を走っているときは、特に気にすることもなく通常の運搬ルートで走行しておりました。

バンボディ車の死角に入り、後ろに隠れて後続車がサイドミラーなどに映り込んできませんでした。

あまり気にも留めていませんでした。

ただ、わたしたちが乗っている全ての車には、現在の位置を正確に測定できるGPS（位置機能）が設置されていますので、現在地が判明するものと思われます」

知っている範囲の情報を話した純は、涙を流しながら項垂《うなだ》れる姿が責任の重大さを物語っていた。

純と邦夫は、人生最悪の一日になってしまった。

最後に疑問に思った次郎は、純たちに、

「わたしの思い込みかも知れませんが、現金などの貴重品などを運搬するに当たり、ガードマンの完全武装であるヘルメット・防弾チョッキ・警棒ならびに日本セキュリティーガード社独自に取得した周波数の携帯無線機などで身を包むんじゃないんのですか？」

「は、はい。おっしゃる通りです。

が、普通乗用車に乗り込んで運搬する場合は〝いかにも貴重品を運んでいますよ〟を醸し出さないようにスーツ姿で対応することが多いんです。

一般市民の目を引き付けないように細心の注意を払って運搬しております。

今回は、急遽、ガードマンの服装からスーツ姿に切り替えましたが、警棒だけは持参しておりました。

使うチャンスはありませんでしたけど……」

純からの報告に納得することしか出来なかった次郎は、二人の顔をじっと見つめることしか出来なかった。

正修は、緊急無線機を使って本部へ連絡しはじめた。

「緊急報告！　緊急報告！　盗難されている普通乗用車は、令和ピアノセンターと書かれているバンボディ車に載せられているものと思われます。

目立つバンボディ車ですので、そんなに遠くまで逃走出来るものとは思われません。

また、盗難された普通乗用車には、ＧＰＳなどが設置されていますので、至急検索捜査を行ってください！

以上、報告終わります！」

甲高い声での報告を終えた正修は、現場を後にした。

純と邦夫は咳き込みながら、隣に横付けされている救急車に乗り込んだ。

けたたましいサイレンを残した救急車は病院へ。

規制線が引かれている外から望遠レンズなどを使用して、マスメディア各社とも襲撃事件現場の撮影をはじめていた。

真剣な事情聴取などで神経が高ぶっている最中、人懐っこい子犬が次郎の左足にすり寄っていた。

いまの次郎には、職務遂行の大事な任務があるため、子犬の相手など出来る余裕などなかった。

民友新聞社のカメラマン雄三は、次郎と子犬との絡み合いの決定的瞬間を撮っていた。

相手にしてもらえなかった子犬は、尻尾《しっぽ》を下げ悲しそうな姿で去って行った。

郡山中央警察署内記者クラブ（通称・郡中署内記者クラブ）

「及川《おいかわ》キャップ！　大変です！

郡山市はじまって以来の大事件が発生してしまいました」

「鈴木さん！　声が大き過ぎますよ。

隣の島に筒抜けですよ」

唇に人差し指を当てる陸《りく》がいた。

郡中署《ぐんちゅうしょ》内記者クラブは、国県市（公的機関）や財界・経済団体連合会などの業界団体各組織の継続取材を目的とするマスメディア（新聞社、テレビ局、通信社など）が中心となって、各社から報道機関に所属する記者たちによって構成された自主組織の任意団体である。

特に、共同会見などの取材活動や相互親睦のために組織された団体でもあった経緯から、広行とライバル関係の日報新聞社報道部の橘川《きつかわ》修一《しゅういち》とは、配属された境遇などが似ていたこともあり、プライベートでも情報交換を兼ねた付き合う大の仲良しになっていた。

派遣された記者たちは、それぞれの派閥の中でも闘うこともあった。

また、警察署内に設置されている記者クラブは、事件・事故などの市民の安全安心情報が飛び交う特殊な職場なので、その都度プレスリリースが情報として投げ込まれてくることも多かった。

民友新聞社と日報新聞社などの仕切りは、パーテーション三枚分で仕切られていた。デスクも三卓で、ファックス付電話機とノートパソコンが置いてあり、徹夜作業になっても仮眠できるようソファーが一脚とタオルケットが一枚置いてあるシンプルな部屋になっていた。

広行は、プレスリリースをなぞりながら、

「はなさき醤油醸造所跡地での乗用車襲撃事件は、一億六千三百万円の現金強奪が目的でしたね。

なぜ、現金を運ぶのに一般乗用車を使わなくてはいけなかったのか、詳しい情報が必要かと思われます。

これから、わたしたちも他社に追い越されぬよう日本セキュリティーガード社や郡山建物ホールディングスなどへ聞き込み取材に行ってきます」

「くれぐれも、取材には深入りしないでください。

わたしたちは、警察の傘下団体でもなく刑事でもないことを肝に銘じて取材活動してくださいね」

広行たちに、叱咤激励する陸だった。

「了解しました」

広行は、あいさつを交わしながら雄三を連れ立って記者クラブを後にした。

＊　　＊　　＊

「誠にお忙しいところ恐縮です。

わたくしたち民友新聞社報道部の鈴木広行と浦野雄三と申します」

受付窓口の女の子に、広行は名刺を差し出しながら、

「若田部純様と飯島邦夫様に取材を申し込みしたいのですが、どちらの部署にお伺いをたてればよろしいのでしょうか？」

「しばらくお待ちくださいませ」

受付嬢は、目の前に置かれている電話機を使って、

「ただいま、受付に民友新聞社の鈴木様がお見えになっておりますが、事前にアポイントは取られていないようなのですが、如何いたしましょうか？

〝……〟

はい。かしこまりました」

受付嬢は、広行たち向かって、

「大変恐れ入りますが、お約束をされていない場合は、お断りするようにと言われました。

誠に申し訳ございません。

ただ、若田部と飯島の両名は郡山中央病院に入院されておりますので、不在でございます」

「それでは、若田部様と飯島様がいらっしゃらないのであれば、総務部長様にお目にかかりたいのですが、お願いしていただけないでしょうか？」

困り果てた受付嬢は、丁重に断るしか出来なかった。

諦めきれない広行は、規制線が解除された襲撃現場へ赴くことを雄三に伝え、日本セキュリティーガード社を後にした。

雄三は、スチールカメラ片手に広行の後について行くことしか出来なかった。

現場に着くなり雄三は、気になる箇所を選定して無心にシャッターを切りはじめた。シャッター音が、襲撃現場に響き渡った。

はなさき醤油醸造所跡地の売地・立て看板や警察署の鑑識課が付けたであろうチョーク跡やタイヤ痕などが被写体になっていた。

広行たちは、刑事と同じように事件解決の手掛かりになるような情報を、現場百回をモットーに足を使って摑むことしかないのである。

的《まと》を射ている情報は抱え込まずに、警察に協力提供することで早期解決の糸口になれば、後々の別事件事故に関する情報をいち早く入手することが出来る隠れシステムが残っていることが、暗黙の取引であることも否定できなかった。

別名、情報の裏取引である。

「及川キャップ！　今回の掲載記事は出来上がりましたが、インパクトのあるタイトルをつけたいのですが、如何いたしましょうか？」

「タイトル案は、いくつあるのですか？」

「はい。三案に絞り込みました。

第一案は【東北の玄関先で大事件発生！　問われる郡山中央警察署の対処方法は!?】

第二案は【消えた、一億六千三百万円は何処へ!?】

第三案は【巧妙に乗用車をバンボディ車へ。マトリョーシカタイプの強奪犯!?】

以上の三案で、如何でしょうか？」

「う〜ン、どれも捨てがたいタイトルなんですが、一つだけ気になるのがあります。余り、警察を刺激するタイトルはどうですかね？

こちらに有利な情報が揃っているなら、強気なタイトルをつけても良いと思うのですが、少し下手に出て情報収集を図ることで、ことが丸く収まるんじゃないのかな？」

陸は、キャップらしく優しく指摘するのだった。

「タイトルは、メディアの命です。

どうだろうか？

二案の良いとこ取りで、シンプルなタイトルはどうでしょうか？

例えば、メインは【消えた、一億六千三百万円！】文字級数は特大で、サブタイトルは【車を隠す、マトリョーシカを知る強奪犯!?】でどうですか？」

「それは良いですね。

掲載写真は襲撃現場を中心とした空撮の全体図は、如何でしょうか？

各社との差別化を図りたいと思います」

広行の頭の中には、構想案が出来上がっていた。

陸は、一言付け加えた。

「ここで良いかなと思っても、編集局では編集局の考えと面付などのバランスを考えたうえで判断することでしょう。

編集局としては、われわれ報道局の取材記事を活かせるように、何らかの創意工夫で紙面が仕上げられるものです。

時には、被害者の心情を傷つけるような記事内容や、一般市民に不快な気持ちを与えるような記事はバッサリ切られることもいっぱいありますから、編集局に任せましょう」

「ありがとうございます。

早速、最終校正された取材データを編集局へ送信しておきます」

広行は、陸へ頭を下げたのだった。

＊　　＊　　＊

ライバルの日報新聞社も、事件解決に結びつく有力な取材情報は掴めていなかった。

どうしても、強奪一億六千三百万円の金額に拘《こだわ》っていた。

修一も、新聞タイトルに悩んでいた。

一億六千三百万の現金が消えたことが、頭から離れなかったのである。

なぜなら、当日になって急に現金輸送車を一般乗用車に変更していることに疑問を抱いていたからだ。

余りにも、話が上手く出来過ぎていることに、修一は違和感を覚えていた。

当然、事件を数多く取材している者なら誰しも思いつく話ではあるが、十分な証拠も揃っていないのに、ペンの力を借りて書き上げることなど出来なかった。

何事においても、それなりの裏付けとなる証拠などをかき集めなくてはならないのだ。

物事に対して憶測や推測で記事にすると、小説よりも劣る情報紙になってしまい、誰もが見向きもしなくなってしまうことが、修一の脳裏を過った。

真実は、なんと言っても一つなのだ。

これは、警察も同じことが言える。

修一もまた、隣の島の民友新聞社の動向が気になって仕方がなかった。

修一も広行も、新聞記者ゆえスクープ（特ダネ）を掴む夢を描いて靴底をすり減らしながら取材を進めてゆく毎日だった。

いまは、インターネットなどの通信回線を利用して、いち早く最新記事なる情報を入手する若者も多く、いまや紙物（新聞紙や週刊誌など）の購読者数も激減して魅力が薄れつつあることは修一も広行も肌で感じていた。

　だから、新聞の良さをもっと広く知ってもらうために、官公庁はもとより経済界や警察などの詳しい正確な情報を読者に届けることに命を捧げる修一と広行がいた。

バンボディ車内での会話

「ヤッダ〜、ちょろいもんでスね？　キャプテン！（笑）
こんなに、うまぐいくとは思っていなかったでスよ。
これからが大変なんだろうと思うけど……警察は？」
バンボディ車の中は、乗用車の強奪に成功したことへの歓喜の渦で盛り上がっていた。
「ホント、ホント！」
「ピーターさん！　喜ぶのは、この車から離れたときにしましょう。
まだやることがたくさん残っています。
早速ですが、時間がありません。
その車にＧＰＳがついていると思うので、取り外すか切断してくれませんか？

また、三六〇度記録されているルームミラーの裏側に内蔵されているドライブレコーダー内チップ（マイクロＳＤ）も取り除いてください。

コンテナの中は、少し薄暗いかと思うので、いつも連絡用として使っている携帯電話に内蔵されているライトを使って作業してもらえますか？」

「了解！　任《まか》スといてや～」

ピーターは、車の元整備士らしく主電源を除いた配線を悉《ことごと》く切断して行った。

「終わりまスた！」

「了解。もう一つお願いがあります。

この車から離れるときに、前方隅に消火器が置いてあるので、運転席（盗難車両）中心に噴射してきてください。

少しでも、犯行の証拠に結びつく痕跡を消しておきたいのと、捜査の開始を遅れさせたいのです。よろしく！

いずれ分かることですけどね（笑）。

わたしたちが遠くまでの逃走と証拠隠滅を図るための時間稼ぎですから、今はやらないでください。

箱の中は密閉状態なので、消火粉末が飛び散って窒息死することも予測されます。

くれぐれも、みんなとは元気なからだで別れたいので、そこのところよろしく！」

「了解！　優《やさ》スいですね。キャプテンは！」

「ありがとう！」

ピーターに気を遣うリーダー格の黒滝眞理夫《くろたきまりお》は恐縮するのだった。

「キャプテン！　ぼくは、何をすればよろしいでしょうか？」

「そうですね。ジミーさんには、車の後部座席下にチェーンで固定されているジュラルミンケースを切り離してください。

切り離す道具は、消火器の隣にチェーンカッターが置いてありますので、それで切り離してください。

それでもダメなら座席を壊してでも良いので、ポパイさんと協力して切り離してください。

それからもう一つ。

日本セキュリティーガード社から貴重品などを運搬する時は、必ず警備保障会社と業務提携契約として電波送信機器が、ジュラルミンケースの底ないし取っ手部分に装着してあると思います。

それも取り除いて、破壊してください。

必ず、あるはずです。

ポパイさんも、協力してあげてください」

「了解しました。任せてんか〜！」

ジミーは、積極的に眞理夫に声を掛けるのであった。

「ガチャガチャ……ギッギッギッー」「バッタン……ゴリゴリバキッ！」

盗難車両の座席やジュラルミンケースを固定しているチェーンなどを破壊する異様な音が、コンテナの中で響き渡っていた。

車の隅で、カッティングシート（塩化ビニールシート）や破壊された電波送信機器などをかき集めてゴミ袋に押し込むようポパイに雑務処理を頼み込んだ眞理夫。

ポパイは、ジミーにメガネ越しではあるものの、目でＯＫのサインを送った。

眞理夫は、同時発着信できる携帯電話を使って、ピーターとジミーそしてポパイに今後の計画について話しはじめた。

まだ、眞理夫とピーターたちの車内での会話は、本部に筒抜け状態であることは知らなかった。

「これから、みなさんにとってもわたしにとっても大切なお話ですので、しっかり聞いてください。

車の振動で聞きづらいかもしれませんが、我慢して聞いてください。

いつでも、分からないことが発生したときは聞いてください。

先ほど、本部から〝おめでとう〟のお祝いメッセージが入りました。

今回奪ってきた、このバンボディ車と後ろに乗っている乗用車が発見されるのは時間の問題かと思われます。

そこで、このバンボディ車を近くの道の駅［郡山南店］に放置することを指示されております。

そこに、いま向かって走行しています。

それまで、いま着ている作業服は廃棄処分しますので、消火器の隣に紙袋二袋が用意されております。

その中に、あなたたちのカジュアルな洋服一式とスニーカーが入っていますので、着替えてください」

「すいません。わたスたちの洋服サイズとスニーカーサイズが異なっているはズですが、お分かりですか?」

「大丈夫です。事前に、あなたたちのサイズは調査済みです。間違いありません。安心してください」

本部からの指示を忠実に話す眞理夫は、話を続けた。

「これから先、どうしてもみなさんに守ってもらわなければいけないことが、一つだけあります。

それは、今日四人で行った襲撃事件は忘れてください。

万が一、誰かが警察署に連行されても黙秘は続けてください。

必ず、こちらから優秀な弁護士を差し向けます。

それまで、黙秘は続けてください。

わたしたちは、みなさんの名前も知らなければ連絡先や住所なども知りません。

分かっているのは、男であることとカタカナのニックネームでしか会話を交わしていませんからね（笑）。

その先は知りません。

顔を帽子やメガネそしてマスクなどで隠してきました。

わたしも、みなさんには素顔を披露することはありません。

これからも、お互いを詮索することなく、見ざる聞かざる言わざるを通してください。

これが、みなさんにとって幸せなんです（笑）。

もし、裏切るような行動に出たときは、それなりの手を打たせていただきます」

「キャプテン、ちょっと待ってください！

怖いこと言いまスよね。

その手ってなんでスか？」

「そこまで、わたしに言わせるのですか？

あなたたちは、短期で高収入を得るために、パソコンやソーシャル・ネットワーキング・サービス（ＳＮＳ）などで検索して、闇サイトへ応募して来たのですよね？

仕事の内容は分かっていなくても、この企画に参加してくれました。

そして、成功しました。

子どもじゃないんですから、お察しください。

単に、あなたたちが選ばれた理由がいっぱいあります。

あなたたちは、選ばれし優秀な戦士であり同志なんです。

多数の応募者の中から選ばれたんですよ。

あなたたちだけが……。

自信を持ってください。

それを考えたら裏切り行為など出来ないはずですよね。

もし、裏切るような行為をすれば、あなたたちの親、兄弟、家族そして恋人にも危害が及ぶことでしょうね」

眞理夫の口から、恐喝まがいの言葉がはじめて飛び出した。

ピーターたちは、今まで和気あいあいと仕事を熟し優しく接してきた眞理夫が、急に豹変していったことが、怖かった。

驚きの余り肝っ玉の小さいポパイは、心臓が口から飛び出るぐらいの衝撃を受け、呼吸困難に陥《おちい》っていた。

胸が苦しく、からだの震えが止まらなかった。

畳みかけるように眞理夫は、話し続けた。

「先ほども言いましたが、わたしはあなたたちの名前も知りませんし、どこの誰だかニックネームしか聞かされておりません。

あなたたちの住所、氏名、年齢、本籍や運転免許証ナンバーやマイナンバーカード等々は、事前に本部が収得済みです。

もう仲間になった以上、こちらの指示に従って行動していただきます。考えてください。

たった三十分弱の仕事で大金が入ったんですよ。

正確に言えば、二十二分二十二秒でした。

みなさんは、本当に物分かりが早くマニュアルに則《のっと》り、何事においても欠けることなくスピーディな仕事運びが、時間短縮に繋がったものと思われます。

もう、あなたたちは、令和の石川五右衛門です！

バイト代は、それぞれの紙袋の中に入れてあります。

後ほど、楽しみに開封してください。

二十二分二十二秒のお仕事で大金を手にしたんですよ。

それも、二並びですよ。

あなたたちは、素晴らしい!?

こんな美味しいお仕事など、どこの世界を探してもありませんよ。

反対にあったら、わたしに紹介してください（笑）。

この携帯電話が繋がっていた場合ですけどね？

今回の仕事を考えると、時間との戦いとスリル感があり過ぎて、本部からのマニュアルどおりに実施したことが、成功につながったものと思われます。

わたしは、的確に指示を出すだけで無我夢中になり過ぎて、正直覚えていません。

でも結果、みんなの行動一つひとつが無駄なく成功に導いていてくれていたんです。

本当にありがとうございました。

お疲れ様でした」

コロコロと変わる眞理夫の言葉に戸惑うジミーたち。

＊　＊　＊

「いま、道の駅［郡山南店］に向かっていますが、一度に四人がバンボディ車から降りる際に、後続車が一番怪しく思うので、そこは避けたいと思います。

一番大変危険です。

出来れば、着替えが終了している人から順次下車してください。

こちらから、下車する場所を指定しますので、準備だけはしておいてください。

出来る限り、人通りの少ない場所と防犯カメラ等が設置していないところを選びます。

また、警察も幹線道路には検問所が設けられていますので、そこを避けて運転して行きます。

何せ車が大きいので、人目につきやすいので細心の注意を払って駐車できる場所を探しています。

下車するときに、最初に手渡した携帯電話やインカム（補聴器）などは、ビニール袋の中に放り込んでください。

よろしいですね。ピーターさん、ジミーさん、ポパイさん！

下車する際は、一人だけですよ。

協力してくださいね」

［シュ～、シュ～……シュ～］

強奪した乗用車の運転席を中心に、消火器を噴射させた。

少しでも、強奪事件解明が遅れることを意識しての散布である。

コンテナの中は、ピンクの粉が飛び散って前が見えなくなった。

時間が経つにつれ消火器の白い粉は空気より重いこともあり、通常のコンテナ内部へと戻って行った。

ピーターたちは、お互いの顔を見合わせ言葉を発せず暗黙の頷きで了解するのであった。

「あの場所には、誰一人いませんので、準備してください。

出来れば、今回の仕事に使用した作業着は紙袋に入れて持ち帰り、責任を持って自分で処分してください。

焼却するなり、普通の一般ゴミとして処分してください。

くれぐれも、自分の地域では処分しないでください。

よろしくお願いいたします」

眞理夫は、バックモニター越しに最終停止位置を確認したうえで、ポパイたちに停止する旨を呼び掛けで、ピーターが動いた。

バンボディ車が、静かに路肩に停車した。

ポパイとジミーは、コンテナ内側から錠を外し、ゆっくり扉を開けてポパイを誘導したのだった。

仲間意識が芽生えていたのか、淋しかった。

運転席の眞理夫は、

「ピーターさん、お疲れ様でした。

これからは、見ざる聞かざる言わざるですよ」

唇に人差し指を押し当てながら、親指を立てて別れを惜しんだ。

ピーターは、マシュマロカットの頭髪とサングラスに大きなマスクを掛けた若者に変身して、大切そうに紙袋を小脇に抱え下車した。

遠ざかるピーターを見送りながら眞理夫は、急きょ細い路地に入り駐停車出来る場所を探しはじめた。

ただ、民間住宅でも簡易的な防犯カメラが設置されていそうな場所は避けて通行するのであった。

だれも住んでいなそうな廃墟の家前で停車した。

コンテナ内の錠をポパイが開け、勢い良く地面に向けジャンプするジミーだった。

ジミーも、カジュアルスーツ姿にサングラスとマスクからはみ出すあごひげが印象的なスタイルで紙袋を抱え、バンボディ車を後にした。

「ジミーさん、ありがとうございました。

ジミーさんも、見ざる聞かざる言わざるですよ」

ジミーに手を振りながら眞理夫は、幹線道路から外れ細い路地を突き進んだ。

眞理夫は、逐一、本部との連絡は忘れてはいなかった。

「現在、目的地の〝道の駅郡山南店〟に向かっておりますが、幹線道路を避けて細い路地を突き進んでいます。

車の中には、ポパイさんとわたしだけが残っております。

道の駅には、あと五分少々で到着する予定です」

「了解。気をつけて運行して来てください。

くれぐれも、検問に引っかからないよう慎重な運転期待しております」

「はい。了解しました」

＊　　＊　　＊

「間もなく、道の駅に到着いたします」

「了解。道の駅に到着した際には、防犯カメラの死角に位置する荷捌き場控え駐車場に乗り捨ててください。

一般駐車場に、濃紺のフィットシャトル車がキー付きで置いてありますので、乗り換えてください。

くれぐれも、痕跡を残さぬよう細心の注意を払って下車してください。

ジュラルミンケースなどは車のトランクへ、ポパイさんとあなたで運んでください。あなたも着替えは済んでいると思いますが、ポパイさんには顔を見られぬよう変装には注意してください」

「了解しました。

早速、ジュラルミンケースを車のトランクに入れてきます」

「くれぐれも、防犯カメラに写り込まないよう細心の注意を払って行動してください」

重いジュラルミンケースを、誰にも見られることのないよう細心の注意を払ってトランクに載せ替えた。

眞理夫は、バンボディ車の中を隅々見渡した。

強奪に関わる痕跡が残っていないことを確認した眞理夫は、廃棄処分するビニール袋を肩に担ぎながら、本部へ連絡をはじめた。

「すべて終了しました」

「お疲れ様でした。

これからが、大変かと思われます。

ひとまず、お疲れ様でした。

ところで最後まで手伝っていただいたポパイさんには、まもなく郡山駅行きのシャトルバスが到着する予定です。

案内してあげてください。

また、運転席にも消火器をばらまいてください。

何事においても、わたしたちは完全犯罪を目指しておりますからね」

本部からのメッセージを確認しながら、眞理夫は、

「ポパイさん。まもなく郡山駅行きシャトルバスが到着します。

短い時間でのお付き合いでしたが、とても楽しかったですよ。

また、いつの日かお仕事が出来るとうれしいです。

それまで、からだに気をつけて頑張ってください。

色々、ありがとうございました。

さようなら！」

ポパイは、帽子を深くかぶりサングラスに大きなマスク姿で、シャトルバスの中に消えた。

この時ほど、コロナウイルス感染防止のマスク着用に感謝するのだった。

眞理夫は、事前に用意されたフィットシャトル車に乗り換えて、颯爽《さっそう》と東北自動車道の郡山南ＩＣ（インターチェンジ）の中に消えて行った。

郡山中央警察署・臨時捜査会議

臨時捜査会議室は、大会議室を代替として開放されて作られた。

大会議室の前では、お互い先を争っての情報伝達により混乱状態。

「みんな！　忘れていませんか？

大都会などで起こりうる現金強奪事件が、ここ東北の玄関口のわが署で起こってしまいました。

これは、わたしたちに対する挑戦状を突きつけられたものと思っております。

どんなことしてでも、わが署が総動員掛けてでも解決しなくてはいけない事件なんです。

こんな事件ごときで、市民に心配を掛けちゃいけないんです。

初心忘るべからずの精神で、捜査を強化したいと思います。

これから、現金強奪事件に関する情報交換も兼ねた会議を期待しています」

叱咤激励も兼ねた響輝から捜査会議がはじまった。

あいさつを兼ねた響輝の言葉に、恐縮する学は会釈しながら立ち上がった。

「わたしは、署長のように甘い言葉では会議を進めたくありません。

わたしに、わかりやすく報告してください。

ところで、コンテナ車と言うかバンボディ車は見つかっていないのか？

盗難車から発信されているＧＰＳの電波を傍受出来ていないのか？

あんな大きい車が、忽然と市内から消えることがあるのか？

しゃぼん玉が消えたのとは違うんだよ。

検問所は、何か見落としていないか？

そして、何らかの形に縛られていないか？

例えば、令和ピアノセンターとバンボディ車がおしなべて同じになっていると思い込んで検問していないか？

何をしているんだ！

良いか！　バンボディ車と令和ピアノセンターとは切り離して捜査しているんだろうね？」

学は、刑事部全署員に向かって、一方的な質問を大声で叱りながら言葉を巧みに使い分け、気持ちを奮い立たせるのだった。

刑事部に、刻々と新たな情報が舞い込んできていた。

「警部！　パソコンから検索アプリを使って〝令和ピアノセンター〟で検索したのですが、ヒットしませんでした。

再度検索したのですが、問い合わせの〝令和ピアノセンター〟では見つかりません〟の表示しか出てきません。

この会社は、架空会社かと思われます」

「間違いないか？」

「はい。間違いありません」

「じゃー、どこに消えちまったんだ。

しゃぼん玉じゃあるまいし！」

捜査に行き詰まりを感じた学は、思うようにことが進んでいないことに、苛立っているのを薄々自分でも気づいていた。

「分かった。全ての幹線道路を閉鎖して、コンテナ車やバンボディ車ならびに大型車を絞り込んで強制的に中を調べろ！」

「至急、至急！　こちら本部！　全ての幹線道路を閉鎖せよ！

繰り返す！　全ての幹線道路を閉鎖せよ！

特に、コンテナ車とバンボディ車ならびに大型車を中心に、箱の中を捜査せよ！

もう一度繰り返す！

コンテナ車とバンボディ車ならびに大型車を中心に、箱の中を捜査せよ！　以上！」

＊　　＊　　＊

勝間田署長はじめ福島刑事部長やそれぞれの部署幹部たちは、前列に陣取り向き合う形で、第二回目の捜査会議がはじまった。

幹部連中が勢ぞろいした捜査会議の進行役を任せられた正修は、緊張しながらも口火を切った。

「ただいまから、現金輸送車襲撃事件現場での犯人に結びつくと思われる手掛かりを中心に、遺留品などの鑑定をお願いしていました鑑識課の村松主任から報告お願いします」

指名された貴公は、助手の久美子とともに立ち上がり、会議室の演壇前に設置されている白板に近づいた。

久美子は、襲撃された現場写真を白板に貼り出していった。

「ここに貼り出されております現場写真は、ごく一部です。

みなさんのお手元に用意しました資料は、ここに貼られているものとまったく同じものです。

そのお手元資料を見ながら、事件解決に繋がると思われるヒントを中心に、各自捜査に役立ててください。

まずはじめに、路上に置かれている数字とカタカナで表示されたL板を、タイヤ痕や遺留品などを中心に区分けして置いております。

タイヤ痕は、どこからどこまでの間でブレーキを掛け停止したかを割り出し、車のスピードなどを逆算して捻出します。

このブレーキ痕から、時速五十キロメートルで走っていたものと推定されます。

また、襲撃現場から多数の木片が発見され、科捜研で分析の結果、広葉樹の中の欅《けやき》であることも判明いたしました。

その欅は、南関東地方のものであることも分かりました。

何に使用したかは、現在分析中です。

遺留品の中で一番多く発見されたのは、下足痕であります。

中でも、五、六人の入り乱れたものでした。

スニーカーや革靴の形のもので、靴底からメーカーやサイズなどを割り出すことを科捜研に要請しております。

それまで、いましばらくお待ちください。

そんなに時間はかからないものと思われます。

徹夜作業してでも、割り出しに努めたいと思います。

以上が、鑑識課からの報告です」

「鑑識課からの報告でしたが、何かご質問があればお聞きして参ります」

「下らない質問で恐縮ですが、下足痕から身長が割り出されると聞いておりますが、本当ですか？」

「はい。簡単に算出されます。

今回の強奪犯と被害者の下足痕を区別して、早急に割り出します。

今のところ、犯人の中に身長一メートル八十センチクラスの若者がいたことも分かっております。

これは、被害者の二名の身長が標準値の一メートル六十八センチ以下だったので自動的に取り除くと、自ずと犯人のものであることが判明いたしました。

残りについては、今しばらくお待ちください」

「ほかに、ありませんか？」

「……」

「質問がないようなので、これから刑事課が聞き込み捜査などで現在分かっている範囲の情報を、全署員が共有するために発表します。

それでは、報告をお願いいたします」

正修は、会場を見まわしながら捜査会議を進行するのであった。

「聞き込み班を代表して、分かっている範囲で結構ですので、重中裕俊《しげなかひろとし》警部補から、お願いします」

裕俊が立ち上がるときに、椅子が床と擦れる音が会議室の中に響き渡った。

「はい。まずはじめに〝はなさき醤油醸造所跡地〟周辺地域で、下水道工事やガス工事などの道路占用許可申請書は交通課に提出されておりませんでした。

即ち、現金輸送車を襲撃するための作戦かと考えられます。

現在、襲撃された同日同時刻を走行していたドライバーさんに協力を求め、車内に設置されているドライブレコーダーを提出してもらうよう、一車一車停止させ要請させていただいております。

時間の問題かと思われます。

また、マスコミを通して襲撃された同日同時刻に〝はなさき醤油醸造所跡地〟周辺地域を走行していたドライバーさんに向けた協力要請記事を掲載していただくこともお願いしてあります。以上です」

裕俊は、報告を終了すると同時に、所定の椅子に着席した。

「ありがとうございました。

引き続きまして、過去から現在に至るまでの膨大な犯罪データをもとに、犯罪を行った犯人の心理状態や行動パターンなどを分析して、犯罪捜査の支援を行なう柏《かしわ》崎淑乃《ざきよしの》犯罪心理分析官（プロファイラー）から、事件に関わる犯罪心理を分析していただきました。

特に、犯罪現場に残された遺留品や犯罪の痕跡、犯行動向などを事細かく分析しながら、犯人の行動の特徴などを推定していくポジションになっていた。

柏崎心理分析官、よろしくお願いいたします」

淑乃は、白板の前まで進み立ち止まり、指し棒を使って、

「みなさんの手元に届けられています資料を見ながら、話を聞いてください。

ここに、複数の下足痕が採取された写真がありますね。

ここから事件の背景が見え隠れしています。

この強奪犯人からの行動パターンを推理していくと、ここを注目して見てください。

この下足痕から、全てがつま先立ちになっていないことが分かります。

普通ならスピーディに仕事を熟《こな》すには、どうしてもつま先たちになりがちですが、しっかりと踵《かかと》が残っています。

これで、犯人たちが慌てず冷静に行動していることが分かってきます。

一人の下足痕を特定して分析すると、規則正しい歩幅が残っていることで、ある程度の速度が計算されます。

この襲撃された時間を計測すると、二十分から二十五分間の間で行われたものと推

定いたします。

また、現場に残された木片ですが、襲撃した車をバンボディ車の中へ移動するために使用した渡し板の可能性が高いかと思われます。

最後になりますが、被害者が耳にした〝ガッチャン、ガチャ〟の音ですが……。何の音なのか録音などがあれば分かるのですか、人間が作り出す擬音では分かりかねます。

もう少しお時間をいただけますと判明するかと思われます。以上、報告終わります！」

「ありがとうございました。以上で報告会を終了いたしますが、何か付け加えるような報告があれば挙手してください！」

正修は、捜査会議を締めようとしたとき、再度、裕俊が手を挙げた。

裕俊は、隣街の岩代警察署から不定期で郡山中央警察署刑事部へ配属になったベテラン刑事である。

数々の事件解決などに繋がる聞き込み捜査は、刑事として見習うべき手本になっていた。

本来なら、優秀な刑事ほど異動の対象から外されることが多かった。

しかし、響輝は必要以上に、県警本部警務部へ直談判して情報を仕入れていた。

隣街の三穂田警察署に、響輝の希望する逸材人物がいることを知った。

署長同士の話し合いの末、裕俊の将来性を考慮して郡山中央警察署へ異動することが実現したのだ。

「誠に申し訳ございません。

聞き込み班として、どうしても気がかりで納得が出来ないことが頭から離れません。

それは、現金輸送車が、なぜ当日になって普通乗用車に変更させられたのか疑問が残りますし、意図的な作為が感じられます。

いとも簡単に、一億六千三百万円の現金が入ったジュラルミンケースを一般乗用車に入れ替えるでしょうか？

考えられませんよ。

一億六千三百万円ですよ。

それも、日本銀行が二十年に一度紙幣を変えたばっかりに起こった大事件です。

古い紙幣ですと、早く処分しないと使用できなくなってしまう恐れがありますが、今回は慌てて使用しなくても良い訳ですから……。

特に、内部の犯行が匂う中、これからも慎重に慎重を重ね聞き込み班として、捜査する予定です。以上です！」

「ありがとうございます。

事件の解決につなげる聞き込み班は、わが刑事部の要です。

体に充分気をつけて頑張っていただきたいと思います。

最後に、勝間田署長から激励のお言葉をいただきたいと思います。

一同、起立！」

道の駅［郡山南店］捜索開始

「福島警部！　道の駅郡山南店駅長の葉山冨美雄《はやまとみお》様から、ニュースなどで騒がれているのと似たコンテナ車が、業務用駐車場を無断で駐車されている旨の連絡が入っております。如何いたしましょうか？」

「何を言っているんだ。

君は、早く繋げなさい！」

学は、固定電話のスピーカーボタンを押した。

冨美雄の声が、刑事部の中に流れた。

「電話代わりました。

刑事部長の福島です。

ご協力ありがとうございます。

もう一度、詳しくお話ししていただけないでしょうか？」

「はい。今日のお昼前だったと思いますが、業務用駐車場にコンテナ車が停車してありました。

わたしたちは、運転手さんが休憩で車から離れているものと思い込みスルーしていました。

なかなか運転手さんが戻らないので、次から次へと業務用駐車場に荷捌き車が出入りしていることにしびれを切らし館内放送しました。

待てど暮らせど一向に運転手さんが戻ってきません。

従業員が手分けして探しましたが、運転手さんが見つかりませんでした。

途中で従業員が、このコンテナ車は郡山中央警察署で探している物じゃないかと声が上がり連絡した次第です」

「ありがとうございます。至急、道の駅郡山南店周辺を走行しているパトカーに連絡を取り、そちらに向かわせます。

ご連絡ありがとうございました」

受話器を叩きつけるように、学は固定電話に受話器を戻した。

「ほら、一般者からの通報で消えていたバンボディ車らしき車が見つかった旨の連絡が入ったじゃないか？

　みんなも聞いていたよね。

　あれだけ探していたバンボディ車が、幹線道路を閉鎖したにもかかわらず、道の駅郡山南店で発見されたんですよ。

　検問所は、いったい何をしていたんですか？

　あなたたちの顔には目がついていないか？

　情けないし、恥ずかしいです。

　重中警部補！　鑑識課を連れて、至急、道の駅郡山南店に向かってください」

「はい。了解しました！」

　裕俊は、学に向かって敬礼して刑事部を後にした。

　裕俊に続いて、部屋にいた正修たちも刑事部を後にし、道の駅郡山南店周辺を中心に聞き込みへと飛び立った。

＊　　＊　　＊

　バンボディ車の周辺を立入禁止区域とし、規制線テープを張り一般人を閉め出した。

「バリ、バリ……パタ、パタ、パタ!!」

上空には、警察のヘリコプターやマスコミ各社のドローンが爆音を鳴り響かせながら旋回し、撮影を開始していた。

道の駅郡山南店の周りには、たくさんの野次馬の一般市民が耳を塞ぎながら覗き込んでいた。

実況見分がはじまった。

規制線の外には、マスコミ報道陣である広行たちも立ち会っていた。

シャッターチャンスを逃すまいと雄三たちも、コンテナの中が一番気になって仕方がなかった。

バンボディ車のコンテナ扉を開けた瞬間、白い煙が噴き出した。

一瞬、コンテナの中で火災が発生しているように思えたが、白い粉が舞い上がった。

強奪犯が、消火器を使って証拠隠滅を図った粉末だった。

［パシャ、パシャ……パシャ］

望遠レンズ付きカメラのシャッター音が、道の駅を包んでいた。

「エッ〜、なんだ、これは?」

裕俊は、言葉に詰まってしまった。

コンテナの中で残された盗難車両が、見るも無惨な姿に変わっていた。

すかさず、裕俊は招集された全署員に向かって、

「現金輸送中の盗難車両を発見しました！

強奪犯は、証拠隠滅を図った行動が、ここにも表れています。

ここは、強奪犯人に結びつく証拠品などを採取していただくため、鑑識課の領域では細心の注意を払って邪魔にならないよう作業を進めてください。

村松鑑識官！　よろしくお願いします」

裕俊は、貴公に向かって敬礼した。

再度、裕俊は、招集された署員を集めて、

「わが班も、犯罪者を野放しにしておくことなど出来ません。

いち早く、強奪犯を逮捕することで、市民の安心安全な街並みを取り戻したいと思います。

みなさんの耳をダンボのように押し広げ皿のように目を見開きながら、聞き込みを開始してください！

よろしく。解散！」

裕俊の声は携帯無線機を通して、本部の学たちにも流れていた。

だれからともなく、裕俊に敬礼しながら聞き込みへと一斉に走り出した。

＊　＊　＊

貴公や久美子たちは、自分の髪の毛などが強奪犯人たちの者と間違われないように頭にビニールキャップを被り、足元の革靴やスニーカーにはビニールカバー袋を装着して作業をはじめた。

バンボディ車をはじめコンテナの中は、強盗犯の足跡などが鮮明に残されていた。

久美子は、一つひとつ採取していった。

貴公は、鑑識員たちとコンテナの中に取り残されていた欅の板二枚とステール製脚立を外へ運び出した。

外に運び出された欅の板や脚立から、指紋などが検出されないか特殊スプレーを掛け特殊メガネを装着して、一つひとつ確認していった。

指紋などは検出できなかった。

手袋などを装着していたものと思われた。

強奪犯人は指紋が検出されないことも想定して、あえてたくさん軍手紋を残していた。

探せるものなら、探してごらん状態になっていた。

ゲーム感覚である。

これは、警察に対する挑戦状でもあった。

歯がゆい捜査に腸《はらわた》が煮えくり返る思いの学は、不機嫌極まりない表情が顔に出てしまっていた。

言葉も荒々しくなり、近寄りがたい上司の一人になっていた。

学の心のよりどころで話し相手になってくれる正修は、現場に出向いて本部にはいなかった。

本部に残っている署員は、いたたまれなくなって席に座っていることなど出来なかった。

一刻も早く事件を解明するためには、郡山中央警察署の駐車場に襲撃されたバンボディ車を移送して、実況見分するしかなかった。

大事件が発生した今、そんな悠長なことなど言っていられる状態ではなかった。

道の駅の駐車場も広かったこともあり、葉山駅長の冨美雄に頼み込んだ。

冨美雄から、快く承諾された。

「警察に全面協力するのは、市民としての義務かと思っています。どうぞ、ご使用ください」

ありがたい言葉に励まされた裕俊は、貴公に駐車場貸切の承諾を伝えた。

貴公たちは、事前に発注しておいた乗用車用アルミスロープを使い、ゆっくりと慎重にコンテナの中から盗難車両を外へ押し出した。

盗難車両の座席は壊され、ピンクの粉末がばらまかれ見る影もなかった。

雄三たちカメラマンは、シャッターチャンスを逃さなかった。

「パシャ、パシャ……パシャッ！」

盗難車両を取り除かれたコンテナの中は、何も遺留品など残されていなかった。

ただ、複数の足跡と盗難車両のタイヤ痕だけが、消火粉末にくっきり残されていた。

久美子たちは、慎重に足跡を採取していった。

「お～い。だれか脚立を持ってきてくれ～！」

貴公が、バンボディ車のコンテナ部分を指差して叫んだ。

微かに、塩化ビニールの残痕らしきものを発見したのだった。

もしかすると、架空の令和ピアノセンターのカッティングシートの残がいかも知れないので調べてください。

臨時捜査会議室の中で、柏崎心理分析官から指摘を受けていた謎の発言が、ようやく分かった気がしてきたのだった。

貴公は、脚立をよじ登って、

「ここに、小さなカッティングシートの残片と糊《のり》跡がありますので、気をつけて採取してくださ い」

「はい」

「村松主任！　バンボディ車の運転席中心にも証拠隠滅を図る消火器が噴射されておりました」

＊　＊　＊

正修たちは、道の駅郡山南店周辺を重点に防犯カメラが設置されている場所を探しはじめた。

コンビニエンスストアやスーパーマーケットと民間住宅など中心に防犯カメラで録画されているＳＤメモリーカードや録画テープなどの提出を、頭を下げながらお願いして回った。

回収率は、ほぼ百パーセントに近かった。

残りは、留守宅で後日提出された。

回収された防犯カメラ映像は、科捜研で一件一件分析していった。

時間が掛かるデータ量で、目に負担がのしかかるのであった。

中でも、道の駅郡山南店に隣接している郡山カルチャーパルクの大観覧車の先端に設置されている防犯カメラを、次郎が発見した。

郡山カルチャーパルク園長と交渉の末、快く承諾してくれた。

防犯カメラの角度から、ちょうど道の駅郡山南店の全景が見事に収録されていた。
特に、一般乗用車はじめ大型車の出入りが鮮明に録画されていた
科捜研は、襲撃された時間帯の前後を中心に録画を解析していった。

ジョギングからウォーキングへ

光一郎は、雷に打たれてからと言うもの、からだのリハビリも兼ねて、めぐみと一緒に自宅近くの荒池公園を気ままに散策するのが日課になっていた。

からだが完全に元に戻るまで、本署から傷病休職の手続きが取られていた。

光一郎は、傷病休職を取るまでもないことを、上司の公三郎に申し出たのだが却下されてしまった。

公三郎への親心でもあった。

そんな公三郎を光一郎は、いつも尊敬する一人として業務に勤しんでいた。

いつもの荒池公園からはなさき醤油醸造所跡地を散策している最中に、突然、光一郎の前頭部に激痛が走り、頭を押さえてしゃがみ込んだ。

驚いためぐみは、

「大丈夫、あなた！」
光一郎は、正直〝あなた〟の呼び名が、今いちしっくり来ていなかった。
まだ、新婚生活が何日も経っていなかったこともあり、恥ずかしかったのである。
「心配かけてごめん。大丈夫だよ。
このところ天候の変わり目などで、時々偏頭痛が起こることが分かってきたんだよ。
もう大丈夫！」
「今日、朝食が済んだら病院に行きませんか？」
「心配かけて、ごめんなさい。
病院に行っても、何ら偏頭痛の治療法はないと思うよ。
佐藤先生からも、安静にしていることが一番って言われているからね。
病は気からです。
規則正しい生活を心掛け、食生活に注意しましょうとも言われていますからね。
病院に行っても、時間の無駄かと思います。
今日は、止めときましょう」
「……」
光一郎とめぐみの間に、可愛い子犬が尻尾を振りながら割り込んできた。
「うわぁ〜、かわいい子犬。

どこから来たのかしら？」
めぐみは、周りを見渡したが子犬の飼い主は近くにはいなかった。
子犬をめぐみが、抱き上げた。
「光一さん、うちでも子犬飼いませんか？
心が癒されると思うのですが……。
どうかしら？」
「良いんじゃない。
犬種は、何にしますか？」
「わたし小さいころから、トイプードルかシーズーを飼いたいなと思っていましたの
……」
「ちょっと小耳に挿《はさ》んだことなんですが、犬の毛が季節の変わり目などで抜け落ちる
ことが多いって聞いたんですけど、何犬ですか？」
「殆どの犬の毛は、抜け落ちるんじゃないかしら……。
ちょっと待ってください」
めぐみは、携帯電話機能のアプリケーション（アプリ）を器用に使い分け、抜け毛
が少ない犬種を検索しはじめた。
「光一さん、このアプリからの情報ですと、一年中通しても抜け毛が一番少ない犬種

は、トイプードルって書かれていますけど……」

「流石《さすが》ですね。

めぐみさんは調べるのが、本当に早いですよね」

「からかわないでください。

光一さん、嫌い！」

子犬がもたらすうれしいときの表現として、尾っぽがちぎれるほど激しく揺れ動いていたことが、二人の笑顔を取り戻していた。

「ぼくにも、ちょっと抱かせてくれませんか？」

「はい。どうぞ！」

「本当に、かわいいですね」

子犬は、光一郎の顔を舐めはじめた。

余りにも舐め方が激しかったので、光一郎は子犬を引き離し注意をするために目線を合わせた。

黄金色《こがねいろ》に輝く瞳は、魅力的で人を惹《ひ》きつけ惑わす不思議なものになっていた。

じーっと子犬の瞳を見つめていると、光一郎が吸い込まれていくような錯覚に陥っていた。

子犬の瞳の中は、カラーじゃなくてモノクローム（白黒）だったこともショックだった。

なぜなら、自分たちが見つめているもの全てがカラーで映り込んでいたので、全ての動物たちもカラーで映り込んでいるものと決めつけていたことが、はじめて分かった。

全てのものに色がついていることに気づいている光一郎たちは、何ら疑問を持つことなく生活していたことが恥ずかしかった。

瞳の中を覗き込むと、現金輸送車を襲撃している映像が流れていた。

光一郎は、驚き言葉を失った。

「……め、めぐみさん、この子犬の瞳を覗いてみてくれませんか？」

「どうしたの？」

子犬を光一郎から、手渡された。

めぐみは、子犬の可愛い瞳を覗き込んだが、驚くほどの感動は感じられなかった。

「わたしには、可愛い瞳ですけど……？」

「そんなことないですよ？

先日の現金輸送車を襲撃している生々しい映像が、この子犬の瞳から発信されているんです。

見えているのは、ぼくだけですか？

可笑しいですよ」

また、頭を抱えしゃがみ込む光一郎。

めぐみは、光一郎を励まそうと子犬を地面にそっと下ろした。

子犬は、光一郎の背中に回り、前足を盛んに上下運動で愛情表現をするのであった。

めぐみは、光一郎の肩に手を回して励ますことしか出来なかった。

「大丈夫ですか？　光一さん！」

「ありがとうね。心配かけてごめん。

ぼくだけにしか見えない別世界を発見したようなんです。

誰も信じてくれないかも知れませんが、めぐみさんだけは信じてもらいたいのです。

これから、それを証明しようと思います。

そこで、一つだけ頼みたいことがあります。

聞いてくれますか？」

「わたしに出来ることですか？」

「出来ると言うか、ぼくの言っていることをメモ用紙に書き留めてもらいたいのです。

ただ、メモ用紙を持っていないと思うので、メモ用に代わる携帯電話のメモ帳機能を開いてもらって、そこにメモってもらえませんか？」

「分かりました。

ちょっと待ってください」

首を傾げるめぐみに対して、光一郎は話を続けた。

「もし、ぼくの考えていることが間違っていなければの話ですけど……。

時々、ぼくのからだが必要以上に可笑しな震えが起こります。

それも、雷に似た一瞬の光や音が、トラウマのように失っていた活力が蘇ってくるのです。

その時に限って偏頭痛が起こるのです。

なぜか、新たにぼくのからだの中で、本来の動きより勝る不思議な特殊能力が身についていることを、この子犬から教えてくれました。

めぐみさんには信じてもらえないかも知れませんが、この子犬が証明してくれることでしょう」

光一郎は、子犬を抱き上げめぐみに手渡して、

「子犬の瞳を覗いて見てください？」

「はい。わたしには、きれいな瞳にしか見えないのですが？」

「普通は、そうでしょう。

でも、ぼくには無声映画のように現金強奪事件の背後にある光景を、この子犬が教えてくれているんです。

ですから、この子犬から映し出される映像を手掛かりに、事件解決に繋がる情報を得たいと思いますので、ご協力くださいね」

子犬をめぐみから、光一郎へ。

光一郎は、子犬の頭を撫《な》でながら瞳の中を覗き込んだ。

現金強奪事件が早送りで映り込んでいたのだが、襲撃される前の映像が知りたかったので、巻き戻し出来ないか子犬に語り掛けた。

不思議なことに、光一郎の言葉が分かったのか、子犬は、瞬きをしはじめた。

光一郎の要望を受け入れた子犬は、現金強奪事件が起こる前の静寂なはなさき醤油醸造所跡地が映し出された。

音も出ていなければモノクロの映像でちょっぴり淋しかったが、もっと悲しい思いをしているのは子犬だった。

なぜなら、自分の名前を呼んでもらえないことだ。

飼い主を遺憾に思うのであった。

出来れば、名札を首輪に取り付けてくれていれば、自然と呼んでくれていたのではないだろうか？

子犬からの小さな願いでもあった。

光一郎に抱かれている子犬の頭を、なでなでしてくれているめぐみが愛おしかった。

光一郎は、子犬の瞳の中に映し出されている映像から、犯人に結びつくと思われる必要な事柄を探しはじめた。

光一郎は、映像で気になったところを、めぐみに語りはじめた。

めぐみは、言われたことを携帯電話のメモ帳に書き込んでいった。

メモ帳に書き込むめぐみの親指は書き込みと文字変換が、想像以上に早かった。

「モノクロで画像も鮮明には程遠いのですが、強奪犯人は四人。

この子犬の映像から、一人ひとりの役割が徹底されているようで、動作が素早く、生き生きとした無駄がない姿が映し出されていた。

四人のうちの一人は、盗難車をコンテナの中に積載させる運び屋。

もう一人は、脚立を巧みに使いバンボディ車に貼り出されている社名らしき文字やピアノのイラストのカッティングシートを剝がしている姿が見えました。

ほかの二人のうちの一人は、運転席から一歩も離れず、手にはストップウォッチらしき物を見比べながら掛け声を盛んに出していた。

声は聞こえていないので、顔の表情から想像するに、実行犯たちに檄《げき》を飛ばしているのが見えた。

現金強奪事件の主犯格にも思える？

残りの一人は、実行犯を手助けするサポーター役。

全員帽子を被《かぶ》りメガネとマスク姿。

服装は、ツナギっぽい作業着を着用。

色不明。

身長は、一人を除いて三人とも細身で百七十五センチ以上。

主犯格は、一歩も外に出ていないため身長は不明です」

光一郎は、首を傾げながら小さい声で子犬に呟《つぶや》きはじめた。

「犯人が身につけている帽子とかメガネとかマスクなどを取り外すことなんか出来ないよね？」

無理難題を呟きはじめた光一郎は、敢《あ》えて子犬にぶつけてみた。

びっくりしためぐみも、

「そんな都合の良いことなんて出来ないんじゃない？」

「……そうだね」

突然、子犬が目を閉じはじめた。

子犬の映像が、レントゲンズームに切り変わっていた。

これは、天から与えられた特殊能力の、一定かつ単一の視点から捉えた三次元の平面上に描き出す画法を身につけていた光一郎だったのである。

「主犯格の男の特徴は小太りで、パンチパーマで右目下に大きめの泣き黒子《ほくろ》が一つあり、ほうれい線もはっきりしている四角い顔が印象的だった。

もう一人の男の身長が百八十センチ位ある一番高い男の特徴は、眉毛が太く顎鬚《あごひげ》を生《は》やしていたが、無精ひげのようで整えていなかった。

右耳に星形のピアスと首の左側に突起物らしき疣《いぼ》か大きな黒子《ほくろ》あり。

ほかの二人は、これと言って特徴はないのですが、端正な顔立ちで、いまで言う醬油顔だったように思われます。

……」

犯人の特徴をめぐみにメモってもらっているのだが、歯痒《はがゆ》い自分に苛立つ光一郎がいた。

子犬の映像を切り取って持ち帰れない歯痒さが、光一郎を苦しめていた。

また、子犬が発信している映像を、携帯電話の中にコピー出来れば、誰からも疑問を抱かれることも省《はぶ》け、早期解決に向かうのだが……。

それも無理な話であった。

光一郎とめぐみは、情報を提供してくれた子犬に、お礼のおやつなどは何一つ持っていなかった。

「ごめんね。今度来るときは、たくさんおやつを持ってくるからね。

それまで我慢してね」

光一郎は、抱きかかえていた子犬の頭を撫でながら、そっと地面に下ろした。

命を救ってくれた焼け焦げたウエストポーチの中を手探りし、たった一粒隅に残っていた塩飴を発見したので子犬にあげた。

子犬は嬉しそうに塩飴をガリガリ噛じり別れを惜しむように、後ろを振り返り去って行った。

めぐみは、溢れんばかりの涙を抑えていたのだが、我慢し切れず流れ出した。

一粒の涙が、地面を濡らし光が反射しはじめた。

光一郎も、子犬にさようならの意味を込めて手を振ることしか出来なかった。

高速道路ＪＣＴ（ジャンクション）

眞理夫は、東北自動車道の福島ＪＣＴの駐車場にいた。

高速道路には、速度オーバーなどを監視するカメラの設置やＩＣ（インターチェンジ）、ＪＣＴにもたくさんの防犯カメラ設置がされていた。

当然、防犯カメラ設置の死角に入るよう細心の注意を払いながら、駐車出来る場所を探しはじめた。

運が良いのか、大型トラックや観光バスが駐車する大型駐車場が、タイミング良く大型トラックと大型トラックの間が空いたのだ。

長時間止めて置くことも出来ないので、本部から通達されている作業を速やかに進めるため、フィットシャトル車を駐車するのだった。

眞理夫は、ここでマナー違反を犯していた。

乗用車専用のところに駐車しなくてはいけないのだが、眞理夫は違反を承知で大型車専用スペースに駐車していたのだ。

「本部！　指示されました福島ＪＣＴに到着しました。

これから、強奪してきましたジュラルミンケースを、トランクから後部座席に移動いたします」

「了解しました。

キャプテンさん、気を引き締めて細心の注意を払って行ってください」

眞理夫は、車から降りるやいなやトランクルームへ直行し、周りを見渡してジュラルミンケースを後部座席に移し替えた。

重かった。

眞理夫は、汗だくのまま後部座席へ乗り込んだ。

無我夢中での行動だったこともあり、一滴の汗が後部座席に落ちていることなど気づいていなかった。

車の後部座席下に隠されていたバールとブルーシートを拾い上げた。

周りに雑音が聞かれないように、消音のつもりで廃棄処分する作業着などをジュラルミンケースの上に掛けた。

ジュラルミンケースの繋ぎ目に、バールを押し当てた。

てこの原理を覚えていた眞理夫は、ジュラルミンケースを無理やりこじ開けた。

余りにも力が加わり過ぎたせいか、ジュラルミンケースの中の渋沢栄一の似顔絵が描かれている一万円札が車内に舞い上がってしまった。

焦った。

目の前で起きた一万円札の乱舞に、眞理夫は驚きを隠し切れなかった。

慌てて舞い上がった渋沢栄一のお札をかき集めた。

大金を目の当たりにした眞理夫は、からだの震えが止まらない。

頭の中も、真っ白になっていた。

初めて、自分が大きな事件に加担してしまったことに後悔しはじめた。

ここでも、冷や汗や脇汗が大量に噴出し一万円札やジュラルミンケースを含めた座席に落ちてしまった。

慌てた眞理夫は、作業服の袖口で拭き取りながら、車窓から車外を見渡した。

誰にも見られてはいなかった。

胸をなでおろす眞理夫。

しかし、本部から焦りは禁物とまで言われていたが、大金を目の前にするとそんなことなど言っていられなかった。

いまだに、手の震えが止まらなかった。

拾い集められた一万円札を、無造作に茶系革製のボストンバッグの中に放り込むことしか出来なかった。

手の震えは止まらなかった。

大金の入ったボストンバッグを手荒い扱いで、無造作に助手席へ放り込んだ。

破壊したジュラルミンケースを後部座席下に隠すよう本部から指示されていたので、座席に置いてあったブルーシートで隠したのであった。

一通りの作業を終えた眞理夫は、本部へ連絡をはじめた。

「ほ、本部。き、聞こえますか？　キャ、キャプテンです。

本部から指示されておりました襲撃事件はマ、マニュアル通り滞りなく無事終了いたしました。

現在、ジュラルミンケースに入っておりました現金を、ボストンバッグの中へ全て移行も終了いたしました。

これから先の指示、お願いいたします」

「はい。こちらは本部です。

聞こえております。

キャプテンさん！　落ち着いてください。

こちらに報告するに当たって、少し声が裏返って聞こえてきますよ。

大きく息を吸って、ゆっくり吐きましょう。

はい。はじめましょうか？

イチ～、ニイ～、サン～、シイ～……。

落ち着きましたか？」

「は、はい。ありがとうございます。

しょ、正直、驚きました。

目の前に、見たことも触ったこともない大量の渋沢栄一さんがきちんと並んでいたことが、嘘のようで信じられませんでした」

「そりゃあ、手も震えましたし声もうわずるのは、当然でしょうね」

「は、早く、このボストンバッグから離れたいです！」

「分かりました。

早急に手配する予定ですので、今しばらくお待ちください。

何はともあれ、キャプテンさんお疲れさまでした。

これから、大切な行動をお願いしますので、良く聞いてください。

まずはじめに、いま使用している携帯電話機は処分してください。

もうそろそろ、携帯電話機の通信を警察等に傍受されている可能性が高いと思われるので処分しましょう。

処分した携帯電話の代わりは、ダッシュボードの中に新たにスマートフォンを用意しております。

スマートフォンの取り扱いは、ご存知ですよね？」

「は、はい。わたしも、曲がりなりにもプライベートの携帯電話は、スマートフォンに切り替えております」

「分かりました。

良かったです。

それでは、本題に取り掛かりましょうか？

まずはじめに、ダッシュボードの中に、次に乗り換える軽乗用車のＪＯＹ―ＮＵＳ（ジョイナス）車の車キーを用意しております。

車のキーに荷札が装着されています。

荷札には、横浜ナンバーが記載されています。

トイレに行きながら探してください。

目印は、茶色系の軽乗用車でジョイナス車を用意させていただきました。

最後に、いま乗ってきた車のETCカードを抜き取ってください。

抜き取ったETCカードは、次に乗り換える軽乗用車へ差し込んでください。

ただ、軽乗用車に入っているETCカードは捨てないでください。

そのETCカードは、次に向かうときに重要な役割を果たすことになります。

いままでの話の中で、ご質問はありますか?」

「い、いままで指示された話の中で、す、少し疑問が残りましたので確認させてください。

いま乗ってきていたフィットシャトル車は、ここに乗り捨てても良いのですね?」

「そうです」

「そ、それでは、次はどちらの方向に行きますか?」

「キャプテンさん、そんなに焦らないでください。

キャプテンさんの動揺は手に取るように、こちらにも伝わってきます。

それも、仕方ないことですけどね。

あなたの手元に大金があるんですからね。

もう少しの辛抱です。

本部にとっては、あなたはかけがえのない命綱です。

それまで頑張ってください。

その先には、あなたの楽園が待っていますよ。

羨ましいです（笑）」

「は、はい。頑張ります」

「キャプテンさんがいる福島ＪＣＴですが、高速道路の分岐点になっております。

北へ直進すれば仙台方面に行きます。

もう一つの西側の道路は、東北中央自動車道と言って山形県米沢市方面に行きます。

ここは、このまま東北自動車道を北へ向かい、次の福島飯坂ＩＣで降りてください。

先ほども言いましたが、ここを下車する時は、フィットシャトル車で使用していたＥＴＣカードを挿入して通過してください。

万が一、車が通過出来ないようでしたら、もう一枚のジョイナス車のＥＴＣカードを入れ直してください。

それなら通行出来ると思います。

何も、問題は起こらないと思いますが……」

「どうして、そんな危険なことをするのですか？

最初から、今装着しているＥＴＣカードで通行すればよろしいんじゃないですか？」

「わたしたちも、キャプテンさんと同じ考えでした。

が、ここは、手配車両が福島飯坂ＩＣで下車しているように見せかけて、警察の目を欺《あざむ》くための手段の一つとして偽装したいんです。

わたしたちが乗り回している車が全国手配されていないことを願って、警察へ挑戦状を叩きつけているのです。

ハッキリ言って、警察官に赤っ恥をかかせたいのです。

これからも、どちらが勝利するか頭脳集団の一員として挑んでいきます。

見ていてください。キャプテンさん！

キャプテンさんたちが、福島飯坂方面に潜伏しているように偽装して、捜査網の手順を大きく狂わせることが目的です。

その間に、キャプテンさんたちが如何にも高飛びを図ったかのように見せ掛けて裏をかきます。

キャプテンさん、ご安心してください。

もう、ストーリーは出来上がっています。

だれにも、止められません。

ストーリーを止めるには、わたしたちの行動を、警察が理解し解読しなければ終演を迎えることなど出来ないはずです（笑）。

キャプテンさん、早朝からの準備で睡眠もままならない中、疲れもピークに達しているると思いますが、もう少しの辛抱です。

頑張ってください。

本来なら、そこの駐車場で仮眠してもらいたいのですが、ここでストーリーの第二関門の突破が出来上がりました。

取り敢えず、お疲れさまでした」

「本部！　ところで、第一関門突破は、どこだったのですか？」

「それは、キャプテンさんたちが現金輸送車襲撃事件に成功されたところが、第一関門でした。

これから、時間も限られた中での第三関門突破に向けたストーリーを展開していきましょうか？

フィットシャトル車の中に忘れ物はないですか？

特に、廃棄処分するゴミ袋とボストンバッグは、手元にありますか？」

「はい。助手席に置いてあります」

「ここで、一つお願いがあります。

ここから先は、携帯電話機の電源を切らないでください。

運転席の足元に、シガーソケットからＵＳＢコードがセットされていますので、そのコードを携帯電話機に装着してください。

これから、一般道路の国道四号線を東京方面に向かって走行することになります。キャプテンさんには、初めて通行する道路かと思いますので、本部で事前に調査済みで、何ら心配することはありません。

わたしたちに任せてください。

途中で、国道四号線とさようならして、再度、東北自動車道を利用することになると思います。

ここでも、随時、警察官の動きを手中におさめられるよう、緊急無線通信を傍受していきたいと思っています。

動きに変化があるようでしたなら、逃走経路をその都度変更したいと思います。

そのために、携帯電話機は活かしておきましょう。

本来なら、カーナビなどを使用していただきたいのですが、わたしたちの足跡を残してしまう可能性があります。

あくまでも、わたしたちは痕跡を残したくないのです。

ご理解ください。

それでは、出発の準備が出来ましたなら、キャプテンさんから合図をください」

「……。

はい。出発の準備が出来上がりました。

いつでも、出発は出来ます。

お世話になったフィットシャトル車に別れを告げて、出発したいと思います。

それでは、出発進行！」

不安を抱いている眞理夫の空元気《から》な声が、ジョイナス車の中に響き渡った。

携帯電話機から流れる眞理夫の声を聴いた本部は、

「キャプテンさん、フィットシャトル車のＥＴＣカードが精算された際は、必ず、ゴミ袋の中に入れてください。

そして、以前ジョイナス車に装着されていたＥＴＣカードを入れ替えてください。

ここで、一番注意しなくてはいけないことが、もう一つあります。

キャプテンさん、ごめんなさい」

「どうしたのですか？」

「次の東北自動車道に入るときは、ＥＴＣカード専用通路を通らないでくださいね。

敢えて、有人ゲートを通っていただき、高速道路通行票を受け取ってください。

有人ゲートを通る理由があります。

これも、警察官に対する捜査を攪乱《かくらん》させる手段でもあるんです。

ただし、東北自動車道に入った段階で、高速道路通行票はゴミ袋の中へ捨ててください。

ここで、はじめてETCカードが挿入されていることが生きてきます。

あまりにも、複雑な条件で申し訳ないのですが、ご理解の上よろしくお願いいたします」

「り、了解しました」

「それでは、安全運転で走行して来てください」

眞理夫は、本部からの指示に従い行動するものの、一刻も早く大金の入ったボストンバッグから離れたかった。

しかも、自分を信頼していただいていないのか？

本部からの指示命令される音声が、どことなく違和感を覚えることも多くなっていたのである。

郡中署総務部

「おはようございます」

「おはよう。からだの具合は、どうですか?」

「ありがとうございます。

ご心配をおかけしまして申し訳ございません。

今のところ、後遺症もなく順調に回復しております」

「それは良かったです」

光一郎を心配する公三郎。

恐縮する光一郎は、

「ちょっと、雀之宮部長にお聞きしたいのですが、よろしいでしょうか?」

「わたしに答えられることですか?」

「はい。わたくしも聞いた話で恐縮ですが、連日のように現金強奪事件の捜査で刑事部だけじゃなく応援部隊も、休日を返上して聞き込みなどで駆けずり回っていると聞きましたが、本当ですか?」

「仕方がないですね。

わたしも、若いときに何度も経験しましたから。

でも、今回の事件は、郡山市はじまって以来の大事件ですからね。

警察官としての威信を保つうえでも、一日でも早く事件解決を目指すことが、市民の不安を払拭するのが、信頼回復を得ることではないでしょうか?

わたしたちは、市民の安全安心な街づくりを守らなくてはいけない責務があるのです。

愛される警察官を志しています。

市民からも愛される職業ではなくてはならないのです」

「本当ですね。

わたしは、郡山市から郡山中央警察署に派遣されていますので、みなさんの足を引っ張ることのないよう細心の注意を払って勤務させていただいております」

「何を言っているんですか？

数々の難事件はじめ怪事件を見事に解決し、県警本部長賞や郡山中央警察署長賞などを表彰されているじゃないですか？

忘れもしません。

特に、当署員が前代未聞の不祥事事件を起こしてしまい、大変な事件に郡山中央警察署が巻き込まれた感じでした。

わたしをはじめ当時の前渡邊署長以下数名が賞罰委員会に掛けられ、懲戒解雇はじめ降格やけん責などの処分を中心に大規模な人事異動まで発展してしまいました。

正直、わたしは、あなたを敵に回さなくて良かったと、今でも思っています」

不祥事事件の煽《あお》りを食らったのが公三郎だった。

当時は、刑事部長から総務部長へ配置転換されていた公三郎。

「何をおっしゃいますか？

わたしは、雀之宮部長には何度も助けられ励まされています。

それも、わたしが高校時代に起こした人助けのつもりが、意外な方向に導かれて全署員を動員までさせてしまった苦い経験は忘れられません」

「あの時は、島本係長を誤認逮捕してしまったのが、今考えても思い出したくない出来事の一つになっています。

今でも、トラウマなんですよ」

「雀之宮部長！　もうやめましょう。

それはもう昔の話であって、時は流れていて過去のものですから、今の大事件を側面から考えてみませんか？」

今回の、現金強奪事件の捜査が思うままにならないで心が苛立っている顔つきの公三郎を気遣う光一郎がいた。

本来なら公三郎は、総務部長としての器じゃなくて、物事をてきぱきと処理する能力を発揮出来る刑事部長が最適であることは、光一郎にも一目瞭然に映っていたのである。

不祥事事件が発生していなかったなら、今ごろは刑事部を束ねて捜査活動に力を注いでいる公三郎の勇姿を浮かばせる光一郎。

「ところで、先ほどから島本係長は意味深な物の言い方が、わたしにはとっても気になるのですが、何か分かりましたか？」

「いいえ。分かったというか、突然、気になることがありました。

ここでは恥ずかしくてお話しするのも如何なものかと思いますので、場所を変えて聞いていただけませんでしょうか？」

「今は、少しでも事件に関わる捜査情報が必要かと思いますので、会議室で如何ですかな？

それとも、刑事部から誰か呼びましょうか？」

「いいえ。それには及びません。

出来れば話を聞いていただき、その先については雀之宮部長の判断にお任せしたいと思うのですが、如何でしょうか？」

＊　＊　＊

「雀之宮部長、お忙しいところ申し訳ありません。

実は、誰も信じていただけないかも知れませんが、わたしのからだに異変が起こっております。

だれも、信じていただけないかも知れませんが……。

それは、先日カミナリに直撃されてから、天候の変わり目などで偏頭痛が起こることが分かりました。

主治医の佐藤先生や小野寺看護師長に治療方法をお聞きしたのですが、原因はストレスなどによるもので、治療薬はありませんと言い放されました。

少し様子を見ましょうとも言われました。

今は、妻のめぐみが寄り添ってもらい散歩する日課になっております。

ところが、昨日不思議なことが起こりました。

真っ先に、雀之宮部長だけには理解していただくために、この機会を作っていただきました」

「どうしたのですか？

そんなに真剣な顔をして可笑しいですよ（笑）」

「笑わないで聞いてください。

わたしのからだに、異次元の世界が入り込んできたようなんです」

「それは、どう言うことなんですか？

冗談は、止めましょう」

「冗談ではないのです。

昨日、現金強奪事件の現場であるはなさき醤油醸造所跡地をめぐみと一緒に散歩していたところに、人懐っこい子犬が現れて足元に絡みつくように離れなかったのです。

余りにも可愛かったので、めぐみが抱き上げました。

めぐみは、前から子犬を飼いたかったこともあり、わたしに抱くように強要して手渡してきたのです。

手渡された子犬は、わたしに気に入ってもらうためなのか盛んに顔を嘗《な》め回しはじめました。

叱るつもりで子犬の目をそらさずに、じっと瞳を見つめたら、なんと不思議にも現金強奪事件の一部始終が映像として流れてきたのです。

自分の目を疑いました。

何度も何度も目を擦《こす》って確認しました。

めぐみにも確信してもらうため、もう一度、子犬を手渡して瞳の中を確認してもらいましたが、何も見えてこないの一点張りです。

当たり前です。

もし、わたしに透視能力などが授かっていなければ、めぐみと同じことを言っていると思います。

だからと言って、めぐみの瞳の中を覗き込んでも、何かが映像などとして見えるかと言っても、何も見えるはずもありません。

めぐみの発言に、正直歯痒かったです。

もう一度、子犬を抱き上げて、瞳の中を覗き込みました。

子犬は相変わらず、わたしの顔を舐めました。

今度は慎重に、子犬の瞳の中に入り込みながら映像を確かめることにしました。

本来なら、子犬を攫《さら》ってでも、本署に連れてきたかったのですが、一般市民の飼い犬ですので、無断で連れてくることは出来ませんでした。

その日、子犬の飼い主を探したのですが、どこにもいませんでした。

子犬を連れ去ることのチャンスだったのですが、諦《あきら》めました。

わたしは、偏頭痛を押さえながら、どうしたらこの子犬の映像を届けられるか考えました。

持ち帰ることの出来ない映像を、再現する方法を考えました。

映像は、モノクロでした。

考えましたが、良いアイデアが浮かんできません。

焦りました。

子犬の映像を、わたしの目の中にコピー出来れば何ら問題もないのですが、それも出来ません。

何度も、頭を叩きました。

それでも、浮かんできません。

焦れば焦るほど、何も浮かんでこないもどかしさが、わたしを苦しめていました。

いまここに、メモ用紙などがあれば書き写せるのですが、手元に持って散歩する人など皆無に等しいことにも気づきました。

時間のない中、どうしたら良いのか考えました。

気が狂ったようなわたしを、妻のめぐみは心配しはじめて携帯電話を取り出して、誰かに連絡を取ろうとしていたのです。

その時、気づきました。

携帯電話の中に、メモ機能があることに、わたしは気づいちゃいました。

わたしは、めぐみに向かって叫びました。

めぐみは、一瞬驚きました。

これから、わたしが言うことを携帯電話の中のメモ機能を使って、メモってくれるよう頼み込みました。

これが、その時の子犬の瞳の中から流れた現金強奪事件に関する内容です」

光一郎は、自分の携帯電話にめぐみから転送されたメモ帳を、公三郎に差し出した。

正直、光一郎の力説に圧倒され頷くことしか出来なかった公三郎。

公三郎は、狐に抓《つま》まれたかのように訳が分からず、ぼんやりする顔立ちになっていた。

公三郎は、われを取り戻そうと顔を横に振りながら、

「ところで、島本係長。ちょっと落ち着きましょうか？

島本係長の言わんとしていることも、分かりました。

が、なぜか、おとぎ話になっても可笑しくない内容なので、慌てずじっくり精査していきませんか？」

「信じていただけますか？」

公三郎は、頷くことしか出来なかった。

「ありがとうございます。

正直、誰も信じてくれないものと思っていましたが、雀之宮部長だけは分かってくれるものと信じていました。

本当に相談して良かったです。

わたしが相談する上司に狂いがないことも分かって安心しました。

なぜか、胸に詰まるような苦しかった氷が溶けはじめたような感じがしてきました。

本当にありがとうございました」

頭を下げてくる光一郎に対して、公三郎は、

「正直言って、まだ自分を信じ切っていない自分の心に問い尋ねているところなんですがね。

これが、わたしの本音です。

以前も、島本係長を信じ切れていなかった自分を責めていたことも思い浮かびました。

今度は、最初から島本係長を信じてみようと思っています。

ただし、現金強奪事件の捜査で神経が過敏になっている刑事部に相談しても取り扱ってくれるような勇気はないでしょう。

邪険にされるのに決まっています。

この案件については、わたしたちだけで謎解きしてみませんか?

ただし、謎解きが現実味になった時点で、刑事部へ乗り込んで説明しては如何でしょうか?」

「はい。かしこまりました。

それでは、子犬から発信された現金強奪事件の映像から、一つひとつ抜粋された事柄をメモに書き出してきました。

先ほども言いましたが、映像がモノクロだったこともあり、顔色とか作業着はじめ

車などの色は不明ですが、現金強奪事件の犯人は四人組であることは間違いありません。

　特に、四角い顔にパンチパーマで小太りの犯人は、マスク越しですが目は二重で右目下には大きな泣き黒子と、格闘技か柔道などで鍛えたかような独特の耳たぶを持っている人で、耳が変形していました。

　また、もう一人の高身長の犯人の特徴ですが、帽子に隠れて良くは見えていないのですが、白っぽい髪で眉が太くてマスク越しですが、顎髭が飛び出していてスッキリと整えていなかったように見えました。

　左耳に星型のピアスと首の右側に突起物らしき疣なのか大きな黒子がありました。

＊　　＊　　＊

「以上が、わたしなりに、子犬の映像から得た情報を取りまとめたメモ書きですが、何らかのヒントになって犯人逮捕に結びつけられればうれしいのですが……？

　少しでも、お役に立てればの思いから、恥を忍んでお話しさせていただきました。

　わたしに出来ることがあれば、総務部の業務に支障が生じないよう注意を払いながら、協力させていただけないでしょうか？」

改めて、光一郎は公三郎に頭を下げた。

「わたしも以前は、刑事部に籍を置いて捜査を指揮した手前、指を銜《くわ》えて見るに忍びない気分でいっぱいでした。

島本係長の現実離れしている話を聞いて、刑事部からの報告書と類似点も多いことから、別角度から捜査を進めてみましょうか？

ただし、島本係長の話を、みんながみんな信じるとは思いません。

わたしに考えがあります。

よろしいですね」

「……はい。よろしくお願いいたします」

実際にあることのない話を、仮に信じてくれるものわかりの良い（?）上司の公三郎を持った光一郎は、世界一幸せ者であった。

正直、誰も光一郎を相手にしてくれる要素など一つもないのに、公三郎だけは仮想の世界を信じてあげようとしていた。

光一郎を励ます公三郎は、

「今でも、いくつかの捜査情報なる資料を受けることもありますので、島本係長から照会された資料などを突き合わせながら、影の捜査班として事件解明を図ってみましょうか？

ただし、捜査に当たっては、二つだけは守ってほしいことがあります。

それは、捜査に関する単独行動は危険がつきものですから、必ず誰かとペアを組んでください。

もう一つは、みんなで摑んだ捜査情報は共有したいので、ホウレンソウ（報告・連絡・相談）だけは忘れないでください。

これから、極秘捜査に関わっていただくための、人材を刑事部はじめ警備部などから派遣していただくために、わたしが各部を回って頭を下げてきたいと思います。

いま各部とも猫の手も借りたい緊急事態ですけど、どれだけ人材が集まるか疑問が残りますが、やってみましょう。

一刻も早く事件解決に結びつけられる糸口を見つけ、刑事部を中心に支援出来うる情報と言うか材料を探し出したいと思います」

影の極秘捜査部隊（特別チーム）誕生

「今日は、現金強奪事件などで緊急事態の最中、各部より選ばれし優れた人材を派遣していただきましたので、これから自己紹介をお願いしたいと思います。

この極秘捜査部隊の指揮を担当します雀之宮です」

公三郎は、みんなの前で頭を下げた。

総務部トップの公三郎の姿を見た久美子たちは、恐縮するばかりで緊張感が漂う総務部会議室になっていた。

「まずはじめに、この影の極秘捜査部隊の実行責任者を、刑事部の重中警部補にお願いいたしました。

一言、着任挨拶していただけますか？」

公三郎は、裕俊へバトンを渡した。

「はじめまして、刑事部所属の重中裕俊です。

長年刑事畑で地道な捜査活動を続けてきましたが、このような影の組織があること自体知りませんでした。

知った以上、この名に恥じない実績を上げて、刑事部の援護に努めたいと思っております。

みなさんからの捜査情報などを結集することで、現在進行中の難事件とされております現金強奪事件の解決に結びつける絶好のチャンスかと思われます。

みなさんの力を是非貸してください。

よろしくお願いいたします！」

「重中警部補！　初めからそんなに気負うことなく、刑事部で培ったノウハウを存分に発揮していただければ、自ずとして結果がついてくれるものと信じています。

　その結果によっては、郡山中央警察署全体の汚名も返上出来るものと思っています」

「続きまして、当総務部所属の島本係長から一言お願いします」

「はい。総務部の島本光一郎と申します。

　刑事部とは程遠い事務職ですが、わたしなりに頑張りたいと思います。

　よろしくお願いいたします！」

「続きまして、刑事部所属の長谷川巡査から一言お願いします」

「はい。刑事部の長谷川次郎と申します。

　わたしも刑事部に配属されて日も浅いのですが、このチームに選ばれた以上、頑張りたいと思います。

　よろしくお願いいたします！」

　力強い誓いで、頭を深々と下げる次郎。

「みなさん、そんなに緊張する会議じゃないので、からだの力を抜いてください。

　続きまして、地域部自動車警ら隊所属の加藤巡査から一言お願いします」

「は、はい。地域部の加藤悦司と申します。

自動車警ら隊で培った情報を、いち早く提供出来るように頑張りたいと思います！」

悦司にとっては、警察の中でもトップスリーの指に入る公三郎が目の前にいることと、対等に会話が成立することが不思議でならなかったことで、緊張に拍車が掛かってしまった。

ましてや、前刑事部長歴任者の公三郎を前にして、緊張感が走らないのは嘘になると思い込む悦司だった。

「最後に紅一点で刑事部鑑識課所属の浅木巡査から一言お願いします」

「はい。鑑識課に配属された新人の浅木久美子と申します。

何事においても勉強のつもりで頑張りたいと思います。

選ばれた以上、みなさんの足手まといにならないよう細心の注意を払って、与えられた仕事を分析したいと思っております。

よろしくお願いいたします」

「ありがとうございました。

わたしを含めた六人体制で、極秘捜査部隊を編成することになりました。

取り敢えず勝間田署長からの承認も得ておりますので、どこの部署にも気を遣わず、堂々と現金強奪事件にまつわる捜査情報などを収集してきてください。

最後に、総務部から島本係長に参加していただいておりますが、みなさんから届けられた捜査情報を書き留める役目ではありません。

このチームに、異業種と言っても可笑しくない総務部の島本係長に参加してもらっているのは、今までに数々の怪事件や難事件を痛快にも紐解き事件解決に大きく導いてくれた噂の人物なのです。

先ほども、重中警部補からも質問を受けましたので、過去の島本係長の実績と経過説明を兼ねて報告させていただきました。

わたしの説明に、重中警部補も納得してくれたものと信じています。

それでは、わたしも不思議な世界の話を、もう一度みんなと一緒に聞きたいと思います。

島本係長、よろしいでしょうか？」

「はい。わたしのおとぎ話に似た話のために、このような説明会の機会を作っていただき、本当にありがとうございます。

正直わたしとしても、誰もが信じていただけるような話とは思っていただけるとは思っていなかったのですが、わたしの話を真剣に聞いていただきました雀之宮部長に感謝いたしております。

これから、みなさんにお話を聞いていただきますが、話の中で疑問や質問が生じたときには、いつでも話を止めて質疑に対応して参りたいと思っております。

なぜなら、みなさんの貴重なお時間を拝借しております。

それに、極秘捜査部隊まで立ち上げていただいておりますので、その組織に恥じないよう、一人でも疑問を抱いたまま捜査に臨んでいても、正しい情報などは入ってきません。

情報は一元化として、みなさんと共有したいと思っています。

中でも知り得た情報は、常にホウレンソウ手法で伝達し合いながら、情報収集に努めたいと思っております。

ご協力お願いいたします」

光一郎は、会議室に集められた裕俊たちに向かって、決意と協力のお願いが入り交じった固い挨拶になっていた。

「みなさんもご存知かと思いますが、わたしは警察官ではありません。

わたしは、郡山市役所から郡山中央警察署に出向を命じられた事務職員です。

ほぼ捜査に関しては、素人当然ですので、ご指導ご協力よろしくお願いいたします。

この郡山中央警察署は学生時代から縁があり、わたしにとって大変ご迷惑をお掛けした職場の一つになっています。

わたしの不満足ながら、少なくとも何がなんでもわが署には恩返しをしたいのです。

ただ、わたし一個人の力には限界があります。

そこで、わたしが知り得た情報（？）を、みなさんに聞いていただいて、一つでも事件の手掛かりになればとの思いから、雀之宮部長に直談判した次第です」

それを聞いていた公三郎は、頷くことしか出来なかった。

光一郎は、頷く公三郎の顔を覗き込んだ。

早く本題へ切り込むよう、目で合図を送ってきたのである。

光一郎は、公三郎のアイサインを見過ごさなかった。

「先日、思いがけない災難に見舞われたわたしは、一時《いっとき》生死をさ迷うことになってしまいました。

突然思いがけないところから、カミナリが襲ってきたのです。

それも、雲一つない晴天なのに、わたしを直撃してきました。

カミナリは、右肩からウエストポーチに掛けて通り抜けましたが、一時的に生死をさ迷うことになりました。

運が良かったのでしょう。

カミナリは、わたしの心臓を避けてくれましたので、なんとか生きる権利を得ることが出来ました。

神様から新たにいただいたこの命は、自分ひとりのものとは思わないようになりました。

だれかのために、何かお役に立ちたい思いが強くなりました。

でも、何から手をつけて良いのかも見当りませんでした。

そんな中、現金襲撃事件現場のはなさき醬油醸造所跡地を、リハビリを兼ねて妻と散策していましたが、突然、わたしのからだに異変が起こり座り込んでしまいました。

見慣れぬ子犬が、座り込んでいるわたしに近づき遊んでくれるよう犬独特の仕草で要求してきました。

ところが突然、わたしに偏頭痛が起こったのです。

時々、季節の変わり目と言うか、湿気が多いときに限って起こるのが普通でした。

病院の主治医である佐藤先生に相談したのですが、先生から一言原因がよくわかっていないので、今しばらく治療を続けながら、真相を究明してゆきましょうとまで言われました。

ただし、多少なりともカミナリとの因果関係が生じていることだけは分かっているのですが、研究課題になっていることも話していただきました。

ただ、佐藤先生の口から不思議なことに、わたしのからだの中で微量な電気が作られていることが、検査の結果判明していたみたいです。

しかし、日常の生活には全く影響ないことも分かったようです。

頭が痛いです。

薬を処方してくれるなり、治療方法を一緒になって探してくれるのが病院だと思っていたのですが、叶いませんでした。

原因が分かっていない限り、むやみに薬に頼るのは可笑しいとのことで、精神安定剤を処方していただきました。

原因が分からないことほど、こんなに辛い話はございません……」

光一郎は、話を聞いていただきながら、みんなの顔を見渡した。

誰ひとりとして、目を背けることなく、光一郎の話を真剣に聞き入ってくれていたのである。

光一郎は、われに返り話を続けた。

「話が横道に逸れてしまいました。

みなさんの貴重なお時間を下らない話に巻き込みまして申し訳ございません。

ここから先が、本題です。

今回、前代未聞の現金襲撃事件が発生してしまいました。

いまだに、犯人逮捕に繋がる有力な情報は刑事部などには入っておりません。

みなさんも歯痒いでしょう。

わたしも、みなさんと一緒です。

ここから、笑わないで聞いてください。

実は、わたしのからだから流れる電磁波が、大変なことになっていることが先日判明いたしました。

絶対に信じていただけないことは分かっているつもりですが、その電磁波が透視能力と言う不思議な機能に化けたのです。

その透視能力は、レントゲン並みの機能でクローズアップ出来る優れた代物であることも分かりました。

それも、だれにでも使えるものではありません。

限られた動物と言うか、今回は子犬の澄んだ瞳の中から、現金強奪事件の情報を得ることが出来ました。

唯一、現金強奪事件の目撃者が、身近な子犬だったわけです。

みなさん、知っていましたか？

犬の瞳の中から見えている景色などの色は、モノクロなんです。

わたしたちと一緒に生活している全ての生きものは、カラーで見えているものと決めつけていました。

それが、間違いでした。

驚きました。

みなさんも、わたしと同じ考えではないでしょうか？

ただ、残念なことに映像は無声映画のようで音声が流れていません。

わたし自身、そんなに記憶力があるとは思っておりません。

子犬の瞳の中に映り込んでいる現金強奪事件の映像を一時停止することもコピー（録画）することや巻き戻しすることも出来ませんでしたので、考えました……。

時間はそんなにかかっていなかったと思います。

わたしは、妻に協力を求めました。

襲撃事件に関わる内容を忘れないように、その都度、わたしは特徴となるものを、妻に向かって口ずさみ携帯電話の中にメモってもらいました。

ここにありますわたしの携帯電話のメモ機能に、妻からメモとして登録されたデータが転送されております」

光一郎は、胸ポケットに忍び込ませていた真新しい携帯電話をテーブルの上に置いた。

真剣に聞いていた極秘捜査メンバーの目が、携帯電話に釘付けになっていた。

光一郎は、携帯電話を取り上げて話を続けた。

「わたしは、今日まで捜査会議には出席しておりません。

ですから、捜査会議の内容も知りません。

判明しました。

ただ、わたしの空想的な話が、現金強奪事件の内容と合致するところが、何か所か判明しました。

それは、捜査会議の報告内容と、わたしが子犬から教えてもらった情報が一致したことからです。

雀之宮部長も驚いた表情でした。

先ほども申し上げましたが、わたしの手元には捜査資料などは届いておりません。万が一、現金強奪事件の捜査に支障をきたす恐れがあることを案じた雀之宮部長が、勝間田署長と福島刑事部長に直談判して、ごく限られたメンバーを推薦していただきまして、極秘捜査隊を作り上げていただきました。

ありがとうございます」

光一郎は、公三郎に再度頭を下げた。

それを見た公三郎は、沈黙の会議に一石を投じた。

「正直、わたしもみなさんと同じように度肝を抜かれました。

なぜなら、わたしも刑事部も知り得ない事件情報をすらすらと話したじゃないですか？

驚きましたよ。

わたしは、島本係長へは現金強奪事件に関する資料なども手渡していないにもかかわらず、どこで入手してきたのか不思議でなりませんでした。

　それも、刑事部では今でも把握していない新たな情報が次から次へと出てきたら、だれもが信じてくれないことでしょう。

　わたしは、島本係長から出てきた情報などを信じてみようかなと思いました。

　わたしも、島本係長を信じる代わりに、今後の代償も頭の中に叩き込まなくてはいけません。

　それだけ、慎重に慎重を重ね捜査に取り組んでいきたいと思います。

　そこで、みなさんが今回の極秘捜査メンバーに選出されたのです。

　これは、各部の上司からの推薦があったからこそ、ここに座っていられるのです。

　この事件がどう転ぶか分かりませんが、みなさんの力をお借りしたいのです。

　一日でも早く、市民の安心安全な街を取り戻すとともに、わが警察は治安維持を守らなくてはいけないのです。

　共に頑張りましょう！」

　叱咤激励を兼ねた公三郎の言葉には、端々に力が入っていた。

　裕俊たちは、頷くことしか出来なかった。

　光一郎は、公三郎の顔を窺いながら、

「改めまして、ここから本題に入りたいと思います。

子犬からの瞳の中に写り込まれていた現金強奪事件に関わった人物は、六人の男性が関わっているものと思われます。

その内訳は、加害者は四人組と被害者の二名が写り込んでいました。

そのうち、被害者二名の特徴もズバリ当てることが出来ました。

わたしは、被害者男性との面識はありません。

あるとするならば、メディアからの報道などで流れたニュース番組の中で見たことがないと言えば嘘になるでしょう。

でも、身長の高さや襲撃されたときに使用された催涙スプレー缶が雑草の生い茂った中から、後に鑑識課が発見することが出来ました。

また、無声映像の中でも発見される位置情報も正確に、子犬から教えていただきました。

加害者の四名は、それぞれの役割分担に従って手際よく行動を起こしておりました。

加害者の主犯格は、運転席から降りることなく声は聞こえてきませんでしたが、口の動きから盛んに声掛けしながらストップウォッチを見る仕草が多かったようです。

高身長の男は、脚立を使用してバンボディ車に張り巡らされたカッティングシートなどを取り除いている姿も写り込んでいました。

残りの二名のそれぞれの役割は、バンボディ車を呼び止め、一人は車の後ろに回り込みマフラーに発煙筒を差し込み点火していました。

車の後ろから、白い煙がもくもくと出ていました。

もう一人は実行犯のキーマンらしく、催涙スプレーを片手に被害者二人に向かって噴射して、車両を奪い取る姿が写り込んでいました。

奪った車両を、バンボディ車の中に二枚の板を使って滑り込ませていました。

襲撃された時間は無声映像の長さから逆算して、わたしの体感時計では約三十分以内の時間を掛けて行われたのではないでしょうか？

それにしても、こんなに落ち着いて現金輸送車を襲撃出来るマニュアルが出来上がっているのは恐ろしいことです。

プロフェッショナル集団の一員ではないかと思われます。

そこで、子犬から得た四人組の犯人に関わる情報をお伝えしたいと思います。

犯人全員、ツナギっぽい作業服と作業帽着用で行動。

装着品は、メガネ・マスク・軍手？（手袋）・スニーカー？（運動靴）までは見ることが出来たのですが、それぞれの色は不明です。

盛んにバンボディ車の周りを駆けずっていたことから、車の高さを逆算すると、三人とも百七十五から百八十センチ位の身長の高さが考えられます。

主犯格の男性は、外に出ていないため身長は不明です。

ただ、子犬からの情報ですと、主犯格の男性は、小太りで四角い顔にパンチパーマで、格闘技などで左右の耳が変形しているのが見えました。

そして、右目下に大きな泣き黒子が印象的でした。

また、高身長の男性は、帽子越しですが髪が白っぽいのです。

わたしが推測するに、黒髪でなく白っぽいので金髪じゃないかと思われます。

眉毛が太く顎髭がマスクからはみ出していたことなどから考えるに、無精ひげらしく整っていないことも分かりました。

右耳に星形のピアスと左首に大きな疣《いぼ》らしき黒子が見え隠れしていました。

残りの二人は、これと言って特徴が見つかりませんでした。

ごく普通の青年で、現代風で言うと醤油顔にしか見えてこなかったです。

サラリーマンか大学生にしか見えませんでした。

以上が、子犬から得られた情報です。

わたしからの報告は以上です。

長時間に亘りまして、現金強奪事件に関する幻のようなおとぎ話のようなお話をさせていただきましたが、如何だったでしょうか?

分かっていただきましたでしょうか?

何か分からないところがございましたなら、質問を受けたいと思います。

如何でしょうか？

最後になりましたが、このような極秘捜査隊を作っていただいた以上、わたしは心に決めていることが、一つあります。

それは、みなさんが納得したうえで一緒に行動をともにするわけですから、それなりの責任を果たさなくてはいけない時間《とき》が、必ず来るはずです。

そのときには、進退を明確にしてゆきたいと思っております。

貴重な時間の中、ご清聴ありがとうございました！」

持論を真剣に聞いてもらった光一郎は、恐縮したのか立ち上がって、改めて頭を下げた。

だれからも質問などはなかった。

余りにも並外れた内容だったこともあり、質問するまでには至らなかった。

突然、悦司が立ち上がり、

「島本係長！　ありがとうございました。

話の趣旨は、良く分かったつもりです。

これから先、わたしたちは何をすればよろしいのでしょうか？」

悦司の発言に、公三郎が割り込んできた。

「加藤巡査！　そんなに焦らないでください。

わたしも、最初は正直驚きました。

島本係長の話を聞けば聞くほど、心を揺り動かされる思いです。

今は、わが署をはじめ全警察の名誉にかけても、猫の手も借りたい状況に陥っていることは、みなさんもご存じのとおりです。

これだけ、島本係長の襲撃事件に関する情報が、前後に矛盾のない物事の筋道が出来上がっていることに、わたしは島本係長を信じてみようと思っています。

島本係長からの不思議な情報は、眉唾物《まゆつばもの》であろうかと思いますが、みなさんはどう思いますか？

考えてみてください。

被害者男性と一度も面会もしていないのに、的《まと》を外さない特徴を言い当て、現金強奪事件の手口が手に取るように伝わってきたのは、わたしだけですかね？

決して、島本係長が襲撃事件に立ち会ったことでもないですし、目撃したわけでもありません。

まるで、島本係長が見てきたような嘘を言う講釈師じゃないことだけは信じてあげましょうよ。

そこで、わたしたちは一番忙しい部署の垣根を越えて、理不尽な行動と思われるかも知れませんが、少しでも背後に回って支え盛り立て援護したいと思っています。

そこでご相談です。

今は犯人逮捕に繋がる捜査情報が余りにも少な過ぎているせいか、署員にも焦りが見え隠れしている状態です。

切羽詰まったときには頼りにならないものまで頼りにする〝藁《わら》にも縋《すが》る〟思いが、ビシビシと伝わってきます。

そんな中、島本係長が持参してくれた夢のような捜査情報を、この極秘捜査隊メンバーで協力し合って検証してみたいとは思いませんか？

これから、みなさんが築き上げた知識や経験などの情報を用いて、実際はどうであるのかを調べ上げる必要があるのではないでしょうか？

何ごとに対しても、事件解決の可能性がある限り、調査してみたいとは思うのは、わたしだけでしょうか？

みなさんは、どう思いますか？」

公三郎から、悦司たちに呼び掛けるも、だれからも返答がなかった。

頷くことしか出来ないのだ。

縦社会の警察では、上司からの協力要請は絶対服従なのである。

それも、公三郎が警視だったこともあり、上司からのお願いごとを断る理由などはなかった。

光一郎は、恐縮のあまり項垂《うなだ》れることしか出来なかった。

沈黙の中、公三郎は話を続けた。

「島本係長は、わが署が抱えていた数々の難事件などを解決してくれた人物であることは、知る人ぞ知る有名人なんです。

これから、犯人逮捕に繋がると思われる容疑者の容姿や人物の顔の特徴を写真や絵にして、捜査活動に役立てるという捜査方法があります。

それが、モンタージュ写真作成とも言われています。

そこで、わが署にも似顔絵捜査官がいます。

浅木巡査！　恐縮ですが、警務部で似顔絵捜査官がスタンバイしていると思いますので、お連れしてください」

「はい。かしこまりました」

久美子は、会議室から退室した。

「みなさんもご存知でしょうが、似顔絵捜査官は、自分の希望で似顔絵の養成講習を受け、訓練された警察官です。

普段は、警務部に在籍していますが、今回のような特別な事件発生時には似顔絵捜査官として協力してくれることになっております。

事前に、島本係長から事件解決に関する情報を得ていましたので、警務部長に了承を得ることが出来ました。

唯一、犯人逮捕に繋がる情報が頭の中に入っている島本係長には一番大変かと思いますが、協力していただかなければなりません。

特に、犯人の顔の特徴である輪郭、髪型、眉毛、目、鼻、口、耳などを事細かく分割して、数万種類の写真などから島本係長の情報を基に、犯人の合成写真を作っていただきます。

過去には、グリコ森永事件や府中三億円強奪事件などにも活用され、全国指名手配犯として写真や絵がマスコミなどを通じて報道されたり、公共施設掲示板などにポスターを貼り出されるなど、広く知られるツールになり有名な捜査方法の一つになっています。

しかし、あくまでも犯人像なる人物の顔のパーツとパーツを組み合わせて作成するものでありますから、精密さに欠けることも考えられます。

今では犯罪捜査では使用されることが少なくなってきました。

でも、わたしたちは、そんなことなど言っている場合じゃないことだけは分かってください。

犯人である凶悪犯罪者を探し出すには、わが署の捜査員全員の情報の共有化が必要になってきますので、少しでも捜査員のデータの一つとして用いてもらいたいと思っています。

ただし、一つ条件があります。

今回のモンタージュ写真は、わが署の署員のみに配布したいと思っておりますので、決してマスコミには流さないでください。

まだ、凶悪犯罪者と決まったわけじゃないのですからね。

そのために、わたしたち極秘捜査隊が動き回るのです。

マスコミは、面白おかしく書き立てることも予測されるからです。

これからの対応が大変かと思いますが、よろしくお願いいたします」

前刑事部長として血が騒ぐのか、心のこもった熱弁を振るう公三郎だった。

「雀之宮総務部長！　一つ、よろしいでしょうか？」

「どうしましたか？」

「はい。実は、鮮明に浮かんでくる犯人像は、一人なんですけど…」

「それは、どうしてですか？」

「はい。今回の現金強奪事件に関わった犯人は、四人であることは分かっております。

しかも、四人のうち三人が動き回っている容姿ははっきり分かるのですが、今いち顔つきが浮かんできません。

特徴は少しずつですけれども微かに覚えています。

子犬から現金強奪事件に関する貴重な情報を、わたしに託されています。

何がなんでも、犯人四人組の顔を思い出し、逮捕に結びつけることが、わたしの使命です。

今日から徹夜してでも、モンタージュ写真作成に取りかかりたいと思っております。

そんな中でも、はっきり浮かんでくる犯人が、バンボディ車の運転席にいる人物です。

なぜなら、彼は一歩も外に出ないで、車窓から三人の犯行の一部始終をスマートフォンに撮影していましたので、彼の顔の方が思い浮かんできます。

それで、よろしいでしょうか？」

「わたしは良いと思いますよ。

みんなは、どうですか？」

誰一人、反対するものは現れなかった。

「正直、今は、島本係長の頭の中を覗き込むことが出来ない以上、あなたが頼りであり、思い描いている犯人像をモンタージュ化していただければ良いのです！」

「みなさんのご期待に応えられるよう頑張りたいと思います」

光一郎は、みんなの前で誓うのであった。

光一郎の考えを承諾する公三郎と特別チームメンバー。

突然、会議室のドアが叩かれた。

「失礼いたします」

歴史ある那須別荘地

那須岳裾野に近い歴史ある那須別荘地に、眞理夫は身を隠していた。

今まで住んでいた別荘の居住者が、ほぼ高齢化や建物の老朽化が進み、手を加えることなく放棄同然に手放していたため、草花が生い茂って荒れ放題の別荘地になっていた。

広大な敷地に、車が三台入れる位の車庫付き物件が目に留まった。

本部から指定された物件だった。

当時の値段だと数億円単位はする物件であるが、バブル崩壊や世界を恐怖のどん底へ突き落としたコロナウイルス感染症の蔓延などで、不要不急の外出自粛などの緊急事態宣言に伴い、三密（密閉・密集・密接）にならないよう国から発令されてから生活が一変。

身動きが取れないわたしたちの日本経済も去ることながら世界経済も大きく狂いは

じめ急激に衰退してしまったことで、別荘などの維持管理費などを捻出出来る余裕などなくなっていたことが、最大の要因であった。

すかさず、逃走用に乗り継いできたジョイナス車を指定された車庫の中に隠した。

眞理夫は落ち着きを取り戻し、本部と連絡をはじめた。

「ほ、本部！　指定されました別荘にたどり着きました。

多少時間はかかりましたが、無事到着しました。

指定された那須高原清流の里別荘地は、あまりにも広大な敷地だったこともあり、正直迷ってしまいました。

別荘の主要道路の所々に〝私有地に付き、通り抜けはご遠慮ください。別荘管理事務所〟の案内看板が立てかけられていました。

ここの通りを、一般の人も利用するんですかね？

別荘地を管理する事務所もありましたが、無人でだれもいませんでした。

迷ったからと言って、指定された場所を聞き出そうとは思っていませんでしたので、自力で探し当てました。

本部からも散々注意の上にも注意が上乗せされていますように、別荘地の敷地内を探し回っている雰囲気を決して悟られないようにと釘を刺されていますので、細心の注意を払って指定された別荘を探し当て到着しました。

これからも居住者がいる所には、悟られないように細心の注意を心掛けて行動していきたいと思います。

ご安心ください。

ところで、近隣住民の方々から声を掛けられても、持ち主から一日体験するよう頼まれた旨を本部から伝達されておりましたので、それ相応の雰囲気を滲《にじ》み出せるくらいの余裕ある表情と行動で過ごしたいと思います。

本部も、わたしのスマートフォンから位置情報などで確認していただいていると思いますが、ご存知の通り、わたしのいる別荘の目印は滝のある釣り堀を西南方向へ約一キロ走行していただくと西洋風の四角いレンガ造りの煙突が目に飛び込んでくるはずです。

ポツンとひときわ目立つ屋敷なんですが、残念なことに敷地内の雑草が伸び放題で、外から屋敷の中までは見えることはありません。

うれしいことなんですが、何となく気がかりではあります。

こちらに来るときは、前もってご連絡ください。

車庫の扉も開けられるよう準備しておきますし、一部背丈の高い雑草を刈り込んでおきます。

なぜなら、だれも住んでいない別荘に潜んでいますので、わたしたちの車の出入りする痕跡を出来るだけ残したくないからです。
分かっていただきましたでしょうか？」
「キャプテンさん！　お気遣いありがとう。
ところで、軽乗用車のジョイナス車の乗り心地は如何でしたか？
普通乗用車とそんなに変わりはないでしょう。
運転席は広いし、燃費良いし、ガソリン代も節約できますからね。
こんなにガソリン代が高騰すると考えちゃいますものね（笑）。
これからの時代は、電気自動車（ＥＶ車）ですかね？
地球にも優しいし、環境にも優しいですものね（笑）。
話は変わりますが、少し心配なことがあります。
キャプテンさんの言葉の端々から、気持ちが高ぶっているように聞こえてきますが？
少し落ち着きましょうと言っても、目の前に大金があるんですものね。
むずかしいですかね？
でも、キャプテンさんは、本当に気遣いが上手ですよね。
車庫の周りの草刈りと良い、近隣住民への対応についての考えも、ほぼ完璧です。
ですから、今回の強奪事件のリーダーになっていただいたのも、わたしたちの目に狂いはなかったと言うことです。

素晴らしい。

本当にお疲れ様でした。

キャプテンさんは、一日でも早く今回の事件から離れたいですよね?

わかりますよ。良〜く分かります。

今しばらくの辛抱です。

それまで、お待ちください。

明日の昼過ぎには、スタッフがそちらに到着する予定です。

本当は、今すぐ行動を起こしたいのですが、深夜になってしまいますと、近隣住民の方々に怪しまれる恐れが考えられます。

従って、明日の昼頃が怪しまれない取引の時間であるかと考えております。

それまで、今回の事件では緊張のしっぱなしで十分な睡眠もとれていないでしょうから、今日はゆっくりお休みください。

明日、またこちらから連絡しますので、スマートフォンの電源は切らずにお待ちください」

「はい。分かりました。

明日、連絡をお待ちしております。

ところで、明日ご用意するものは、わたしが預かっている大金入りのボストンバッグをお渡しすればよろしいのですね？」

「はい。そうです」

「一つ心配なことがあるのですが？」

「それは、何ですか？」

「渋沢栄一がたくさん入っているボストンバッグを、簡単に引き渡すことは、わたしに責任が生じてくるようで怖いんです」

「……？」

「引き渡すに当たって、本部とわたしの中で合言葉を作っておきませんか？」

「合言葉？」

「はい。例えば、山と言ったら、川と言い返すように。

まったく知らない人に大金を手渡してしまうことを考えると、とても不安で引き渡せないのです。

出来れば、わたしが考えた合言葉を採用していただけないでしょうか？」

「それは、どんな合言葉？」

「はい。それは簡単な合言葉で、
わたしが〝山があっても〟と言いますから、本部は〝山梨県〟と答えて下さいませんか？

それによって、わたしと本部との連絡が密になっていることが証明されたことで安心いたします。

「はい。本部は、山梨県ですね。

よろしくお願いいたします」

了解しました。

本部から最後の質問になりますが、今回の痕跡を残したくはありませんので、廃棄処分のごみ袋は、こちらで預かっても良いかと思っておりますが、どうしておりますか？」

「はい。途中のSAやコンビニエンスストアのゴミ箱に分散して捨てきました」

はじめて、眞理夫は嘘をついた。

「了解です。

ボストンバッグと引き換えに、今回の報奨金が入った封筒をお渡しします。

その中には、リーダー手当として多少ですが、報奨金が入っております。

楽しみしていてください。

羨ましいですね。

キャプテンさんが……。

次回も、警察を敵に回すような仕事が発生するときは、いの一番にキャプテンさんにお声掛けさせていただきます。その時は、よろしくお願いいたします。

「は、はい。わたしに出来るような仕事があれば、いつでもご連絡ください。それまで、体力づくりをメインに筋力トレーニングに励んでおきます」

眞理夫は、また嘘をついた。

正直、犯罪者の肩書が付いた今、一日も早くこの闇の世界から逃げたかったが、切っ掛けが思いつかなかった。

自分なりに暗闇の中、逃避行ルートを探しはじめた。

本部からの会話の中に、違和感を覚えた眞理夫は考えた。

言葉の端々から、甘い言葉がのぞいていたのが引っ掛かっていたのである。

中でも、報奨金の他にリーダー手当を支給することなどあり得るのだろうか？

裏を返せば、大量の札束を見られたことへの口止め料の一つとして、リーダー手当に繋がったのではないかと思うのであった。

もし、そうであるならば、当然、自分の身に危険が付きまとう前に、手を打たなくてはいけないことに気づかされていた。

眞理夫は、腕を組んで最悪のことを考えはじめた。

＊　　＊　　＊

シーンと静まり返った寂しい部屋の中に、一匹のやぶ蚊が入ってきた。

［ブ～ン］

やぶ蚊の鳴き声に、数匹の仲間も集まりはじめた。

数匹のやぶ蚊は、眞理夫のパンチパーマの中へと消えた。

眞理夫の耳もとで、合唱がはじまった。

［ブーン、ブ～ン、ブーン！］

外から、梟《ふくろう》や山鳩が合いの手を打つかのように、騒々しい混声合唱がはじまった。

［ク、クックロ！］［ブーン、ブ～ン、ブーン！］［フォー、フォー！］

闇の中のシンフォニーを聞き入っていた眞理夫は、一瞬の隙間に変形した耳たぶをやぶ蚊が刺してきた。

眞理夫は、やぶ蚊を手のひらで追い払うものの五月蝿《うるさ》くつきまとうのであった。

悪戦苦闘する中、眞理夫の目から一粒の涙が流れた。

後悔の涙と反省の涙が入り混じっての涙だ。

これは、何の涙だろうか？

それも、一匹のやぶ蚊が襲ってくれた瞬間での涙だ。

自分は、今まで何をしてきたんだ。

罪を犯すために生まれてきたんじゃないことを眞理夫は、一匹のやぶ蚊から教えられたようにも感じられた。

眞理夫の頭の中は、現金強奪事件を起こす前の記憶が、徐々に蘇ってきたのだが、はっきりではなくぼんやりであった。

からだが震えはじめた。

ただ、大きな現金強奪事件なる犯罪を起こしていたことは間違いなかった。後で悔いても、取り返しのつかない現実を受け止めることが、眞理夫には出来なくなっていた。

止めどもなく溢れる涙を抑えるため、天井を仰いだ。

薄暗い天井の模様など見えなかった。

生まれて初めて天井の隅々まで見つめながら考えたのだが、涙は止まらなかった。

眞理夫の人生が大きく狂いはじめたのは、コロナウイルスという未曾有の病原菌がきっかけを作っていたことに気づかされたのだ。

コロナウイルスが蔓延し、世界各国が外出禁止令などを発令されたことで、生活が一変してしまった。

眞理夫は、第一線で活躍する敏腕な営業マンであった。

仕事も順調であったものの制約条件が発令されてから、自宅待機でテレワークやリモートワークなどに切り替える企業が多くなって仕事が急激に減っていった。

会社の経営も先行きの見通しが立たず、苦しい立場に立たされていた。

会社の経営者たちは、会社存続を掛けて人員の整理か？　止むなく業務縮小で生き延びるか？　の二者択一を役員会などで図った。

結論として審議の結果、人員整理を選択したのである。

それも、独身者を対象としていた。

対象の理由として独身者は、この先の職業の選択が容易であることなどから判断し、妻帯者は再就職が難しいことなどを考慮した中での、残留させることで乗り切ることを選択したのである。

そんなことも知らない眞理夫は、いの一番に解雇通告の対象になっていた。

納得のいかない眞理夫は、会社側に立てついた。

なぜ、自分なのか経営者に詰め寄った。

経営者からの一言。

「会社の経営も厳しく、このままこの状況の中で、取引先（お得意様）からの受発注の激減や打ち切りが続いてしまった場合、資金繰りが底をつき共倒れが予測されます。

苦渋の決断として、やむを得ず人員整理することで、役員全員一致で決定しました。ただし、わが社の経営が再軌道に戻ったときには、お声がけし同じポジションで再雇用も考えています。

どうか、黒滝さん！　ご理解ください。

本当に申し訳ないと、心の底から思っております」

経営者は言い訳を話すだけで、明快な回答を得ることなどは出来なかった。

投げ遣《や》りな態度を取ってしまった眞理夫は、経営者の印象を著しく悪くしていた。

それでも、納得は出来なかったものの、仕方なく退社を了承したのである。

生活に困った眞理夫は、インターネット上の会員制サイトの情報サービスのコミュニケーションツールから、短期間・高収入などに惑わされ闇バイト（高額バイト）に登録してしまった。

自暴自棄に陥っていたときだったこともあり、深くは考えてはいない行動であった。

登録は簡単だった。

携帯電話番号と氏名ならびに年齢を入力するだけの簡単な手続きである。

それ以上、入力する項目はなかった。

のちに、この単純な入力作業こそが、悪への入り口であったと眞理夫は知らなかった。

そんなこと知る由もない眞理夫本人はもとより、家族や友人たちに悪影響を及ぼすことなども知る由もなかった。

本当は、ここで気づいてほしかった。

携帯電話番号が、重要な役割を担っていることを、眞理夫は知らなかった。

それは、携帯電話機やスマートフォンに内蔵されている小さいチップ（ＳＩＭ）が、重要なカギを握っていた。

ＳＩＭには、たくさんの個人情報が登録されており、遠隔操作などを用いて簡単に調べ上げられる代物である。

特に、住所や携帯電話機に登録している電話帳、クレジットカード情報、メールアドレス、ＬＩＮＥ情報など隠れている情報も盗み取られることも多く、これを盾に脅迫してくるのであった。

ハッキリ言って、足抜きが出来ないようにストーリーを作り上げ、犯罪への道に誘い込む手法ではある。

一つ目は、殺害予告。

二つ目は、恐喝。

三つ目は、あることないことを作り上げては、ＳＮＳで拡散すること。

精神的に追い込む作戦である。

これが、闇バイトの三種の神器に該当するのであった。

安易なアルバイト志願

闇バイトに登録すると、そんなに時間を掛けなくても、即連絡が入るシステムになっていた。

［チリリリーン、チリリリーン！］

眞理夫のスマートフォンに、電子音の着信音が鳴り出した。

「はい。黒滝です」

「黒滝さんで間違いありませんか？」

「はい。黒滝です」

「はじめまして。

マイタウンブラック社へご応募いただきありがとうございます。

こちらは、あなたの夢を叶えてあげられる会社〝マイタウンブラック社〟の赤月智《あかつきとも》則《のり》と申します。

いま、少しお時間ございますか？」

「は、はい」

「こちらから、何点かご質問をさせていただきたいのですが、よろしいでしょうか？」

「は、はい」

「わが社をお知りになったのは、どのような方法でしょうか？」

「パソコンを何気なく検索していて、御社のSNSが目に飛び込んできました。日常の生活に、ゆとりがなくなり危機感が募ってきたものですから、少しお話を聞かせていただこうと思い手続きを取りました。

それも、わたしに何が出来るか分かりませんけど、自分を売り込むチャンスと思い応募した次第です」

「はい。分かりました。

わたしたちの仕事には危険が付きものですが、ご存知ですか？」

「危険とは、どのようなものがあるのですか？」

「はい。応募してきたみなさんが、特に一番気にかかる内容ですが、ご安心ください。仕事には、全てマニュアルが作成されていますので、その指示に従って行動してもらえば、必ず、成功するシステムになっております。

長年の実績と積み重ねが証明しておりますので、わたしたちを信じてください。

ただし、マニュアルに従っていただきますので、決して黒滝さんの判断で付加したり飛ばしたりしないでください。

一項目を加えたり省略することで、予定している所定の時間や内容が狂ってしてしまい、成功するものも全て台無しになってしまいます。

ここは、責任を取ってもらわなくてはなりません」

「責任って、どのようなものですか？」

「はい。わたしたちではなく、第三者が判断してくれます」

「だ、第三者？」

「そうです。

わたしたちの仕事は、他人からの評価が左右され成功か失敗かで運命が分かれてしまいます」

「……」

未知の仕事に対する評価が、いまいち眞理夫には理解出来なかった。

智則は、一方的に承知・不承知にかかわらず話を進めた。

「こちらで用意していますマニュアル通り実施した中での、時間短縮は大歓迎です。

もう一つだけ付け加えさせてください。

黒滝さんの活躍によっては、わが社の幹部として短期間で昇格することも約束させていただきます。

わが社も一般企業と一緒で、代表取締役社長をはじめ上級・下級執行役員、部長、課長、課長補佐、係長、主任と一般社員に分類されています。

一つの仕事に成功するごとに、身分の昇格も保証されるようになっております。

また、わが社には、東南アジアを中心とした海外支局をたくさん用意し、スタッフも常駐されています。

黒滝さんが海外勤務を希望されれば、こちらで推薦して上げても良いかと思っています。

ただし、実績が伴わない限り、希望してもむずかしいかと思われます。

しかし、わが社の社員に登録されたのですから、希望を諦めないでください。

期待していますよ。

頑張ってください。

これから行われる黒滝さんの仕事については、改めて、今のスマートフォンに日時・場所・仕事内容はじめ選ばれしメンバーとマニュアルが準備次第、送信させていただきます。

最後になりますが、これから行なわれる仕事の内容に対しては、キャンセルはもとより絶対に親、兄弟やお友だちなどに公言することは禁じています。

もしも、黒滝さんが約束を守られない場合は、こちらにもそれ相応の手を打たなくてはいけなくなります。

それだけは勘弁してください。

特に、ご家族はじめ友だちに、何らかの危害が加えられることは間違いないと思われます。

最悪のことをお考え下さい。

決して、脅かしではございません。

会社が行うことなので、わたしはタッチしておりません。

お気を付けください。

ただし、短時間で高収入が約束されるのです。

こんな上手い話は、どこを探してもありませんよ。

リスクが伴う仕事ですから、成功すれば目の前に描いているパラダイス（楽園）が待っているのを、頭の中に浮かべてください。

しかし、仕事中は余計なことを考えず、仕事一筋でお願いします。

黒滝さんの大きな夢への実現に向けて、当社でも応援させてください。

コロナウイルスなどの影響で、職を失った黒滝さんには、お誂《あつら》え向きの簡単な仕事だと思っていますよ。

お互い一緒に頑張りましょう！」

智則の甘い言葉の裏には、脅迫めいた言葉が幾度となく見え隠れすることに愕然とする眞理夫は、言葉を失っていた。

「……」

眞理夫の額から、大量の汗が噴き出していた。

はじめは、短期間で得られる高収入に魅力を感じて何気ない小さなクリックから、世間を騒がす大きな出来事に発展していくことなど、まだ知らなかった。

危険な情報社会に放り込まれた眞理夫は、逃げ場を失っていた。

眞理夫は、考えた。

家族や友だちに危害が及ぼさないかが、頭から離れなかった。

だれにも相談することなど出来なかった。

それでも考えた。

でも、結論などは出なかった。

孤独の戦いである。

眞理夫は、心の中で〝時間よ、止まれ！〟を叫んだものの、時間は止まってくれなかった。

また、時間は戻ってもくれなかった。

眞理夫は、闇社会のマイタウンブラック社と一般社会との組織の違いを暗闇の中で考えてみた。

＊　　＊　　＊

一般社会で言う代表取締役社長は、マイタウンブラック社では黒幕と言われるボスが仕切っていた。

執行役員は、マイタウンブラック社では指南役。

部長は、執行役員をサポートする指示役。

課長は、主に仲介役のほかシナリオライターや心理カウンセラーが該当していた。

係長は、闇社会では実行役に当たり各クラスにランク付けされていた。

主に耳にするのは、運び屋（回し子）、かけ子、受け子、出し子、打ち子、そして平子（ひら子）などが該当していたのである。

また、海外支局は、主に携帯電話やスマートフォンの受発信の電波を盗み中継所として、警察や電信電波会社をかく乱させるための電波妨害を目的とした場所になっていた。

即ち、受発信の電波を傍受されることのないように、第三国中継所を介するよう徹底していた。

電波を無断で強奪する海賊版である。

ここは、かけ子や打ち子の本拠地になっていた。

本部の指南役や指示役からのメッセージを伝える役目の智則は、忠実に眞理夫へ指示伝達するのであった。

智則は、日本には住んでいなかった。

眞理夫は、現場のキャプテン役で運び屋を担っていた。

主に運び屋は運転手で、スタッフの現場への送り迎えをはじめとして、車外には出ずに車の中からマニュアル通り行動しているスタッフの監視とタイムキーパーを兼ねた重要な役割を任されていたのだ。

万が一、失敗するようなことがあれば、スタッフを取り残してでも車を走らせるよう指示されていた。

残酷な立場でもあった。

今回は成功したので、スタッフを取り残すことはなかった。

眞理夫と同じ条件で闇社会に登録したピーター、ジミー、ポパイとは、今回の仕事を通して絆が生まれたことが不思議でならなかった。

一つの仕事を成し遂げたことが、こんなにも虚しく感じること事態、いままでの人生の中では味わったことのない初体験であった。

無性に、無差別で招集されたみんなに逢いたかった。

今後のことについても含めて相談したかった。

それも、いまは叶わない。

眞理夫、心の葛藤

この先の行動を暗闇の中、スマートフォンの光を頼りに眞理夫は考えた。

一人ぽっちの空間での、孤独との戦いである。

眞理夫の頭の中は、プラス思考よりマイナス思考に傾いていた。

万が一、家族や友だちに危害を加えられないようにするためには、何か打つ手がないかを模索しはじめた。

眞理夫は、自分が蒔いた種を芽が出る前に掘り起こさなくては、家族や友だちが大変なことに巻き込まれてしまうことに、胸が裂ける思いの不安がからだ中の血が騒ぎ出していた。

気が小さく内気な自分が、あんな大胆な強奪事件を引き起こしたのが、正直信じられなかった。

眞理夫は、両手を眺めた。

自分の意志に反して、犯罪者のマインドコントロールに支配されていることすら知らずに、強奪事件の犯行に踏み切っていた。

結果的に、失敗せずに成功に導いたことが、本部から高い評価の集団としての地位を確立していたのである。

眞理夫は、まだマインドコントロールされていることに自覚はなかった。

悪いことをしていることは脳内で薄々分かっているものの、からだがひとりでに行動してしまうのであった。

指示命令の言葉もマニュアル通りに作られていたもので、自然と口から発せられ暴言も抑えることが出来なかった。

だれも信じてくれないと思うが、マインドコントロールは麻薬などに匹敵する恐ろしい言語暗示形式で、特異な記憶や思考を生じさせて操る催眠術状態で、睡眠と違って意に反するように容易に暗示を与えることが出来るのだ。

即ち、挙動が怪しくなるのである。

特に、眞理夫にはマインドコントロールに束縛されることなど、思い当たる節が見当たらなかった。

自分では気づいていないマインドコントロールは、頻繁にスマートフォンへ送られてくるマニュアルを何度も読み返し復唱しているうちに、いつしか舞台の主役に抜擢されたかのように、からだが自然と動いていたことが、薄っすら蘇ってきていた。

もう一つの理由は、家族や友だちに迷惑を掛けたくない一心で犯罪に手を染めてしまったことも事実であった。

断ることの出来ない気の弱さを露呈してしまった眞理夫は、ごく普通の人間に戻りたかった。

戻るには、マインドコントロールを取り除きたいのだが、取り除く方法すら見つからなかった。

しかも、重大な事件を引き起こしてしまった眞理夫にとって、自分の経歴書に犯罪者のレッテル（前科一犯）が書き加えられることも確定的になってしまった。

未曾有のコロナウイルスが、一般の病状に匹敵する値まで下がることで、約束されていた前職場への復帰など皆無に等しかった。

悔しかった。

歯がゆかった。

大声を出して助けを叫びたかったが、ここはシーンと静まり返った別荘地。

それも、いまは真夜中。

スマートフォンの中の自分に語りかけている眞理夫は、涙が止まらなかった。

暗闇の中で光り輝く一点の光に誘われるように、一匹のやぶ蚊が近づいてきた。

先ほど追い払ったやぶ蚊である。

眞理夫から放たれる甘い香りに誘われるように、またやって来たのだ。

眞理夫は盛んに追い払うのだが、やぶ蚊は必要以上にまつわりつくのであった。

暗闇に同化したやぶ蚊を、音のする方向に向かって手を振りかざし叩き潰そうとしたのだが、空振りに終わった。

逃げ惑うやぶ蚊は、眞理夫の耳の中に逃げようと試みた。

変形された耳の入り口は、やぶ蚊にとって迷路に近かった。

やぶ蚊は手探り状態であったが、頑張って耳の中へ。

慌てた眞理夫は、人差し指や小指の爪を使って掻き出そうとしたのだが、やぶ蚊は奥へ奥へと入って行った。

やぶ蚊は羽音を器用に使って、眞理夫に囁《ささや》きかけてきた。

「わたしは、あなたからいただいた血を持ち帰りましたが、気になることが分かりました。

あなたは、自分の意に反する行動を起こしていませんか？

あなたの後ろ姿に、大きな悲しき袋を背負っていますが、どうかされましたか？

特に、あなたには似合わない悲しい顔つきが気になりました」

　鮮明に聞こえるやぶ蚊の声に、眞理夫は答えることが出来なかった。

「……」

「先ほど、あなたの大切な血を拝借して、少し気になることが分かりましたので、戻ってきちゃいました。

　いま、あなたは良心の呵責に悩まされていませんか？

　本当は、気が小さくてせっかちで内気なあなたの性格に合格点は程遠いのですが、何が起こっているのか原因を知りたいとは思いませんか？

　あなたの考えとは裏腹に、からだが勝手に操り人形のように操《あやつ》られていることに気づいていないでしょう。

　あなたの脳の中に、新しい情報を繰り返し消去したり付け加えたりすることで覚え込ませ教え込んで、それまでの情報を一変させることで、悔い改めさせ危機感を植え付けることで、改造人間に仕上げられていくのです。

　わかりますか？」

「……」

「あなたには、立ち直れるチャンスがまだ残っていることを、わたしは確信しました。

　これから、わたしの手法で、あなたが操られている糸を切り離していきますが、よろしいでしょうか?

時には、精神的もしくは肉体的に感じる無の苦しみや痛みが蘇ってくるかもしれませんが、その苦痛には耐えていただきます。

決して、あなたに負担を掛けるつもりはありません。

わたしに任せてください。

それでは早速、あなたの耳の中に、たくさんの操っているしゃぼん玉がところ狭しと並んで塞いでいます。

一つひとつ丁重に破壊していきます。

何も怖がることはありませんよ」

やぶ蚊は、しゃぼん玉にへばりつき、眞理夫から吸い上げた血を噴きかけた。

次から次へと、しゃぼん玉へ飛び移った。

〝プッチン、パッチン〟

一つひとつ割れる音が、眞理夫の耳の中でこだまし、脳裏に残っている過去の出来事を消し去っていく瞬間でもあった。

眞理夫の顔色も、青白い色から赤らんできた。

いま、眞理夫のマインドコントロールが解き放たれた瞬間であった。

われを取り戻した眞理夫は、周りを見渡した。

目の前にあるボストンバッグとビニール袋が、目に飛び込んできた。

薄暗い部屋の中に、ポツンと一個のボストンバッグと数台の携帯電話機、スマートフォンはじめカーキ色の作業服や高速道路通行票などが入ったビニール袋が置かれていた。

ボストンバッグとビニール袋の中を覗き込んだ。

眞理夫は、それぞれの中を見て、改めて驚いた。

バックの中身は大量の渋沢栄一とビニール袋の中は携帯電話機やスマートフォンなどが大量に入っていた。

一つひとつ確認するほどの余裕などなかった。

眞理夫は考えた。

ここに置いてあるボストンバッグとビニール袋の取引の詳細は、スマートフォンの中に送信されているはず。

案の定、スマートフォンのショートメッセージ（ＳＭＳ）に、しっかりと取引日時と内容が、本部から差し向ける受け子に、ボストンバッグを引き渡すよう指示されていた。

心配になった眞理夫は、ショートメッセージの履歴を見た。

複数件のショートメッセージが、事細かく列記されていた。

眞理夫は、ショートメッセージを読み返した。

ビニール袋の中に入っている作業服や携帯電話機などは、速やかに所々で廃棄処分するように指示されていたが、ここ別荘地まで持ってきてしまっていたのだ。

本部から派遣される受け子のジャックに、この廃棄処分すべきビニール袋を見つけられたときのことを考えると、いち早く隠すか燃やすかの二者択一になっていた。

こんな真夜中に、ごみを燃やせば火の炎が遠くまで届く可能性があり、さらには火災と勘違いされて通報されて、消防車や警察車両などが駆けつけて別荘地事態が大騒ぎになり兼ねない。

良心を取り戻した眞理夫は、焼却方法を断念するのであった。

スマートフォンの明かりを頼りに、ビニール袋を隠せる場所を探し出した。

一点の光が届く場所には限界があった。

眞理夫は考えた。

このまま探し続けても、時間は止まってくれない。

時間が勿体ない。

独り言も多くなっていた眞理夫。

これ以上、隠し場所を探し続けていても、スマートフォンの電源バッテリーにも寿命があったので、不本意ながら諦めるしかなかった。

朝日が昇る明け方に改めて探すことを決意したのであった。

＊　　＊　　＊

小鳥が囀《さえず》る朝のあいさつに、目覚めた眞理夫。

長旅の疲れと緊張感から解放されたことで睡魔に負けて、うつらうつらと居眠りをしてしまっていたのだ。

ハッと目覚めた眞理夫は、すかさずビニール袋を隠す場所を探しはじめた。

天井を見上げたが、天袋に移行するのは、いまいち納得出来なかった。

部屋の中を、もう一度探し回った。

大きな冷蔵庫の中や床下の収納ボックスの中が候補に挙がったが、どうしても隠す場所に値しなかった。

部屋の中を、どこともなく歩き回った。

当てもない徘徊に似ていた。

和室を覗《のぞ》いた瞬間、炬燵《こたつ》が目に留まった。

ビニール袋を隠すのに最適な場所であることを思いついた。

早速、リビングからビニール袋を運び込み隠すことを決意した。

［ギシ、ギシ！］［サク、ザック！］

静まり返った別荘地に、微かな音が流れた。

少し時間は掛かった。

眞理夫は、和室からリビングへ。

ポツンと取り残されているボストンバッグへ近づき、改めてボストンバッグのファスナーを開けた。

黒い一万円札の渋沢栄一が、所狭しとぎっしり詰め込まれていた。

この渋沢栄一を、簡単に本部へ引き渡すべきか悩み出した。

もし、引き渡すことを拒否した場合、家族や友だちたちに危害が加えられることや自分が抹殺されることも、頭の中を過った。

まだ、死にたくはなかった。

眞理夫には、まだやり残したことがいっぱいあったからだ。

ここは、黙って本部の言い成りに従うことを、不本意であるが心に決めた。

マインドコントロールを取り除いてくれたやぶ蚊に、眞理夫は感謝の言葉を掛けてあげるゆとりなどはなかった。

やぶ蚊も別れの言葉を残すことなく、何事もなかったかのように眞理夫から離れ、パンチパーマの中へ。

ジャックが来るまで、まだ時間があった。

眞理夫は、自分が蒔いた犯罪の種が芽を出る前に刈り取ることを決心していたので、闇社会を告訴したかった。

少しでも、罪悪感にさいなまれた眞理夫は、良心を取り戻したかったのである。

証拠品となる廃棄処分予定のビニール袋を残したい理由は、警察などで分析して裏社会を暴いてくれることを期待しての行動であった。

正直、内部告発だ。

はじめて、眞理夫は死をも覚悟するのだった。

本来なら、直接、警察署に自首して、洗いざらい現金強奪事件に関する一部始終を自供すれば済むのだが、家族や友だちなどにどんな危害が加えられるのか恐ろしくなり、足が遠のいたのである。

気が小さい眞理夫。

ただ、眞理夫は、証拠品のビニール袋だけじゃなくて、警察に協力出来うる何かを残したい心情に傾いていたが思いつかない。

＊　＊　＊

自分の頭を何回も叩いたものの、何も思いつかない。

天を仰ぎ考えた。

時間は待ってくれなかった。

受け子のジャックが来る前までに、何とかしたかった。

眞理夫は焦った。

ボストンバッグを隠して、自分も人目につかないところに隠れることも考えたのだが、やっぱり家族や友だちを巻き込んでしまうことが、脳裏を横切り一番怖かった。

なんと言っても、裏社会はそんなに生易しい世界でないことは、眞理夫でも知っていた。

どんなに遠くへ逃げ回っても、警察機関と一緒で闇社会のネットワークも全世界に張り巡らされているため、ほぼ不可能に近かった。

だから、眞理夫は裏社会の怖さから断念した。

このまま、ボストンバッグを持って自首したかったのだが、眞理夫にはそんな勇気などもなかった。

裏社会の掟では、裏切り者に対しての制裁は厳しく、死をもって清算させられることも多かった。

なぜなら、犯罪の命ともいえるマニュアル等が公《おおやけ》にされることが、今後の仕事に多大な影響が出ることで、裏社会では一番の禁じ手になっていたからだ。

とは言っても、マイタウンブラック社では、次から次へとQ＆Aを積み重ねて、新しいマニュアルなどを作成し更新していくのが通例になっていた。

これは、警察と裏社会の鼬《いたち》ごっこにもなっていた。

裏社会からの警察に対する挑戦状でもあった。

時間は待ってくれない。

ジャックが来る前に何とかしなくてはいけない焦りが、眞理夫を苦しめていた。

そんな中、眞理夫に一瞬の光が飛び込んで来た。

万が一、自分に思いがけない不幸な出来事が起こったとしても、最後は罪を認めて潔く裁きを受ける覚悟を強く心に決めていたのである。

眞理夫は、リビングの中を見渡した。

窓側に一本の観葉植物が目に飛び込んできた。

早速、自分のスマートフォンを観葉植物の中に隠した。

なぜ、スマートフォンを隠すことを思いついたのかというと、マイタウンブラック社の実態を動画撮影することで、内部告発に近づけたかった。

これから、強奪してきた現金入りボストンバッグを、ジャックに引き渡す瞬間を撮影したかった。

これも、ジャックの行動が本当に本部から指示されているマニュアル通りに実施されているのかを、眞理夫も確認したかった。

と同時に、現金受け渡し現場の一部始終を撮影することで、少しでも警察への罪滅ぼしの一つにしたかったのである。

＊　＊　＊

ジャックが来るのが待ち遠しかった。

腕時計を見るも、まだ待ち合わせた時間には達していなかった。

こんなに、時間を気にする自分が怖かった。

眞理夫は、闇バイトの中で最も重要なタイムキーパー役を命じられていたせいか、人一倍時間には敏感になっていた。

そんな中、別荘の扉が叩かれた。

眞理夫は、腕時計を見た。

予定の受取時間を約十分も過ぎていた。

「大変遅くなりました。

本日、マイタウンブラックス社様から時間指定の小荷物を受け取りに参りました」

　ボストンバッグを受け取りに来たジャックは、宅配便の恰好に身を包んで入ってきた。

　眞理夫よりも、ジャックの方が高身長だった。

「マイタウンブラック社様から、キャプテンさんよりボストンバッグを預かってくるように指示されて参りました」

　眞理夫は、

「山があっても?」

　ドア越しから、

「山梨県!」

「はい。聞いております。

　少々お待ちください」

　眞理夫よりも、年下のジャックに対して敬語で返事を交わしていた。

　ここでも、気の小さい性格が出てしまった。

　眞理夫は、リビングの長いすに置いておいたボストンバッグを、ジャックに手渡した。

　本来ならば荷物を引き渡す際には、儀式である受領書にサインか捺印などを交わすのだが、それも必要なかった。

なぜなら、盗品の取引なので、痕跡は残したくなかったのである。

マイタウンブラック社の方針でもあった。

ジャックは、マイタウンブラック社から預かった白い封筒を、眞理夫に差し出してきた。

「キャプテンさんへの報奨金だそうです。

お受け取りください」

差し出された分厚い封筒を、眞理夫は拒否することなく受け取ることにしていた。

「誠に申し訳ございませんが、ボストンバッグを段ボール箱にそのまま収めたいので、このテーブルをお借りしてもよろしいでしょうか?」

「どうぞ、どうぞ!

ただ、この別荘には段ボール箱もガムテープも、どこにあるか分かりませんけど?」

「ありがとうございます。

大丈夫です。先ほど、途中のコンビニエンスストア(コンビニ)で購入してきましたので、こちらで梱包いたします」

ジャックは、額から流れる汗を拭うことはしなかった。

無事に梱包を終えたジャックは、ポケットから缶コーヒーと缶ジュースを取り出した。

「先ほど、コンビニから購入してきました缶コーヒーと缶ジュースがあるのですが、どちらがお好きですか？」

「はい。ありがとうございます。缶ジュースより缶コーヒーの方が大好きなんですが……」

ジャックは、渋々眞理夫へ缶コーヒーを手渡した。

ジャックから、今回の仕事の成功を祝して、

「お疲れ様でした」

缶コーヒーと缶ジュースを軽く触れた。

お互い、缶蓋のプルトップを上げ開けた。

眞理夫は、先に缶コーヒーに口をつけ一口飲んだ。

特別な任意捜査

正修たち捜査員は、日本セキュリティーガード社の郡山支社前に集合していた。

中核都市で起きた現金強奪事件だけは、刑事部の責任者である学が任意捜査に立ち

会うことを自ら率先して決めていた。

別名、ガサ入れである。

遠くの人影を見つけた正修は、敬礼しだした。

民間企業の前なので声は出せなかった。

残りの捜査員も、姿勢を正して学を待った。

「遅くなって申し訳ない」

正修以外の捜査員たちは、謙虚な学を見たことがなかった。

いつも、厳しい言葉しか耳にしたことが無かった捜査員たちは不思議でならなかった。

「これから、現金強奪事件に関する聞き込み捜査を行います。くれぐれも、日本セキュリティーガード社の社員を刺激するような言動は気をつけていただきたい。

まだ、現金強奪事件に関する有力な情報は、我々刑事部はもとより福島県警本部にも入っておりません。

ただ、現金輸送車を一般乗用車に切り替えた詳細を知る権利が、我々にあります。

そこで、この捜査には慎重に慎重を期して望みたいと思います。

焦りは、禁物です。

そこで、今日は二班に分かれて捜査いたしたいと思います。

A班は、自動車整備工場を鑑識課中心に捜査していただきます。

B班は、今回の現金強奪事件で発生すると思われる保険会社の補償制度に関する経理全般を調査するため、特別に福島県警察本部から新堀千鶴《しんぼりちづる》財務捜査官を派遣していただきましたので、わたしはこちらの捜査を見届けたいと思います。

以上の段取りで捜査を開始したいと思います。

最後に、福島刑事部長から一言お願いいたします！」

捜査工程を説明する正修は、学に敬礼して後退りするのだった。

学は、正修からのあいさつに、

「今日は、朝早くから現金強奪事件に関わる捜査に加わっていただき、ありがとう。

これから、日本セキュリティーガード社を訪問いたしますが、事前に連絡を入れております。

前代未聞の現金強奪事件を当署管轄内で行われたことは、みなさんもご承知のとおりです。

この事件は、わが署で解決させなくてはいけません。

他署ではダメなんです。

どうしても、わが署が率先して行動を起こし、解決に向けた情報を収集することで主導権を取らなくてはいけないのです。

　これが、わが署の使命感でもあります。

　また、この事件は犯人からわが署へ対する挑戦状であると、わたしは思っております。

　みなさんの協力なくして、この事件は解決いたしません。

　よろしくお願いいたします！」

　捜査員の前で、学は頭を下げた。

　刑事部の責任者である学の決意に覇気を感じとれなかった正修は、心を切り替えて捜査員に檄を飛ばした。

「これから、日本セキュリティーガード社に聞き取り調査を実施いたしたいと思います！」

　正修が先頭に立って、学に続き捜査員が列を作って、日本セキュリティーガード社の中へ。

　受付の窓口で、執行役員の晃司と総務部長の田母神《たぼがみ》慎二《しんじ》が待っていた。

「お待ちしておりました。

　この度は、わたしたちの不祥事で大事件を起こしてしまい、大変ご迷惑をお掛けいたしまして、誠に申し訳ございませんでした。

今日は、全面的に協力させていただきますので、何なりとお申し付けください。よろしくお願いいたします」

「こちらこそよろしくお願いします。早速ですが、二班に分かれて聞き込み調査をさせていただきます。今回の大事件の陣頭指揮を取っております。わたしどもの福島刑事部長も参加させていただいております」

正修のあいさつを聞いていた晃司は、学の顔を見た。

恐縮した晃司と慎二は、改めて学に向かって頭を下げた。

「これから、二班に分かれて聞き取り調査を開始してください」

A班に属している貴公は、大きなジュラルミンケースを右肩に抱えて、正修の後ろに連なって整備工場へ。

B班は、学の後ろに千鶴たちが連なって総務部へ。

総務部へ到着した学は、晃司の部屋である役員室へ通された。

日本セキュリティーガード社への立入調査

整備工場

正修は、現金輸送車から一般乗用車に切り替わったときの車両整備台帳の提出を求めた。

整備工場の小比類巻《こひるいまき》聖人《まさひと》工場長は、事前に用意しておいた車両整備台帳を正修に手渡した。

正修は、手渡された車両整備台帳を貴公へ。

台帳を手渡した正修は、貴公に向かって、

「これから、福島刑事部長のところに合流しますので、ここは村松主任に一任したいと思います。

よろしくお願いいたします」

正修は、貴公に向かって敬礼して総務部へ。

貴公は、車両整備台帳を見ながら、当日運行予定だった現金輸送車の整備不良が、どこだったのか指摘した。

貴公は、前もって開けてあったボンネットの中をサーチライトを照らした。

それを見かねた聖人は、現金輸送車のエンジン部分を指さして、

「エンジン音が微妙に異なった音が聞こえてきたので、エンジン回りと車の真下に潜り込み目視で調べたのですが、原因がはっきりしませんでした。

それと同時に、運行時間も迫ってきていたものですから、代替車として一般乗用車を選択いたしました。

一般乗用車に切り替えたものですから、当社の制服やヘルメットなどの姿では不自然と考え、スーツ姿で貴重品を運んでもらってもよろしいかを佐々木執行役員に相談いたしました。

佐々木執行役員から、了承を得ることも出来ました。

再度、時間を掛けて現金輸送車を全面的に点検いたしました。

一つひとつ部品を取り出して再確認したのですが、異常ありませんでした。なぜなのか疑問符がつきましたが、正直分かりませんでした。

わたしたちの日頃の作業から、重要な項目を中心に点検するよう心掛けています。〝目で見て〟〝触れて見て〟〝動かして見て〟異常な場所が発見出来るか細心の注意を払って点検しています。

特に、今回は異常な箇所が見つかりませんでした。

しかし、わたしの目の前で微かな異常音を出している現金輸送車が気になりました

ので、わたしの判断で代替車へ切り替えました。

本当に、可笑しいんです。

狐に抓まれたような話で恐縮しています」

「ありがとうございます。

それでは、いまはどうなっていますか？」

貴公の矢継ぎ早の質問に、

「先ほども、お話しさせていただきましたが、現在は何でもなかったかのように通常に運行しております」

「それは、可笑しいですね。

恐れ入りますが、エンジンを掛けていただきますか？」

「はい」

聖人は、運転席に乗り込み、スターターキーを回した。

「ブン、ブン！　ブーン！」

快適なエンジン音が、整備工場の中に響き渡った。

貴公は、エンジン音がするボンネットに耳を傾けた。

エンジン音に集中するため、耳を澄ました。

快適なエンジン音の中に微かな音の違いを、貴公は見過ごさなかった。

「はい。ありがとうございます。エンジンを切ってください」

「はい。かしこまりました」

「大変申し訳ございませんが、車の下が見える地下ピットまで車を移動していただけませんか？」

「はい。かしこまりました」

聖人は、スターターキーを回し、車をゆっくり発進させた。

車の真下が見られる階段付地下ピットへ移動させた。

何を思ったのかサーチライトを片手に貴公は、人がすっぽり入れる地下ピットの階段を駆け下り中へ消えた。

真下からサーチライトを照らして、車の下を見上げた。

車の構造が、目の中に飛び込んできた。

配線が複雑に入り組んでいた。

貴公は、鑑識課員にカメラとメモ用紙を持ってくるよう頼み込んだ。

地下ピットの中から、カメラのフラッシュ音と光が漏れていた。

＊　＊　＊

地下ピットに潜ってから、どのくらいの時間が経過しただろうか？

ようやく、地下ピットから真剣な顔つきで、貴公たちが出てきた。

貴公は、開口一番聖人に向かって、

「小比類巻工場長！　今回修理したと言っていたこの車の部品を全て提出してください。

そして、この車の当日前後の整備点検日報を含めて整備台帳と一緒に添付して提出してください。

とりあえず、今日のところは、この辺で引き上げたいと思います」

総務部

学たち正修は、晃司の役員室へ案内された。

テーブルの上には、コーヒーが湯気を立てて待ち受けていた。

晃司は、学をふかふかしたソファーに腰かけるようセンターへ誘導した。

学は、正修たちに向かって、

「今日は、わが署はじまって以来の現金強奪襲撃《そくせき》事件に巻き込まれた日本セキュリティーガード社協力のもと、事件発生までの足跡として取引内容が確認できる伝票等を提出していただくことを、事前に連絡してあります。

従って、日本セキュリティーガード社立ち会いのもと、調査をしてください」

署内では、厳しい言葉で指導する立場の学であるが、一歩外に出るとこんなにも自分の言動を一変出来る控えめな態度が取れることが不思議でならなかった。

学の言葉が終わるのを見届けた晃司は、

「事前に要請されております伝票等は、隣の会議室に用意させていただいております。万が一、書類等に不備があるようでしたなら、立ち会っている総務部長に、何なりとお申し付けください。

協力することは市民の義務の一つですから、全面的に協力させていただきます」

晃司の意味深な発言が気になり出した千鶴は、早く書類等に目を通したかった。

晃司は、役員室から直行出来る会議室の内扉に手を掛け、正修たちを案内するのだった。

会議室の中には、慎二がスタンバイしていた。

テーブルの上には、たくさんの書類名が書かれたバインダーが並べられていた。

隣には、入出金伝票等も置かれていた。

正修たち捜査員は、会議室の中に消えた。

学は、晃司に案内されたソファーに腰かけた。

県警本部から派遣された千鶴を中心に、たくさんのバインダーの中でもひと際目ぼしい書類から手をつけていった。

素人の一般職員は、年度別月別から順序良く書類に目を通すのが普通だが、プロの千鶴は違った。

現金強奪襲撃事件の前後日の伝票等を中心に、目を大きく見開き皿のように見はじめたのだった。

＊　　　＊　　　＊

千鶴の後ろ姿が滑稽だった。

千鶴には、数字に関する座右の銘を持っていた。

数字は嘘をつかない。

なぜなら、数字には隠された心の声が、千鶴の耳を通して伝えられていたのである。

それは、筆圧とか被せ文字、数字とか時間を空けての数字の偽装などは同じペンを使用しても微かな違いで分かってしまうのだ。

軽犯罪に手を染めやすい一つになっていることを、千鶴は見逃さなかった。

特に、三K《サンケー》とも言われている会議費・交通費・交際費などの手書き領収書等は改変され易い伝票の一つになっていた。

書類に目を通す千鶴は、別人だった。

何も出来ない正修は、ただ財務捜査官の千鶴の動きを見つめることしか出来なかった。

突然、千鶴は、慎二に向かって、

「誠に申し訳ございませんが、今年度を含めた過去三年分の財務諸表である貸借対照表・損益計算書・利益処分計算書を提出していただけないでしょうか？」

「はい。かしこまりました。

財務諸表ですが、株主である投資家や債権者などの企業外団体の利害関係者向けに配布している企業の財政状況や経営成績など掲載されている書類でよろしいでしょうか？」

「はい。それで結構です」

「後は、何を用意すればよろしいでしょうか？」

「そうですね。

写し（コピー）で結構ですので、過去三年間の実績として金銭出納帳ならびに入出金伝票と領収書をいただけないでしょうか？

ただし、入出金ファイルから取り出し一枚一枚ばらばらにすることなく、そのままコピーしていただければと思います。

ただし、伝票が重なっているようでしたなら恐れ入りますが、面倒でも取引先・年月日・金額が分かる範囲で結構ですのでコピーしてください。

多少時間が掛かるかも知れませんが、ご協力をお願いいたします」

「はい。かしこまりました。

多少時間が掛かるかと思いますので、それでもよろしいですか？」

「はい。申し訳ございません」

「それでは、今しばらくお待ちください」

慎二は、総務部職員に向かって、

「ここにあるファイルを、全てコピーしてください」

慎二の指示に伴い職員たちは、それぞれのファイルを抱えて会議室を後にした。

千鶴は、一通りの作業を終えたことを学へ報告するのだった。

「今日は、わたしたちが必要としている書類等が入手されれば、本署に戻って解析いたしたいと思います。

大手企業なので、適正に会計処理等はされていることとは思いますが、一つ気になるところがありましたので、ここでは追跡調査せず解析の結果から質疑応答を考えておきます。

以上、ご報告申し上げます」

「ご苦労様でした」

学は、千鶴にお礼を言いながら、慎二に向かって、

「本日はお忙しい中、捜査にご協力を賜り厚く御礼申し上げます。

わが署はじまって以来の現金強奪襲撃事件に巻き込まれた御社を考えると心苦しいのですが、本当にご協力ありがとうございました。

ただ、御社のシステムに、何らかの欠点が生じているのではないかと指摘する市民の声が多数寄せられていたこともあり、止む無く捜査することになりました。

ご了承ください」

学は、晃司と慎二に協力をいただいたお礼を兼ねてあいさつを交わした。

しかも、学は晃司と慎二に対して嘘をついていた。

警察の失態も重なっていたにもかかわらず、市民の声も多少届いていたのだが、学は嘘も方便のためには、時には嘘をつかねばならなかった。

苦渋の決断である。

総務部職員が大量のコピー用紙を持って、会議室に入ってきた。

大量のコピー用紙は、正修が受け取った。

それを見届けた学たちは、列を作って会議室を後にした。

那須別荘地で他殺体発見

「福島刑事部長！　先ほど、隣街の栃木県警本部から現金強奪事件に関連する緊急連絡が入りました。

わが署から現金強奪事件に関する全国指名手配書であるモンタージュ写真に酷似した人物が、死体で発見されたそうです。

まだ、身元が判明していないとのことでした。

以上が、栃木県警本部からの報告でした」

「あい、分かった。

早急に、勝間田署長の許可をいただいてから、直接、栃木県警本部と捜査協力を打診しながら順次詳細を確認後、雀之宮総務部長へも連絡をしておきます」

学は、机上の電話に手を伸ばした。

＊　　　＊　　　＊

「先ほど、福島刑事部長から島本係長が作成していただいたモンタージュ写真に酷似した人物が、隣街の栃木県警管轄内の那須別荘地で発見されたとの連絡を受けました。ただし、死体での発見です。

わが署から、栃木県警本部へ正式に合同捜査の依頼を、勝間田署長を通して受理されました。

快く承諾していただいたとは思いませんが？

全国の警察でも同じことを思っていると思いますが、事件解決は所轄が中心となって行なうことが鉄則になっております。

正直、面子《メンツ》に拘《こだわ》っているのですね。

そこで早速ですが、この事件に関しては、極秘捜査部隊も一枚嚙ませてもらうことで、勝間田署長ならびに福島刑事部長の了承も得ることが出来ました。

従いまして、重中警部補中心に極秘捜査部隊全員で情報収集に努めていただきます。

つきましては、それぞれの刑事部署員の捜査範囲の邪魔にならないよう、くれぐれもルールを厳守した上で捜査に協力していただきたいと思います」

公三郎の叱咤激励にも、力がこもっていた。

＊　　＊　　＊

那須別荘地の一角に、立入禁止の規制線が張り巡らされていた。

殺害現場上空では、マスメディアのヘリコプターやドローンがけたたましい音を立てながら旋回し、取材合戦を展開していた。

［バダ、バタ、バタ！］［キュン、キュン！］［バリ、バリ、バリ！］

静かなる安らぎと四季折々の景観を楽しむことを目的に、将来の老後生活を夢見て別荘を購入したのだが、今日だけは一変して騒々しかった。

汚名返上のために正修たち刑事部署員は、裕俊たちより先に殺害現場に乗り込んでいた。

殺害現場については、西那須野警察署の邪魔にならないように、学から釘を刺されていた。

正修と裕俊は、西那須野警察署刑事課長の小山吉文《こやまよしふみ》への軽いあいさつを忘れることはなかった。

殺害現場は、物々しい警戒でピリピリ状態になっていた。

殺害現場に残された犯人の足跡などが荒らされることが、鑑識課としては許しがたい行為として捉えていた。

命がけで採取している証拠品などが消えてしまうことは、特に腹だたしかったのである。

当然、新人の久美子も警察学校の必須条件の一つになっていたこともあり、人一倍神経をとがらせていた。

裕俊は久美子を呼びつけて、西那須野警察署の邪魔にならないように、合同で鑑識に立ち会ってくれるようと頼み込んだ。

当然、西那須野警察署の了解を得ての判断だった。

上司の命令は、絶対であった。

久美子を殺害現場に残して、裕俊は光一郎たちを連れて作戦会議を行うことを提案した。

早めに殺害現場に乗り込んできていた正修に、裕俊はそっと近くに寄って耳打ちをはじめた。

「笠原巡査部長。分かっている範囲で結構ですので、いままでに得た最新情報を教えてくださいませんか？」

正修も、裕俊に向かって、

「重中警部補。ここは、西那須野警察署の捜査員がたくさんいますので、邪魔にならないよう場所を変えませんか？

あの大きなドングリの木の下のところでは、如何ですか？」

「そうですね。わたしたちは、先に行っています」

小声で、あいさつしながらドングリの木の下へ。

周りに気遣いながら正修も、後を追ってきた。

「お待たせしました。

いま、わたしが摑んでいる情報では、あくまでも西那須野警察署の話ですと、殺害された人物は、
氏名、黒滝眞理夫。

年齢、三十八歳。

死亡推定時刻は、一昨日の正午から午後一時の間との鑑定結果が出されています。

現住所は、埼玉県さいたま市北区日進町二丁目×××。

職業は、元会社員」

「元会社員と言うことは？」

「聞くところによりますと、今回のコロナウイルス感染絡みで職を失ったようです。

元会社名は、東和特殊銘板株式会社です。

また今回の第一発見者は、〝那須岳を愛する会〟のメンバーでハイキングを趣味としている女性登山家です。

名前は、公表されておりません」

「名前が公表しないと言うことは、被疑者ですか？

被疑者でなかったなら感謝状の対象者に入るのに、可笑しいですよね。

被害者と顔見知りとか、いや、それはないな？

なぜなら、今回の現金強奪事件に関して郡山中央警察署を中心とした警察官総動員での捜査を長期戦に持ち込んでいましたが……。

今回の殺害事件に対しては、大量の栃木県警捜査員を動員しなくて済んでいるので、感謝状に値する事案なのですが、どうしてですかね？

それも、今回の殺害事件の解決に繋がる突破口を切り拓《ひら》いてくれた人物なのに……？」

首を傾げる裕俊だった。

「わたしにも分かっておりません。

ここまでが、わたしが西那須野警察署から得た最新情報です。

この内容も、福島刑事部長へ報告いたしたいと思っております」

「ありがとうございます。

よろしくお願いいたします。

ところで、死因は分かっているのですか？」

「まだ正式に発表されているわけではないのですが、青酸カリによる毒殺の方向で進んでいるようです」

「と言うことは、ここの別荘地で殺された可能性が高いと言うことですかね？」

「そうじゃないですか？

あまり、わが署が率先して動き回るのも、西那須野警察署に刺激を与える可能性が高いかと思われますので、福島刑事部長からくれぐれも必要以上に口を挟まないよう注意されております。

いまは静観している状態です」

「分かりました。

それでは、わたしたちは被害者の足取りと殺人犯との接点に繋がる聞き込み捜査を開始いたしたいと思います。

わたしたちも、所轄のルールを遵守しながら節度を越えない程度に捜査をはじめましょうか？」

捜査状況の説明を終えた正修は、西那須野警察署捜査班へ合流するのだった。

＊　＊　＊

裕俊たちは、独自の捜査方法について話し合った。

捜査には素人の光一郎だが、ある疑問を裕俊に投げかけた。

「重中警部補。この深々とした茂みの中で殺害されたんでしょうか？

それも、青酸カリの毒殺ですよ。

わたしには、少し疑問が残ります。

わたしの考えで恐縮ですが、別の場所で殺害されて死体を遺棄したのではないでしょうか？

それも、あんな深々とした茂みの中で青酸カリを飲ませて殺害するでしょうか？

絶対に他の場所で殺害されて、ここの場所に死体を遺棄されたのではないでしょうか？

素人のわたしが言うのも可笑しな話ですが、被害者の足取りがはっきりしておりません。

なぜ、ここなのか？

殺害されたこの場所は主要駅からも遠く、歩いて来るには半日以上も掛かる距離感です。

ここまで来るには、何らかの乗り物を利用しないと来れません。

例えば、タクシーとか路線バスとその他の乗り物などを利用して、ここまで足を運んできたことになります。

ここは、空き別荘も多いようにも感じられます。

被害者に結びつく何らかの手掛かりが、ここ別荘地にあるのではないでしょうか？あくまでも仮説の話で恐縮しておりますが、例えば、ここが現金強奪事件で奪われた渋沢栄一さんの現金取引現場に指定されていた場所じゃないでしょうか？当然、素人のわたしが考えることですから、西那須野警察署も同じ考えで捜査はしていると思います。

同じ捜査方法とは思いますが、別角度から捜査してみては、如何でしょうか？この広大な別荘地です。

いくつかのヒントが隠されていると思います」

「そうですね。指を銜《くわ》えて捜査の成り行きを見守るために、わざわざ隣街の西那須野警察署まで出向いてきている訳ではありませんからね。

少しでも、全ての可能性を考えたうえで、事件解決の糸口を見つけていくことが、わが署の努めです。

われわれも、西那須野警察署の邪魔にならないように捜査に着手しましょうか？」

裕俊は、光一郎とともに行動して気づいたことなのだが、何故か公三郎がほれ込む要素が手に取るように伝わってきていた。

なぜなら、組織的に部下が上司に向かって、意見を述べることは勇気がいることなのだが、光一郎には組織的な仕組みより、事件解決に興味が湧いていたのである。

怪しげな西洋風別荘発見

「これから、二班に分かれて聞き込み捜査に踏み切りたいと思います。

A班は、わたしと加藤巡査。

B班は、島本係長と長谷川巡査で行いたいと思います。

くれぐれも、西那須野警察署を刺激するような行動は慎んでください。

また、西那須野警察署は殺害現場周辺を中心に、徹底的かつ積極的に聞き込み捜査していると思われます。

わたしたちは、殺害事件現場から遠く離れた別荘地を、虱《しらみ》潰しのように一つひとつ手当たり次第に聞き込み捜査をしていきたいと思います。

気になるような別荘を発見した時は、わが署から支給されておりますスマートフォンを使用して一報を入れてください。

その時は、別荘管理事務所へも連絡してください。

合流したいと思います。

なぜなら、住人が入れば警察手帳を提示して、捜査に協力してもらえるよう頼み込みますが、住人がいないような別荘であった場合、管理事務所に連絡してマスターキーを持ってきてもらう必要が生じてきますからね。

管理事務所職員もフル活動で、なかなか連絡が付かないかも知れませんが、根気よく連絡を取ってください。

勝手に、別荘の中には入らないでください。

いくら緊急事件であっても住民不在の場合は、立入禁止になっています。

その場合は、裁判所の許可書が必要になります。

いままでは、別荘も外観から傷みや汚れが分かる範囲の建物は、管理事務所から持ち主へ連絡して改善すべき箇所を指摘しているようです。

特に、倒壊の恐れがある建物などは、この限りではないそうです。

殺害された容疑者は、人目が付きそうもない古びた別荘をはじめ、人気のない別荘を探し求めて日夜を過ごしていたのではないかと思うようになりました。

島本係長からの指摘が、どうしても気になります。

わたしたちは徹底的に殺害現場が、どこなのかを割り出して、逆に西那須野警察署へ情報を提供出来るよう、手分けして聞き込み捜査と家宅捜索をはじめましょう」

*　　*　　*

西日が射す別荘地の中を、光一郎たちは一軒一軒尋ねていた。

時折木漏れ日の光が、光一郎の顔を包んだ。

黄金《こがね》色に輝く、光一郎がいた。

七件目に差し掛かったところで、気になる別荘が目に飛び込んできた。

西洋風の四角いレンガ造りの煙突が、光一郎には特別な屋敷に映り込んでいた。

なぜか光一郎の頭の中に、インスピレーションなるシグナル音が飛び込んできた。

頭が少し痛かったが、早速、屋敷の周りを次郎と一緒にサーチライトを照らしながら見渡した。

他の別荘とは、どことなく違っていた。

敷地内の芝生から雑草などが伸び放題で、芝生の面影はなかった。

雑草は垣根のようになっていたため、外から屋敷の様子を見ることが出来なかった。

光一郎のインスピレーションが働きはじめた。

他の屋敷を訪れたが、空振りに終わった。

光一郎は、次郎に向かって、

「長谷川巡査。重中警部補へ連絡を取っていただけないでしょうか？

「どうしたんですか？」

「ここを見てください。

真新しい刈り込みがあるんです」

光一郎は、足元を指さした。

「これは、最近刈り込んだものですよ。

見てください」

刈り込んだ雑草の切口が、他と違うのが分かりますか？

それと、この部分が車か重たい車輪が行き来したような痕跡があるように見えるのは、わたしだけでしょうか？」

「あッ、本当だ！

言われてみれば、わたしにも見えます」

次郎は、光一郎に譲歩するのだった。

次郎は、ポケットからスマートフォンを取り出し、裕俊に連絡をはじめた。

「重中警部補。島本係長が、怪しい別荘屋敷を発見しました。

屋敷の中を見回しながらも外から声を掛けているのですが、だれからも返答がありません。

万が一のために、玄関扉のドアノブに手を掛けたのですが、鍵が掛かっておりません。

だれでも、入れる状態になっております。

重中警部補からも、無断で屋敷侵入は禁じられていましたので、わたしたちは、まだ入っておりません。

この先、如何いたしましょうか？」

「分かりました。まずはじめに、管理事務所職員を立ち会わせたいと思いますので、いましばらくそのままでお待ちください。

また、こちらから西那須野警察署と管理事務所へは連絡しておきます。

ところで、そちらの屋敷の持ち主の分かる表札か別荘地の標識ナンバーは分かりますか？

分かったら、教えてください」

裕俊の問い掛けに、次郎は頭を掻きながら、

「大変申し訳ございません。

うっかりしていました。

余りにも、島本係長が的を射たような行動を取っておりますので、少しついて行けないくらい心配になりました。

いま、表札が掛かっているところに向かっています」

次郎は、スマートフォンを片手に歩きながらの通話で、玄関先に向かった。

表札はなかった。

「玄関先には、表札はありませんので、敷地内に設置してあると思われます標識ナンバープレートを確認するため、そちらに向かって歩いております。

ありました。

木片の標識ナンバーには〝A—29—15〟と記されています。

年月が流れて古いせいか英数字がはっきりしていませんが、読み取れない英数字ではありません。

標識ナンバーの空白部分にも、企業名や個人名などは書かれていません。

以上、報告いたします」

「了解。まもなく、そちらに到着する予定です。

いましばらく、そのままお待ちください」

裕俊も、歩きながらの通話だった。

しかし、歩きながらのスマートフォン使用については、メールの送受信やビデオ通話は、注意事項の一つになっていた。

殺害現場発見

裕俊は、西那須野警察署へ本日までの成り行きを説明して合同捜査を依頼した。ただ万が一、空振りに終わることも考え少数の署員を回してくれるよう依頼したのだった。

西那須野警察署も、猫の手も借りたい状況の中での署員派遣は、正直痛手だったのである。

その代わりに現在、西那須野警察署と合同捜査に参加している郡山中央警察署員の正修と久美子たちを回してくれるよう頼み込んだ。

快く西那須野警察署が承諾してくれた。

裕俊は、賭けに出た。

裕俊は、もしこの状況の中で公三郎は、どのような行動を起こすのかも考えてみた。自分の考えが間違っていないことを信じて、行動を起こすことを優先した。

「誠に恐縮ですが、今日は〝A―29―15〟の物件に的を絞り込んで、独自の捜査をいたしたいと思うのですが、ご承諾していただけないでしょうか？」

裕俊は、西那須野警察署へ懇願した。

正直、西那須野警察署は呆れていた。

なぜなら、所轄の捜査に協力することが義務化されているのだが、裕俊は真逆の行動を取っていたことで、西那須野警察署からすると気に入らなかった。

くそ忙しい状況の中、身勝手な行動を起こす郡山中央警察署員には期待していなかった。

当然、西那須野警察署から郡山中央警察署へは、逐一事の成り行きを事細かく報告していたのだ。

決して、良い報告ではなかったことだけは確かであった。

＊　＊　＊

西那須野警察署に派遣していた正修と久美子たちも、裕俊と合流した。

「これから、この屋敷である〝A—29—15〟を、わが署が責任を持って捜索することになりました。

西那須野警察署からも承諾をいただいております」

裕俊は、西那須野警察署から派遣された若い警察官と管理事務所職員に向かって、頭を下げた。

「ありがとうございます。

お忙しい中でのご協力、本当に感謝しております」

隣の県の警察官である裕俊から感謝の意を込められたあいさつに、若い警察官と管理事務所員は恐縮するのだった。

「ところで、重中警部補。この屋敷を絞り込んだ理由は何ですか？」

正修が、口火を切っての質問である。

「正直、この屋敷が怪しいと睨んだのは、B班を担当してもらった島本係長と長谷川巡査でした。

詳しい内容は、二人から説明をしていただきましょう」

光一郎と次郎は、顔を見合わせた。

恐縮した次郎は、光一郎から説明してくれるよう手で合図した。

上司の光一郎に向かって、手招きすることは組織的に許されるものではなかった。

ただ、プライベートで結成していた若者の集いの〝虹の会〟の一員だったこともあり、つい甘えてしまったのである。

「みなさんが到着する前に、新たな発見をいたしました。

屋敷の隣にあります車庫の中から、犯人が乗りつけたと思われる軽乗用車のジョイナス車が入っておりました。

それも、頭から入庫されておりました。

いつでも出やすいように車の向きを変えておくのが普通なのですが、可笑しい止め方なので気になりました。

わたしたちは、鑑識課が不利にならないよう注意を払って捜索しております。

ですから、屋敷の中にも入室しておりません。

一番の切っ掛けは、玄関口と車庫の周りの背丈の高い雑草（ススキ、葦、ドクダミ草など）がきれいに刈り込まれているのが気になりましたので、再三に亘って住人に呼びかけていましたが、未だに返答はありません。

留守のようです。

外から屋敷の中をサーチライトで照らしているのですが、隅々まで明かりが届きません。

わたしが言うのも可笑しな話ですが、この屋敷の全ての電気を一時的に復活することは出来ないでしょうか？」

「はい。大丈夫です。

この屋敷にも電気配線は引かれていますので、分電盤内のブレーカーであるメインスイッチをＯＮにしていただければ、全ての電気が点灯するはずです。

この屋敷のブレーカーは、確かお風呂場の脱衣所壁面にあるかと思います」

管理事務所職員が、言い放った。

「ありがとうございます。

それでは、早速、この屋敷の家宅捜索をはじめさせていただきますが、みなさんに一つだけ守っていただきたいことがあります。

家宅捜査は、鑑識課の重要な領域になっております。

従って、わたしたちは浅木巡査の行動の邪魔にならない範囲で支援に回っていただきます。

特に、家宅捜索には欠かせない三種の神器があります！

一つ目は、白い手袋。

犯人が残したと思われる指紋などと被らないようにするために欠かせない代物です。

二つ目は、ビニールカバー。

これも、犯人が残したと思われる下足痕などの証拠となる痕跡を荒らさないための重要な役割を担っています。

三つ目は、ビニールキャップです。

なぜ頭にこれを被せるかと言うと、自分の毛髪などが捜索に影響を及ぼさないように細心の注意を払うことが捜査の基本なのです。

家宅捜索には、犯人が取り残したと思われる証拠品などが、多数あることを想定した上での行動を取っていただきます。

極めてミクロな証拠品ほど、犯人に結び付く可能性が大きいことも分かっています。

それでは、家宅捜索をはじめたいと思います」

裕俊は、悦司に三種の神器の手袋、ビニールカバー、ビニールキャップの三点セットを手渡すよう要請した。

悦司は、前もって準備されていた三点セットを一人ひとりに配布していった。

真っ先に、管理事務所職員に手渡した。

なぜなら、この別荘地を管理している事務所職員は、個々の屋敷の設計図などを把握し管理していたので、知らないことなどなかった。

「〝A―29―15〟の持ち主の名前が分かりました。

有栖川定徳《ありすがわさだのり》様の別荘と判明いたしました。

有栖川様は、ここ数年間この別荘には立ち入ってないとの報告もいただきました。

また、有栖川様からの託《ことづけ》ですが、事件解決の糸口が見つかるなら全面的に協力させてくださいとの言葉もいただきましたので、早速、室内の分電盤ブレーカーのスイッチを入れてきます」

管理事務所職員は、図面を片手に風呂場の脱衣所へ向かった。

別荘の部屋という部屋に明かりが灯った。

＊　＊　＊

まだ、那須岳に太陽は吸い込まれていなかった。

久美子は、四角いジュラルミンケースを肩にかけ、物々しい格好になっていた。

それも、わが署がこの別荘を単独で責任を持って捜索することになり、たった一人の鑑識課・久美子にも少なからず事の重大さに気づかされていた。

ジュラルミンケースの中には、白い手袋、マスク、ピンセット、スポイト、ポンポン刷毛、キャップ付き試験管、ジップロック、白いガムテープ、拡大鏡メガネ、ＡＬＳ（科学捜査用ライト）、化学薬品などが入っていた。

特に、微物（微量な物質）の採取を見つけるためのブラックライトは重要な役割を担っていた。

心細い久美子は、裕俊へ鑑識に応援していただける人物を選定してくれるよう頼み込んだ。

「分かりました」

裕俊は、少ないわが署の中から鑑識課にもっとも近い刑事部署員である正修を手招きし呼びつけた。

「笠原巡査部長。浅木巡査の支援に回っていただくことは可能でしょうか？　たった一人の浅木巡査が気がかりなので、刑事部の仲間として応援に回ってください。

また、畑違いの島本係長と加藤巡査に限っては、鑑識から外させていただきます。従いまして、笠原巡査部長と村上巡査は、浅木巡査のサポートに回ってください！　よろしくお願いいいたします」

「はい。了解しました」

上司の命令に従う正修は、次郎とともに久美子のもとへ。

残された光一郎と悦司に向かって、裕俊は、

「これから、この屋敷の内外を徹底的に捜索いたしますので、わたしとともに一緒に行動をしてください。

室内は、鑑識課が重点的に捜索していますので、敢えて室内を外して外回りを中心に捜索したいと思います。

まだ、殺害現場と決まったわけでもないので、万が一のことを考えながら、ここから死体が遺棄されるまでの行動を考えてみませんか？

例えば、ここから死体を運搬したと仮定した場合、現場までの距離とか運搬方法とか、いろんな角度から推測していきませんか？

まずはじめに、死体を担いで死体発見現場まで、どれくらいの時間が掛かるのか計算してみましょう」

「ちょっとよろしいですか？

ここから約一キロメートル離れた死体発見場所に、死体を担いで運ぶと言うことは、困難なのではないしょうか？

なんと言っても人目につき易いし、一人で運ぶことは不可能に近いかと思います。

それも、殺害された黒滝眞理夫の体重は見た目でしか分かりませんでしたが、ゆうに七十五キロ位はあるようにも思われました。

この体重を担いで運ぶには、犯人は二人以上いなければ成立いたしません。

素人のわたしは、車庫の周りに二種類の車輪の異なる跡が気になりました。ここの雑草に、くっきりと二種類の車輪跡が残っています。

一つは、頭から入庫している軽乗用車のジョイナス車。

もう一つは、盛んに車を切り返ししている車両が気になります。

わたしは、犯人が乗りつけた車両タイヤの跡じゃないかと思いますが……。

後で、鑑識課で鑑定していただきませんか？

ここから、死体を遺棄した場所まで、犯人の車両で運搬した場合は、約五分で到着したのではないでしょうか？」

光一郎は、裕俊からの協力要請に対しては、ひと言物申しながらも積極的に従うように心掛けていた。

刑事経験のない光一郎は、ひょんなことから今回の殺害事件に携われることを名誉に思いながらも、疑問が少しでも残ることに悔やむことを一番恐れていたのである。

縦社会での光一郎の行動で、上司の裕俊にちょっと働きかけ、その反応を見極めながら裕俊の意向・様子を探るテクニックを身につけていた。

そんな光一郎が取っている行動を、悦司には羨ましかった。

しかし、光一郎の行動も決して正しいとは限らないので、細心の注意を払って行動を共にするよう公三郎から裕俊へ助言されていた。

裕俊も、いつの日か光一郎に一目置くようになっていた。

＊　＊　＊

埃だらけの室内には、久美子を中心とした鑑識課応援部隊に指名された正修と次郎がマスク姿で這いつくばっていた。

マスク姿は、埃《ほこり》などが舞い上がり、証拠品が消される可能性を阻止するための手段にもなっていた。

事件解決に関わると思われる証拠品などを見つけた久美子は、一つひとつ採取するよう正修と次郎へ指示していった。

フロアに複数の下足痕が残されていたこともあり、久美子は次郎に向かって、

「すみません。ここの下足痕の周り付着している微量な物質を採取してください。出来れば、そこを撮影していただけませんか？」

刑事部の一員である次郎は、事件解決に繋がる聞き込みなどが主流であるのだが、畑の違った捜査方法を体験するのは初めてだった。

「あッ！」

突然、久美子は奇声を上げた。

室内のフロアにいた正修たちの目は、奇声の上がったところに集中した。

久美子は、ブラックライトを片手に這いつくばっての作業での奇声であった。

「どうしたんですか？」

「まだ、はっきりしていませんが、事件解決に繋がる真新しい液体を発見しました。それも、表面張力されたものとスニーカーなのか靴などで蹴散らした痕跡が残っております」

久美子は、表面張力の液体をスポイトで吸い上げて試験管へ移行し蓋をするのであった。

久美子の奇声は、外回りを捜索していた裕俊たちの耳元にも聞こえてきた。

驚いた裕俊は、外から室内へ。

「どうしたんですか？

何があったのですか？」

心配した裕俊は、久美子に声を掛けた。

「申し訳ございません。

まだ、鑑識の結果が出ておりませんが、何か途轍《とてつ》もない液体を発見したように思われましたので、舞い上がってしまいました。

なぜなら、ここ数年使用されていなかったこの室内に、真新しい液体が浮かび上がったものですから、つい声が出てしまいました。

正直言いまして、いままでアシスタント的な役割が多く雑用係のように使われていたように感じていたものですから、ここで鑑識課の仲間入りの切っ掛けを与えてもらったことに対して、感情の声が抑えきれなかったことだと思います。

恥ずかしながら、とても嬉しかった叫びです！」

興奮冷めやらぬ久美子は、液体の入った試験管の蓋を開けて慎重に化学反応薬品を混入した。

試験官に入れられた液体が変化していった。

久美子の表情が、疑心から確信に変わった。

謎の液体は、青酸カリの反応で現れる色が検出された。

「発見しました。

この液体は、青酸カリが混入されたコーヒーであることが判明しました。

死体遺棄された黒滝眞理夫の体内から検出された青酸カリの成分とここで発見された青酸カリの成分が一致されれば、ここが殺害現場で間違いないかと思われます」

自信に満ち溢れた久美子の発言だった。

「やったな、浅木鑑識官！　大手柄だよ。

裕俊の表情には、単独での捜査方法が間違っていなかったことへの安堵感がにじみ出ていた。

隣で捜索の立ち会いを見届けていた若い警察官が、制服に固定されている携帯無線を使って西那須野警察署へ連絡をはじめた。

「小山刑事課長！　いま、郡山中央警察署管轄で捜索を進められているA—29—15の有栖川邸で、青酸カリが混入されたコーヒー液体を発見しました。

至急、A—29—15の有栖川邸まで応援よろしくお願いします！」

「了解！　直ちに、鑑識官ならびに捜査班を向かわせますので、そのまま郡山中央警察署の方々に捜索を続行していただけるよう伝えてください」

「了解しました！」

若い警察官は、裕俊に小山刑事課長からの伝達事項を伝えるのであった。

久美子の発言の裏付けとして裕俊は、西那須野警察署の若い警察官に向かって、

「時間との戦いなので誠に申し訳ございませんが、至急、この試験管を鑑識課へ届けていただけないでしょうか？

よろしくお願いいたします」

裕俊から試験管を手渡された若い警察官は、足早に西那須野警察署の鑑識課へ向かった。

＊　　＊　　＊

久美子は、埃だらけの床に顔がいまにもつくような体勢で、次なる物的証拠品などを探し続けた。

何も出来ないもどかしさの光一郎は、見守ることしか出来なかった。

ため息が零れるほど、悔しかった。

突然、那須岳に太陽が沈みかけた光が、悦司の顔を襲った。

あまりの眩しさに両手で顔を覆《おお》った瞬間、足元がよろけてしまった。

よろけるからだを支えようと、壁に寄り掛かるはずが、近くにあった観葉植物に触れてしまった。

観葉植物の中から「ガサ、ガサ、ガサ」の音を立て、スマートフォンが落ちてきた。

悦司は、自分のスマートフォンがポケットから落ちたものと思い拾い上げた。

よく見ると、自分のスマートフォンより性能の良いスマートフォンだった。

「島本係長！　こんなところに最新のスマートフォンが、観葉植物の中から落ちてきました。

主電源を入れてみたのですが、バッテリーが切れているせいか画面が表示されません。

もしや、このスマートフォンは、殺害された黒滝眞理夫の物じゃないでしょうか？

それとも、加害者が置き忘れた物なのでしょうか？

このスマートフォンが起動しないことには、何とも言えませんけどね（笑）」

「加藤巡査！　笑いごとでは済まされませんよ。

これは、大手柄かも知れません。

なぜなら、ここが殺害現場に間違いないことを、わが署が見つけたのですよ。

スマートフォンが被害者の物なのか？

加害者が置き忘れた物なのか？

至急、西那須野警察署の鑑識課へ回して調べていただきましょう！」

光一郎は、悦司を諭《さと》すのであった。

二人の会話の中に、裕俊は入ることが出来なかったが、光一郎から詳細の報告を受けるのだった。

家宅捜査に関わっている人数も少なかったこともあり、スマートフォンを発見した悦司を西那須野警察署の鑑識課へ送り出すことにした。

悦司は、拾い上げたスマートフォンを持って駆け足で西那須野警察署の鑑識課へ。

まだまだ、手掛かりに繋がる物的証拠品などがあちこちに転がっていることを確信した裕俊は、室内全体を見回しはじめた。

フロアをはじめキッチンや和室を行き来する一人の足跡が、くっきりと埃の中に浮かび上がっていることを光一郎と裕俊は見逃さなかった。

二人は話し合いをする中で、双方に分かれて捜索することを取り決めた。

少ない郡山中央警察署だけの捜査班が下した決断である。

二人は、改めて白い手袋を掛け直した。

犯人や被害者が残したと思われる痕跡をかき乱す行為は、鑑識課はじめ捜査員を苦しめることになるため、細心の注意を払って行動するよう徹底されていた。

裕俊は、キッチンへ。

光一郎は、掘り炬燵《こたつ》がある和室へ。

裕俊が突き止めたキッチンの床下収納庫の周りが、一人の足跡で埋め尽くされていた。

裕俊は、静かに床下収納庫の扉を開けて、懐中電灯で覗き込んだ。

収納庫の中には、埃をかぶった外国産や国内産のワインと自家製梅酒などが並べられていた。

ワインは年代物ばかりだった。

ワインをかき分けた形跡の指紋もべったり付いていた。

裕俊は、忙しい久美子を呼び寄せた。

呼び出された久美子は、裕俊からワインなどに残された指紋を指摘したのだ。

久美子は、上半身を収納庫の中に突っ込みワインなどを一本一本取り出しては、指紋の採取をはじめた。

＊　　＊　　＊

光一郎は、一筋道の足跡を辿《たど》りながら、和室の掘り炬燵にたどり着いた。

やはりここも、掘り炬燵の周りには、一人の足跡で埋め尽くされていたのである。

光一郎は、埃だらけの掛布団を炬燵の中央にかき集めた。

炬燵の骨組みが現れた。

光一郎も、掘り炬燵の中に上半身を突っ込み、懐中電灯を片手に覗き込んだ。

何ら変わった様子を窺《うかが》うことも出来なかった。

ただ、掘り炬燵の囲いである不燃性ケースが隙間なく密着しているはずなのだが、ずれ込んでいた。

光一郎は、自分が炬燵の中を覗き込むときに、体重がフレームにのしかかってずれ込んだと思い、身体を動かした。

両手で炬燵のフレームを動かしてみたが、隙間は埋まらなかった。

違和感を覚えた光一郎は、フレームを持ち上げた。

「あッ、重中警部補！　大変です。

炬燵の中から、大変な物を発見してしまいました。

それは、半透明のビニール袋で中に何が入っているか分かりません。

まだ、中身を確認しておりません。

ただ、ビニール袋の外から微かに携帯電話らしき物がたくさん入っているようにも見えます。

如何いたしましょうか？

出来れば、重中警部補がこちらに来ていただいたところで、ビニール袋を開封したいと思っております！」

常に沈着冷静な光一郎の叫びに驚いた裕俊は、すぐに駆け付けて行きたいのだが、埃が舞い上がって物的証拠品をかき消す恐れが生じること懸念して、ゆっくりと時間を掛けて和室へ向かった。

キッチンと和室の狭間で鑑識活動に勤しんでいた正修たちの耳元にも、二人の会話が飛び込んできた。

好奇心を誘う会話に、正修たちも手を休め光一郎の元へ駆けつけた。

いみじくも炬燵の周りには、郡中署の署員と職員だけが集まっていた。

白い手袋をしたままなので、なかなかビニール袋の結び目が固くて開けるのに梃子《てこ》摺《ず》るのであった。

ようやく結び目が解けたビニール袋の中身が顔を覗かせた。

裕俊は、掛布団が炬燵の中央に集まっていたので、左右に下した。

すかさず、光一郎はビニール袋の底に手を掛け、炬燵の中央に押し出し広げた。

ビニール袋の中から出るわ出るわ、携帯電話機やスマートフォンをはじめカーキ色の作業着や高速道路料金チケット、丸められたカッティングシート等々が現れた。

「何だ、これは！」

光一郎と同じように正修も、奇声を張り上げた。

裕俊は、これこそ、われわれが探し求めていた現金強奪事件に関連する証拠品であることを確信したのであった。

なぜなら、複数枚の高速道路通行料金やＥＴＣカードが発見されたことで、心が揺り起こされていたのである。

裕俊は、非難を承知で正修たちに向かって問いかけた。

「わたしたちは、郡山中央警察署管内で起きた現金強奪事件のキー（鍵）となる真相を究明するために、わざわざ隣街の西那須野警察署まで足を延ばして、頭を下げてきたのです。

どうでしょうか？

この証拠品を、わが署に持ち帰って解析しませんか？

ただし、わが署も美味しいとこ取りをするのじゃなくて、必ず西那須野警察署にも進捗状況を報告することを約束しますので、どうでしょうか？

こんな話を出来るのも、ここに居るのはわが署の職員だけなので、みなさんに相談したいのです。

目を瞑《つぶ》ってください。

お願いします」

裕俊は、みんなの前で頭を下げた。

光一郎たちは、驚いた。

正直、正修たちは、うれしかった。

なぜなら、光一郎の嘘のような話から現実に辿り着いたことを、誰しもが忘れていなかった。

「重中警部補が、そこまで深く考えているのでしたなら、だれも反対する者はいないと思います。

ここに居るわたしたちは、一線から離れた極秘捜査部隊の一員です！」

いつから、正修が極秘捜査部隊の一員に加入されていたのか、違和感を覚える次郎だけが頭を傾げた。

「重中警部補に最後までついて行きます。

こちらこそ、よろしくお願いいたします」

正修たちは、一斉に敬礼で返した。

裕俊は、最後に一言付け加えた。

「今回の現金強奪事件と殺人事件の二つの事件が結びついていることは、刑事の勘が騒ぎ出しているのは、わたしだけでしょうか？

でも、まだ二つの事件が結びついているとは確定していませんけどね（笑）。

当然、わたしたちの部隊長でもある雀之宮警部には事細かく報告するつもりでいます。

万が一、わたしの刑事の勘が間違っていたときは、潔く退官いたしたいと思っています。

それだけ、数多くの警察官の中から、極秘捜査部隊に選ばれたことが名誉なことで、責任を果たしていきたいのです。

こちらで起きた殺人事件については、西那須野警察署に一任いたしたいと思いますので、わたしたちはここまでの捜索といたします。

この証拠品は別の箱に収納することで、西那須野警察署に刺激を与えない工夫をお願いします」

裕俊の決意ある重々しい話の中に笑いが盛り込まれていることで、光一郎たちの緊張感を取り除いていたことが、郡中署の絆を高めるのであった。

改めて、緊張感が漂う有栖川邸宅。

それを聞いた久美子は、科捜研に持ち込む真新しい段ボール箱を捜査車両へ取りに走り出した。

郡山中央警察署と西那須野警察署との緊急合同捜査会議

西那須野警察署からの報告

郡山中央警察署内の中でも、ひときわ大きい講堂を臨時の会議室に作り上げられ、折りたたみ式長いテーブルとパイプ椅子がセッティングされていた。

長いテーブルの上には、卓上マイクとワイヤレスマイクが置かれていた。

臨時会議室に変貌した講堂の中は、署員同士の会話や雑談で騒然としていた。

ステージ上には、大型スクリーンが配置されていた。

本来なら、郡山中央警察署長の響輝や栃木県警所轄の西那須野警察署のトップが出席している場合は、ステージ上の中央に特別席を設けるはずだったのだが、今回は記念式典や祝賀会でもない重要な合同捜査会議だったこともあり、ステージ下に長いテーブルとパイプ椅子が設けられていた。

「起立！」

サイドマイクを通した裕俊の声が、大講堂に響き渡った。

長テーブルとパイプ椅子の、床に擦れる音が響き渡った。

学を先頭に、公三郎、響輝、栃木県警西那須野警察署長の根本《ねもと》優《まさる》、刑事部長の和《わ》田武一《だぶいち》、刑事課長の小山吉文が揃って入ってきた。

学たちが所定の位置に立ち止まったのを見届けた裕俊は、

「礼！」

全署員が一斉に頭を下げた途端、制服の擦れる音も大講堂に鳴り響いた。

全署員が頭を下げるのを見届けた裕俊は、

「直れ！　着席！」

またまた、大講堂の中に長テーブルとパイプ椅子の、床に擦れる音が鳴りはじめた。

ステージ下での会議は、幹部と署員との目線を同じくすることで、一緒に戦っている姿勢を見せているのである。

「ただいまから、西那須野警察署とわが署の臨時合同捜査会議を開催させていただきます。

本日は、栃木県警西那須野警察署長の根本優様をはじめ刑事部長和田武一様ならびに刑事課長小山吉文様にもご臨席を賜っていただいております。

本来ですと、両署長からみなさんに激励のお言葉をいただくところですが、いまは一分一秒の時間が勿体ないとのことで、あいさつを辞退されました。

従いまして、早速で恐縮ですが、両署で掌握している捜査情報を発表していただき、事件解決に直結していければと思います。

ご協力よろしくお願いいたします」

裕俊は、響輝と優に向かって、頭を下げた。

裕俊のあいさつに合わせて、響輝も優に軽い会釈を交わした。

「お忙しい中、遠路はるばる駆けつけていただいた西那須野警察署様から、現金強奪事件の主犯格と思われる容疑者の黒滝眞理夫の殺害事件に関する捜査状況を報告していただきたいと思います。

よろしくお願いいたします」

テーブルの上に置いてあるワイヤレスマイクを握った吉文は、優と武一に向かって頭を下げた。

「はじめまして、西那須野警察署刑事部の小山吉文と申します。

早速ですが、先日、郡山中央警察署から現金強奪事件に係わる犯人像のモンタージュが全国指名手配されておりました。

本署はもとより当署管轄の交番、派出所や町内会などの掲示板を使用して犯人逮捕の協力要請させていただきました。

そんな中、一人の女性の携帯電話から緊急連絡が入ってきました。

〝林の中に、人が倒れています。

早く、助けに来てください！〟

緊急事態の一報でした。

最寄りの交番に緊急連絡を取り、署員を向かわせました。

その場で、黒滝眞理夫の死亡を確認しました。

早速、県内に緊急事態宣言を発令するとともに、殺人事件現場の確保に努めました。

殺人事件なので、第一発見者の女性に聞き取り調査を行いました。

彼女は、日頃からハイキングコースになっている別荘地を抜けて参加していたそうです。

〝私有地に付き、通り抜けはご遠慮ください〟の看板が立て掛けられていたことは知っていたようですが、那須岳への近道だったこともあり、心の中で謝りながら利用していたそうです。

当日、殺人現場に遭遇した切っ掛けは、急に彼女のお腹が激しく痛み出したので、林の中に入り用を足す場所を探していたところ、偶然にも現場に遭遇してしまったようです。

彼女が嘘を言っていないことも判明しましたので帰ってもらいました。

もし、彼女が殺人現場に遭遇していなかったなら、事件発見まで数時間もしくは数ヶ月が掛かることが頭の中を過った次第です。

本当にラッキーでした。

そんな中、わたしの部下が黒滝眞理夫の顔を見て、あることに気づきました。そうです。郡山中央警察署から全国の警察署に指名手配されているモンタージュ写真の被疑者に黒滝眞理夫が似ていることを思い出したのです。

早速、本部に連絡を取り、最終的には根本署長の判断で郡山中央警察署へ至急連絡するように指示されました」

吉文は、確認の意味を込めて優に会釈した。

優も、またアイコンタクトで吉文に返した。

「いま、みなさんのお手元に配布されております被害者である黒滝眞理夫の履歴を見ながらお聞きください。

被害者名、黒滝眞理夫。

年齢、三十八歳。

血液型、A型。

犯罪歴、なし。

交通違反歴、五回。

主に、路上駐車違反四回、スピード違反一回。

最終学歴、私立浦和学園卒業。

現住所、埼玉県さいたま市北区日進町二丁目××××。

職歴、元会社員。

会社名、東和特殊銘板株式会社。

と記されていますが、現在は無職に当たります。

と言うのも、危機的なコロナウイルス感染に振り回されての解職でした。

黒滝眞理夫は、コロナウイルスの被害者かも知れません。

万が一、未曾有のコロナウイルス感染症が世界的に大流行に至っていなければ、こんな大事件に巻き込まれて殺害されることなどなかったのではないでしょうか？

営業マンとしては、ずば抜けた才能の持ち主だったらしいのですが、コロナウイルスの影響で職を失い自暴自棄になってしまったのだと考えられます。

これは、本人から直接聞いた話ではないので想像でしかお話し出来ませんが、彼もコロナウイルスの犠牲者の一人かも知れません。

死因は、缶コーヒーに入れられた青酸カリによる毒殺。

青酸カリの入手経路については、現在捜査中です。

一昨日、重中警部補から届けられたスマートフォンの記憶媒体に毒殺の一部始終が残されておりました。

いまから、ステージ中央のスクリーンに映像を映し出したいと思います」

吉文は、映像を流すためにスタンバイしている若い警察官に合図を送った。

大講堂の照明が静かに、段階的に消えていった。

大型スクリーンに、黒滝眞理夫と高長身の謎の男と親しく会話する映像が流れはじめた。

音声は微かに聞こえるものの、はっきりとは聞こえてこなかった。

正修は、音声ボリュームを最大に上げるも、ところどころだけに斑《むら》ある声が流れた。

「山があっても？」

「山梨県！」

「いま、ドアの施錠を外しますので、少々お待ちください。

どうぞ、お入りください」

「キャプテンさんですか？

はじめまして、本部から荷物を受け取るよう指示されてきましたジャックと言います」

「はい。聞いております」

眞理夫は、奥のリビングへ向かい、大きなボストンバッグを抱えて戻ってきた。

「それでは、これをマイタウンブラック社へ届けてください」

ボストンバッグをジャックへ手渡した。

ジャックは、ボストンバッグの中身を確認しようとはしなかった。

マイタウンブラック社から強く言い含められていたのだろう。

ジャックは、ボストンバッグと引き換えに、分厚い白い封筒を眞理夫に差し出した。

ジャックは、徐《おもむろ》に左右のポケットから缶ジュースと缶コーヒーを取り出した。

無事にお互いの取引が成功したことを祝うかのように、缶ジュースと缶コーヒーを選ぶような仕草が映像から汲み取られた。

躊躇する眞理夫は迷った挙句、缶コーヒーを指差し受け取った。

残された缶ジュースを片手に、ジャックは、

「お疲れさまでした」

缶ジュースと缶コーヒーをぶつける映像も流れた。

お互い缶ジュースと缶コーヒーのプルトップに指を掛け、飲み口を開けた。

喉が渇いていたのか眞理夫は、一気に缶コーヒーを飲みはじめた。

数秒もかからない状態で、苦しみ出した眞理夫は床に倒れ込んだ。

と同時に、缶コーヒーも手元から離れ、液体が床に流れ出した。

それを見届けたジャックは、前もって用意していたタオルで溢《こぼ》れた缶コーヒーを拭きはじめるとともに、倒れている眞理夫の内ポケットから白い封筒を抜き取った。

ジャックは、倒れている眞理夫を軽々と担ぎ上げて、リビングから外へ運びだした。

その手には、しっかりとボストンバッグも握られていた。

リビングの内窓に、茶色系の車が別荘から遠ざかるのが映り込んでいた。

映像は続くが、リビングの内窓から外を映し出していた。

…………

映像は、ここで終わったと言うより、スマートフォンの内蔵バッテリーが切れて画面も黒くなっています。

大講堂の照明が点灯しはじめた。

天井ライトの光が、目に飛び込んできて眩《まぶ》しかった。

大講堂が明るくなったのを確認した吉文は、

「ここで映像が終わっております。

ご覧の通り、黒滝眞理夫は、数秒で床に倒れ込んでいます。

この映像の流れから、瞬間的に倒れ込む原因が青酸カリによる毒殺と思われ、黒滝眞理夫の体内からも、青酸カリの成分が検出されました。

間違いなく、青酸カリによる毒殺です。

この残忍な殺害を企てる高身長の男ですが、いま正体が暴かれようとしています。

それも意外なところから、判明いたしました。

画像では、はっきりせずぼやけている高身長の男でした。

わたしたちは、それ相応の最新の映像技術を駆使して、概ね犯人の容姿などを突き止めることが出来ましたが、まだ真意には至りません。

そんな中、本当に偶然が重なりまして、殺害された黒滝眞理夫の頭髪に隠されておりました。

遺体が遺棄された雑木林に、いるはずもない縞《しま》模様のやぶ蚊がパンチパーマの中で宿っていたのです。

やぶ蚊は自分の命を守りたい一心で、パンチパーマの中へ一時的に逃避したものと思われます。

鑑識課が、一匹一匹やぶ蚊を採取し解剖の結果、二人の人間の血液と思われるA型とB型が検出されました。

そのA型は、殺害された黒滝眞理夫のものでした。

もう一人のB型は、高身長の男のものじゃないかと思われることも分かりました。

なぜなら、別荘主の有栖川定徳様は、コロナウイルスという未知なる感染症に振り回され、ここ三年間別荘を放置していたそうなので、やぶ蚊に刺される心配はなかったようです。

わたしたちも、有栖川定徳様の言い分を信用するつもりもないことから、裏付けとして血液型を照会しました。

有栖川定徳様の血液はA型でしたので、今回の事件から除外させていただきました。

やぶ蚊の行動範囲は、半径約二十メートルと言われています。
と言うことは、有栖川邸宅から死体遺棄現場まで数十キロメートル離れていること
に確信を得ることも出来ました。
やぶ蚊は、寒いところが嫌いで温かいところを好むカ科ヤブカ属の一種ですので、
知らずのうちにパンチパーマの温もりを知り隠れたんじゃないでしょうか？
従いまして、血液型のB型の人物を絞り込むことにしました。
B型で、犯罪歴や交通違反歴、パスポート申請者等々を科捜研のデータベースに照
会したところ、ある人物にヒットしました。
その人物の名前は、曾根崎栄二《そねざきえいじ》。
年齢、二十七歳。
血液型、B型。
犯罪歴は、恐喝、窃盗、詐欺、暴行罪等々。
運転免許証からの交通違反歴、八回。
主に、路上駐車違反三回、スピード違反四回、道路交通法違反一回。
パスポートからの海外渡航歴、七回。
主に、フィリピン五回、タイランド二回。
最終学歴、東京都墨田区立橋中学校卒業

現住所、不定。

職歴、土木作業員はじめ警備員など転々とした職業に就くも長続きせず、定職にも就かずアルバイトなどで生計を立てている日々の生活。

福島県警本部などもマークしていた札付きで残忍の悪にヒットしました。

それと、スマートフォンに映しされていた人物の映像容姿と科捜研から提出された曾根崎栄二の顔写真を照会した結果、双方とも完全に一致したことが最終的な決め手になりました。

昨日、全国の警察署ならびに交番等の掲示板に掲載するように重要指名手配の手続きを取りました。

新札の渋沢栄一の一億六千三百万円が入ったボストンバッグも消えていますので、同時に手配させていただきました。

曾根崎栄二容疑者の身元も判明していることですから、逮捕されるのは時間の問題かと思われます。

現在、全署員手分けして、曾根崎栄二容疑者が立ち寄ると思われる簡易宿泊所や日雇い労働者が利用する宿屋などを重点に、強制捜査で展開しております。

また、隠れ家として利用されると思われる空き家や廃墟に近い屋敷も捜索の対象に入れております。

ご協力のほど、よろしくお願いいたします！」

吉文は、西那須野警察署を代表して捜査状況を報告するのであった。

郡中署からの報告

極秘捜査部隊（特別チーム）からの報告

「引き続きまして、わが署から現金強奪事件に関連する最新情報を報告いたしたいと思います。

本日、司会進行という大役を仰《おお》せつかりました刑事部の重中裕俊と申します。大変緊張しております。

本来ですと、福島刑事部長から本件の全容について報告をお願いいたしたいところですが、本日はご多忙のところ西那須野警察署から根本署長様がご臨席されております。

本件の捜査説明が二度手間になることを恐れた福島刑事部長は、各班から詳細報告された方が分かりやすいとの判断で、このような会議形式を取らせていただきます。

本来であれば、警察署間の中でも厳格なルールでもある服務規程違反に値する行為を、わが署が引き起こしてしまいました。

しかし、今回の事件につきましては、西那須野警察署根本署長のご厚意に甘える格好になってしまいました」

裕俊は、優に向かって頭を下げた。

隣にいる響輝も、改めて優に頭を下げるのであった。

「それでは早速ですが、西那須野警察署ご協力のもと、有栖川家から発見された謎のビニール袋を預かりました中身を解析させていただきました。

これは、今は亡き黒滝眞理夫被疑者が、死をもって犯行の実態を内部告発したかった証拠品を炬燵の中に、隠してくれていました。

それも、だれが見ても分からないように、炬燵の中でなく炬燵の枠を外して隠してくれたのです。

必死になって残してくれた有力な証拠品は、大切に取り扱いさせていただきました。

解析の結果は、わが署の特別チームメンバーから報告をさせていただきたいと思います」

裕俊は、極秘捜査部隊メンバーを特別チームと紹介したのである。

それは、極秘捜査部隊を公《おおやけ》にしてしまうことが、今後の極秘捜査活動に支障を与えかねないことを考慮したうえでの箝口令《かんこうれい》が敷かれていたのである。

前席のテーブルに陣取っていた正修たちが立ち上がり、事件の概略がびっしり書かれているホワイトボードの前へ歩み寄った。

「何だ〜、あれッ、うちの課の加藤じゃねえか？

それと、総務部の島本係長じゃないか？」

会議場がざわめいた。

なぜなら、捜査の進捗状況などを一手に報告するのが刑事部であったのだが、それを裏切られた感の、どよめきでもあった。

いつの間にか、特別チームの一員になっていた正修は、ホワイトボードの受け皿に置いてあったワイヤレスマイクを取り、

「はじめまして、今回の現金強奪事件が引き起こした数々の事件解明を、わが特別チームは一線を引いて、様々な角度から検証を試みて参りましたが、事件解決への糸口さえも見つかりませんでした。

なかなか難しく、真相には行き届きません。

皆さんと一緒で、本当に悔しかったです。

正直、わたしも押し掛け女房のように、特別チームの一員に加えていただきました。

……」

正修は、特別チームの編成や活動方針などを聞いていなかったので、言葉に詰まっ

てしまった。

それに気づいた裕俊は、すかさず助け舟なる行動に出た。

「わたくしから報告させていただきます。

この特別チームの編成に当たっては、いくつもの疑問が湧き起こっても可笑しくない状況であることは知っているつもりです。

みなさんもご存知の通り、わが署から全国の警察署や交番などに向けて、現金強奪事件に関わったと思われる黒滝眞理夫容疑者似のモンタージュを作成して指名手配をさせていただきました。

なぜ、黒滝眞理夫容疑者に辿り着いたかについては、話が長くなってしまいますので省略させていただきたいと思います。

この件につきましては、勝間田署長からも了承されておりますので、深く問い詰めないでいただきますようお願い申し上げます」

裕俊は、響輝に向かって頭を下げた。

響輝も、正面を向いたまま頷くのだった。

裕俊は、光一郎に対しても頭を下げたかったのだが、本人からアイコンタクトで辞退の合図があったことから割愛していた。

本来なら、全署員に向かって叫びたかった。

ここに、特殊能力を身につけた光一郎が隣にいることを……。

何と言っても今日までの功労者は、われわれでもなく光一郎であることを、一番感じていたのは極秘捜査部隊のメンバーであった。

特に、極秘捜査部隊を編成するに当たっての公三郎の行動は、光一郎に対する信頼度が一段と高いことを裕俊は感じていた。

でも、自分の地位を賭けてまで光一郎を信頼する公三郎が、不思議でならなかった。

先見の明《めい》ならぬ先を見通す眼力もずば抜けていたのだ。

光一郎と公三郎の信頼関係は厚く、だれにも立ち入る隙間はなかった。

裕俊は、二人が羨ましかった。

もし、ここに光一郎がいなかったなら、今日の大掛かりな合同会議など開催することなど出来なかったことを、裕俊の頭の中を過っていた。

自分も、光一郎の発言には眉唾《まゆつば》ものというか真偽の疑わしかった話でもあったことから、信頼はせず受け流すことも多かった。

それが、今日の結果に繋がっていることなど想像もしていなかった。

裕俊は、われを取り戻し、

「早速、本題に移させていただきます。

西那須野警察署からわが署に、黒滝眞理夫の遺留品と思われるゴミ袋（四十五リットル収納半透明ビニール袋）の中身を、科捜研と鑑識課合同のもと解析させていただきました。

中身については、カーキ色の作業服上下、作業帽、スニーカー、携帯電話、スマートフォン、高速道路通行票、高速道路料金受領書、ETCカード、メガネ、マスク、軍手、接着剤装着の塩化ビニール、カッティングシート、車のキー等々が入っておりました。

この中身から、面白いことが判明いたしました。

みなさんのお手元に、詳細が書き込まれた資料があると思います。

その資料を見ながら、捜査内容を汲み取ってください。

まずはじめに、今回の現金強奪事件は、黒滝眞理夫を中心とした四人組の犯行であると断定いたしました。

黒滝眞理夫以外の三人組の特定人物については、作業服や作業帽などから検出された毛髪などを鑑定させていただいておりましたが、先ほど、三人組の身元が判明したとの連絡が入りました。

詳しい内容につきましては、後ほど説明させていただきます。

いみじくも、現金強奪事件の犯行を一部始終スマートフォンで黒滝眞理夫が撮影しておりました。

何のために、撮影していたのかは不明です。

被疑者死亡のために、詳しいことが聞けないのが残念です」

裕俊は、無念さを顔に表していた。

「続きましては、現金強奪事件にまつわる逃走ルートも判明いたしました。

撮影されていた数台のスマートフォンの組み合わせならびに高速道路通行票やETCカードなどを分析した結果、次の逃走ルートが分かりました。

出発は、わナンバー、バンボディ車レンタル会社から国道四号線↓下水道工事により裏道↓はなさき醤油醸造所跡地（事件勃発）↓さくら通り↓さくら通り裏道↓長沼街道↓農道↓道の駅［郡山南店］（車乗り換え）↓東北自動車道・郡山南IC↓福島JCT（車乗り換え）↓福島飯坂IC↓国道四号線↓東北自動車道・本宮IC↓岩槻IC↓国道四号線↓東北自動車道・宇都宮IC↓那須IC↓那須高原清流の里別荘地（有栖川定徳邸宅）の順路で走行されていましたことを確認いたしました。

走行距離については、一般道路と高速道路を加算しますと、約四百五十キロメートルと思われます。

所要時間は、約七時間三十分掛かることも分かりました。

ただし、休憩時間等は含まれておりません。

この複雑な走行については、われわれ警察を惑わす作戦じゃないかと思われます。

なぜなら、直接、高速道路の東北自動車道の郡山南ＩＣから那須ＩＣまでは時速八十キロメートルで休憩なしで走行すると約四十分以内で到着できる計算になります。

これは間違いなく、犯人からの挑戦状です！

この挑戦状に屈する訳にはいかないのです。

この現金強奪事件と殺人事件ならびに闇社会を、われわれが持っている知識データベースをフル活用し、一人ひとりが情報一本化で捜査活動をお願いしたいと思っております。

また、今回の現金強奪事件に関してたくさんの証拠品などを、われわれに残してくれた黒滝眞理夫は殺害されております。

わたしの考えで恐縮ですが、このままの流れで言えば黒滝眞理夫容疑者死亡に伴い書類送検で裁かれるかと思います。

早期に、事件真相を暴《あば》いておかない限り、市民が安心して安全な街での生活など出来ることが難しいのではないでしょうか？」

裕俊は、一段と厳しい言葉で叱咤激励する声に力が籠っていた。

「以上が、特別チームからの報告です。

現在、闇社会に登録している人物を割り出して、事件に手を染めないように未然に防ぐことが、わたしたちの役目であると思っております。

だれも、犯罪に手を染めようなどと思っていません。

ただ、自分の才能を理解してくれる人が少ないことから、目立とうとする精神が働いているものと思わざるを得ません。

いま、容易く心がねじれ曲げられる時代が来ているのかも知れません。

難しいかも知れませんが、犯罪者を作らないようにするためには、一人ひとりにやさしい声掛けすることを、心掛けていきたいと思います」

裕俊は頭を下げ、所定の司会者の席に戻った。

日本セキュリティーガード社関連報告

鑑識課から修理工場立入調査報告

「引き続きまして、日本セキュリティーガード社の修理工場に立入検査を実施していただきました鑑識課から報告をお願いいたします」

刑事部の真後ろに陣取っていた貴公たちが立ち上がり、ホワイトボードの前に移動しはじめた。

折りたたみ式パイプ椅子が床を擦る音が、会議室に鳴り響いた。

「わたしたちも、日本セキュリティーガード社の修理工場を立入調査した結果を、みなさんのお手元資料としてテーブル上に置いてありますので、参考資料として見比べていただきながら話を聞いてください。

わたしたちは大量の現金を輸送するに当たって、現金輸送車が一般乗用車に切り替わっていたことに疑問を抱きました。

それも、当日になっての代替車です。

小比類巻工場長の話ですと、貴重品などを運搬する現金輸送車に限らず、日頃から手抜きすることなく細心の注意を払って点検するようスタッフに厳しく指導していたようです。

当日になって、現金輸送車のエンジン音が異常な音を出していることに気づいたスタッフが、小比類巻工場長に報告してきたとのことでした。

出発時刻も迫っていたこともあり、一般乗用車を代替車として認めた手前、逆にガードマン制服制帽での運転では目立ち過ぎるとの違和感から、サラリーマン風の格好で運転するように言い渡したそうです。

当然、田母神総務部長の了解を得て、当日輸送担当の若田部社員と飯島社員の両名へ伝達して運搬させたとのことでした。

ところが、現金を輸送していた一般乗用車が襲撃されたのです。

どうしてもタイミングが良過ぎることに疑問を抱きました。

そこで、わたしたちは日本セキュリティーガード社に対して任意であることを伝え、修理工場の立入調査を依頼いたしました。

日本セキュリティーガード社は、大きな事件を引き起こしていましたので、断る理由などありませんでした。

警察への協力は、市民の義務でもありますから……。

真っ先に、故障とされた現金輸送車を中心に捜索させていただきました。

わたしたちが駆けつけたときには、現金輸送車には異常が見つかりませんでした。

疑問を持ったわたしは、工場の全スタッフに訊ねました。

異常が発見されたときに、部品を交換したとか修理した覚えがある人物を訊ねましたが、だれ一人名乗り出てきませんでした。

仕方がなかったので、現金輸送車を階段付地下ピットへ移動していただきました。

わたしたちは、ボンネットを開けエンジンルーム内や車の底の配線を中心に、サーチライトを片手に捜索をはじめました。

目視もさることながら、見落としを防止するうえでデジカメ（デジタルカメラ）を使用して、一つひとつ撮影させていただきました。

ここで、修理工場の捜索は終了いたしました。

今回の捜索には、強制捜査ではなく任意捜査に当たりますので、余り日本セキュリティーガード社の社員に刺激を与えて、不安を煽るのをわが署は避けました。早速、わが署に帰還したわたしたち鑑識課は科捜研の協力のもと、デジカメ画像を解析して分かったことがありました。

みなさんのお手元にお配りしました資料を見ながら話をお聞きください。

この八分割されております写真をご覧ください」

貴公は、指棒を使ってホワイトボードの写真を差した。

ステージ中央のスクリーンにも映し出されていた。

「わたしたちも、最初は分からなかったのですが、ここを注目してください。

ここの半透明チューブだけ可笑しいことに気づきませんか？

そうです。ここのチューブ中心に良～く見てください。

分かりましたか？」

会場の中に問い掛けるも、議場内が騒然となってしまった。

だれからも、手は挙げられなかった。

「それは、この部分です」

貴公は、車体底の半透明チューブを指さした。

このチューブは、各オイルなどを送るものじゃなく、車内の空気を洗浄させる重要な役割を担っています。

最新式の一ミリミクロンの埃《ほこり》や塵《ちり》など吸収し、空気清浄機を使って排出させるチューブです。

特に外されても走行が出来なくなる物ではありません。

鑑識課では、現金輸送車と同型車を用意して、性能ならびに空気循環チューブなどを外して実験し、エンジン音が鳴り響いていたことも確認しました。

決して、車に必要ない装飾品などに値する付属品は装着しておりません。

この異常音を耳にした修理スタッフが驚き、小比類巻工場長に報告相談した。

現金輸送車の出発も迫っていたこともあり、小比類巻工場長にこのまま走行させるか判断を委ねた。

小比類巻工場長も独自での判断せずに、田母神総務部長に相談して了解を得たようです。

少し話が横道に逸れてしまいましたが、このチューブに違和感を覚えませんか？

車体の底の配線チューブなどの清掃は、高圧洗浄機などで六カ月に一度必ず清掃を実施しているそうです。

特に車体の底は、土煙や泥、排気ガスなどが配管パイプなどに汚れが付着することは分かっております。

しかし、ここを見てください。

この半透明チューブとほかのチューブの違いは分かりますか？

良～く見てください。

この半透明チューブの埃らしき部分を拡大しますので、良～く見てください。

分かりますか？

ここに、埃が被っていても可笑しくないところに、人の指らしき跡がくっきり残っていることが分かりますか？

鑑識課で解析したところ、微量ながら軍手の繊維が見つかりました。

一般の軍手じゃなく、整備士が使用するものであることも分かりました。

なぜかと申しますと、繊維に整備士独特の染料が付着していたことも判明いたしました。

従って、現金輸送車を一般乗用車に代替させるための小細工を、内部の人間が仕組んだものと思われます。

と言うことは、みなさんにも納得していただけるんじゃないかと思いますが、日本セキュリティーガード社の中に、渋沢栄一を載せた一般乗用車を襲撃させる手助けした人物がいることを突き止めました。

まだ、その人物は特定されておりませんが、現在、刑事部と協力のもと、その人物の割り出しに向けた捜査を進めております。

以上が、鑑識課からの報告とさせていただきます！」

貴公は、鑑識課を代表して今日までの経過説明するのであった。

進行係の裕俊は、

「鑑識課からの報告がありましたが、何か聞きたいこととかご質問等があれば挙手してください」

前に陣取っている正修が、手を挙げた。

やはり、座っているパイプ椅子が床と擦れる音が鳴り出した。

「鑑識課への質問ではないのですが、よろしいでしょうか？」

「どう言うことでしょうか？」

「はい。日本セキュリティーガード社に関連する事項で恐縮ですが……。

刑事部が独自の捜査方法で、現在、鑑識課と共同で取り組んでいます最新情報ですが、渋沢栄一を載せた一般乗用車が襲撃された際に、催涙スプレーを掛けられた若田部純と飯島邦夫の両名についても調べさせていただきました。

最強の催涙スプレーを二人の顔面目掛けて噴射されたものの、いずれも急所である目元を微妙に外されていました。

特に、飯島邦夫については、おでこに掛けられていました。

もう一人の若田部純については、右目下から鼻に掛けて噴射されていました。

本来ですと、直接、目に催涙ガスが入ってしまいますと失明する強力な液体です。

それを考えますと、飯島邦夫の催涙スプレーのかかり方が可笑しいのです。

故意に外しているようにも思われます。

郡山中央病院から提出されたレントゲンを科捜研で解析していただきました。

解析の結果を、郡山中央病院の小野看護師長を通して佐藤医師からも裏付ける情報を得ることが出来ました。

まだ、飯島邦夫が現金強奪事件に関係する加担者であると断定は出来ませんが、任意同行を求めて取り調べを、この会議が終了次第執り行いたいと思います。

ただ、飯島邦夫と現金輸送車として一般乗用車を運転していた若田部純も疑ってかかる必要があるかと思われます。

従って、二人同時に取り調べいたしたいと思います。

以上、刑事部からの補足説明でした」

財務捜査官からの報告

「引き続きまして、日本セキュリティーガード社総務部に立入調査に立ち会っていただきました県警本部財務捜査官の新堀千鶴巡査部長から報告をお願いしたいと思います」

前列の中央に陣取っていた千鶴たちは立ち上がるなり、優や響輝たち幹部に向かって頭を下げるのだった。

千鶴たちは、ホワイトボードの前に立つなり、ボードをひっくり返した。

びっしりと数字が並べられていた。

頭が痛くなるほどの数字である。

千鶴は、開口一番、

「今回は、日本セキュリティーガード社郡山支社の会計報告を兼ねた伝票処理システム等中心に調査させていただきました。

優良企業と聞いていたのですが、数字は嘘をつきませんでした。

日本セキュリティーガード社から提出された過去三年分の決算報告書を中心に、財務諸表である貸借対照表、損益計算書ならびに利益処分計算書などを預かりまして、徹夜作業で解析に努めましたが不審な点は発見出来ませんでした。

静まり返っていた調査室の時間の音だけが、部屋の中に鳴り響いておりました。

時間は止まってくれませんでした。

残念ながら、財務諸表等は株主総会などで、株主様から承認可決されたものですので、数字の動きは完璧に処理されておりました。

わたしは、完璧な決算報告書が気になりました。

なぜなら、手書きの入出金伝票の不正がまかり通る経理処理に、なぜか疑問を抱きました。

小さな嘘が招く恥ずべき行為の不正に歯止めをしたかったので、入出金伝票や領収書などを中心に見直しました。

恒例になっているのでしょうか？

金額や日付などが記されている領収書を貼り付ける出金伝票も同一人物の筆跡で処理されていました。

これは、完全なる不正に当たります。

不正を見過ごしている経理課は、どこかに大きな正義を見失っていることを感じざるをえませんでした。

これだけ順調に経営が安定している企業は珍しかった。

なぜなら、この三年間未曾有のコロナウイルス感染症に苦しめられていたにも拘わらず、しっかりと利益を確保していました！」

千鶴は、ホワイトボードの数字を指棒で差しはじめた。

「お手元に配布させていただきました資料の、ここの部分を見てください。

決算報告書の中の純資本金の部分です。

企業の体質として、不況を乗り越えるための重要な役割を担っています。

特に、企業は利益を蓄えなくてはいけません。

その利益体質を強化するためには、利益余剰金が一番大切になってきます。

利益余剰金とは、収入から支出を差し引いた余剰金のことです。

分かり易く言えば、毎年の利益が積み上がったものを利益余剰金と言われています。

ただ、利益として計上してしまうと、税金の対象になってしまうため苦肉の策として、優良企業やライバル企業への投資も考えの一つになっていたようです。

余剰金の使途については、当然執行役員会で検討することになっていたようです。

優良企業を目指す日本セキュリティーガード社としては、株主に対して安定的な高配当の維持と経営環境の改善を見据えた運転資金の活用を目的とした資金運用を図るのでした。

わたしは、別の角度で着眼してみました。

それは、コロナウイルス禍の影響で、わたしたちの生活が一変しました。

テレワークによる在宅勤務や不要不急の外出自粛などの緊急事態宣言に伴い、三密（密閉・密集・密接）にならないように、国から発令されました。

身動きが取れない最中での日本セキュリティーガード社は、それなりの収支決算書が出来上がっていました。

しかも、多数の企業が売上・収入とも著しく減額していたにも拘わらず、日本セキュリティーガード社だけが安定しているかのような企業イメージを作り上げていることも発見しました。

悪質で且《か》つ巧妙な伝票操作による、粉飾決算に値する経理処理を行っていたことが判明いたしました。

特に、当期の純利益において株主配当金に回さない内部留保を重点に取り調べることに切り替えました。

本来は、優良企業や業績の良い企業などの有価証券などに余剰金を投資するのが恒例になっております。

しかし、日本セキュリティーガード社は違っていました。

コロナウイルス禍などの影響で、売上・収入が落ち込んでいたことが引き金になったと思われます。

短期での利益確保を試みた日本セキュリティーガード社は、一攫千金に手を染めてしまったようです。

それは、先物取引です。

みなさんもご存知かと思いますが、先物取引は当たりはずれのあるギャンブル性が高い商品です。

主に、小麦とか大豆やトウモロコシと言った農産物や石油、石炭、貴金属（金、プラチナ、ダイアモンドなど）の商品とか形のない株価指数などに投資することです。入り組んだ数字の配列や工夫した伝票操作であっても、数字は嘘をつきません。だれが、余剰金を先物取引へ回すように指示したのか？

経理担当者だけの判断では出来ないはずです。

会社ぐるみの犯行であることは明確です。

だれの指示で粉飾決算に導いたのか？

必ずや、大物が指示しているものと思われます。

いろいろと疑問は残りますが、一日でも早く家宅捜査に着手したいと思っています。

以上の内容で、ご報告申し上げます！」

「ありがとうございました」

逮捕の瞬間

日本セキュリティーガード社郡山支社々屋の前には、赤色灯を点灯しているパトカーや覆面パトカーなどが横づけされていた。

道路を挟んで、たくさんのマスコミ関係各社（テレビ、ラジオ、新聞社、雑誌社等）と報道陣が事の成り行きに備えて待機していた。

どさくさに紛れて野次馬も参加していた。

事前に、郡中署からマスコミ関係各社宛に、日本セキュリティーガード社に強制捜査する旨の㊙プレスリリースが送信されていた。

物々しいテレビカメラやスタンドライト、ガンマイクなど機材等を持ち込みの取材合戦になっていた。

その中には、民友新聞社の広行や日報新聞社の修一もスタンバイしていた。

隣の民友新聞社の専属カメラマン雄三は、大型脚立を持ち込み立ち上がって、日本セキュリティーガード社玄関口から出てくる容疑者たちをフォーカスしようと待ち構えていた。

一斉に、カメラのシャッター音やストロボフラッシュ音などの、入り交じった音が交差しはじめた。

「パシャ、パシャ！」「カシャ、カシャ！」

捜査員に羽交い締めにされた晃司が出てきた。

「佐々木専務！　ひと言いただけませんか？」

「……」

「佐々木さん！　本当に、現金輸送車襲撃事件を企画して、会社ぐるみで実行させたのですか？」

「……」

「答えていただけませんか？」

「……」

「佐々木さん！　あなたが、今回の現金輸送車襲撃事件の首謀者なんですか？」

「……」

「佐々木専務！　これは、会社ぐるみの自作自演ですよね？」

「……」

「奪った現金は、いまどこに隠しているのですか？」

「……」

晃司は、報道陣の鋭い質問に対して睨みつけたのだった。

雄三は、悪態を晒《さら》した晃司の顔をドアップで撮影した。

羽交い締めされた晃司は、頭を押さえつけられながらパトカーの中へ。

手錠を掛けられた両手にタオルが掛けられ登場した慎二が、捜査官に支えられ出てきた。

また、カメラシャッター音とストロボのフラッシュ音が激しく鳴り出した。

「田母神総務部長！　佐々木専務に言われたまま、手を染めたのですか？　それとも、あなたの闇ルートを使って、外部組織に依頼して犯行に及んだのですか？」

「……」

「田母神さん！　あなたは、会社の顔である総務部を台無しにして、取引先や株主の信頼を失墜されたのですが、どんな気分ですか？　責任は重いですよ。いまのお気持ちお聞かせください」

「……」

「一言で良いので、答えて下さい？」

「……」

「田母神さん！　恥ずかしいとは思いませんか？」

「……」

慎二は、報道陣の問い掛けにも一切応えることなく下を向いたまま、パトカーに乗せられた。

けたたましいサイレンの音を残して、パトカーは立ち去った。

まだ、現金強奪事件に関連した関係者が、玄関口から出てくるのを信じて待ち構えていた報道陣。

また、玄関口が騒々しくなった。

慎二から遅れること五分。

捜査官に脇を抱えられて聖人が出てきた。

「小比類巻工場長！　あなたまで逮捕ですか？

あなたが現金輸送車に手を加えたのですか？」

「……」

「小比類巻さん！　だれかからの指示ですよね？」

「……」

「工場長！　一人での行動じゃないですよね？

だれか、後ろにいるんですよね？」

「……」

「どんな方法で現金輸送車に小細工したのですか？」

「……」

「お願いですから、答えて下さい！」

「……」

「なぜ、会社ぐるみで不正に至ったかの経緯《いきさつ》を、一言で良いので教えてください！」

「……」

聖人も、無言のまま報道陣の前を通り過ぎるのであった。

まだ、数台のパトカーが控えていることに違和感を覚える広行たちは、取材エリアから離れることはなかった。

またまた、玄関口が慌ただしくなった。

純と邦夫が、前後の捜査官に先導されて顔を隠したフード付きグランドコート姿で出てきた。

最初は、だれがだれだか分からなかった。

広行は、容姿から以前取材を申し込んだ純と邦夫であることを確信した。

広行は、口火を切って声かけた。

パトカーに乗せられるまでの、短時間取材での勝負である。

「若田部純さん！　あなたは、被害者の一人じゃなかったんですか？

あの痛々しい姿は、わたしたちをあざ笑う演出だったんですか？

演技が上手ですね？

一言、お願い出来ませんか？」

「……」

「犯罪に手を染めたのは、だれからの指示ですか？

佐々木専務からですか？

それとも、田母神総務部長からの指示ですか？」

「……」

「一言だけでも良いんですよ。

答えていただけませんか？　若田部さん！」

「……」

「協力してくださいよ！」

「……」

しびれを切らした修一は、大声を張り上げた。

「顔を隠していないで、素顔を見せてください。飯島さん！」

邦夫は、フードを上げようと顔を左右に振ったものの、隣にいた捜査員が阻止したのだ。

「飯島さん！　前もって現金強奪されることを知っていたのですか？

それから、真面《まとも》に顔面に催涙スプレーを噴射されていましたが、会社から傷病手当が出るのですか？」

「……」

取材陣から、笑い声も飛び出した。

「現金強奪の襲撃計画を知ったのは、いつ頃聞かされたんですか？

一週間前それとも前々日？

指名されて、どんな気分でしたか？」

「……」

「飯島さん！　若田部さんと一緒に犯行に加わった理由を聞かされていましたか？

それとも、だれかに脅されて一人では心細いから、若田部さんに打ち明けて犯行に及んだのですか？」

「……」

「奪われた現金の行方は知っておりますか？」

「……」

純も邦夫も、記者団の質問には一切答えることなく、パトカーの中に消えた。

雄三たちカメラマンは、警察署に連行される被疑者たちの顔に照準を合わせたカットを複数枚確保するのであった。

緊急記者会見

裕俊は、スタンドマイクを使用してマスコミ関係各社の記者団に向かって、

「ただいまから、日本セキュリティーガード社現金輸送車襲撃事件ならびに黒滝眞理夫殺人事件に対する合同捜査活動の報告会を開催させていただきます。

まずはじめに、わが署と西那須野警察署との合同捜査に携わっていただきましたみなさんを紹介させていただきます。

みなさんから向かって左中央の席にいらっしゃいますのが、西那須野警察署の根本優署長ならびに右隣に和田武一刑事部長と小山吉文刑事課長にご臨席いただいております。

わが署からは、勝間田響輝署長、雀之宮公三郎総務部長、福島学刑事部長に立ち会っていただいております。

詳細につきましては、福島刑事部長からご報告申し上げます。

大変申し訳ございませんが、本日は多数のマスコミ関係者がご出席いただいております。

最後に、マスコミ関係各社のみなさんからご質問を頂戴《ちょうだい》いたしますが、社名なら

びに氏名を名乗っていただき一社一問とさせていただきます。

それでは、福島刑事部長よろしくお願いいたします！」

裕俊は、学にワイヤレスマイクを手渡した。

学は、開口一番、

「日頃から、わたしたちの捜査等には多大なるご支援ご協力を賜り、勝間田署長に成り代わり感謝申し上げます。

また、わたしたちが知り得ない情報提供に感謝いたします。

それでは早速ですが、みなさんのテーブル上に、今回発生してしまいました現金輸送車襲撃事件ならびに黒滝眞理夫殺人事件の詳細を二ページにまとめたプレスリリースを用意させていただきました。

本事件の報告については、プレスリリースに添って説明させていただければ幸いかと存じます。

よろしくお願いいたします。

はじめに、わが署管轄内で発生いたしました現金輸送車襲撃事件について報告させていただきます。

現在、日本セキュリティーガード社の経理担当執行役員佐々木晃司を、現金輸送車襲撃事件の重要参考人として第一取調室にて事情聴取中です。

また、第二取調室では総務部長の田母神慎二を、入出金伝票等の操作による粉飾決算を作り上げた責任者として追及しています。

自らの不正に手を染めた理由と手掛かりが、一つの焦点になっていました。

どうしても、田母神聖人一人で行えるものではないことも承知しております。

会社ぐるみであることも確信しています。

当然、経理担当役員の佐々木晃司が関係していることも分かっているのですが、どうしても田母神聖人が折れてくれません。

会社に義理立てしているようで、黙秘に徹しております。

第三取調室では、小比類巻聖人整備工場長から、現金輸送車から一般乗用車に切り替えた経緯を詳しく聞き取り調査を実施しています。

だれが何のために現金輸送車に手を加えたのか？

事前に聞かされていて小比類巻聖人自ら手を染めたのかを厳しく追及中であります。

本人は、黙秘しています。

その他として、現金輸送車襲撃事件の被害者であると思われた若田部純と飯島邦夫に不審な点が見受けられました。

いま、別々の取調室で調書を取っております。

わたしたちは、それぞれの各分野で事件解明に取り組んできましたが、ようやく点と点が一つの線で結びついていることを確信から自信に変わりました。

切っ掛けは、粉飾決算における穴埋めであることを突き止めました。

この現金輸送車襲撃事件は、日本セキュリティーガード社の自作自演であることも判明いたしました。

ただし、日本セキュリティーガード社独自の企画運営実施ではなく、第三者として絡んでいる企業もしくは団体が裏で全面協力していることも、徐々にではありますが、分かりました。

しかし、未だ第三者である企業と団体を割り出すのに、少し時間が掛かっているのも事実です。

わたしたちは、決して諦《あきら》めるつもりはありません。

これだけ、日本の警察に対して挑戦状を叩きつけてくるんですから、アマチュア集団ではなくプロフェッショナル集団であることも摑んでいます。

そのプロ集団は、闇集団であることも分かってきました。

闇集団の名称は、マイタウンブラック社であることも判明しております。

マイタウンブラック社は、海外に拠点を持つ大規模な集団です。

特に、東南アジアのフィリピンやタイランドなどを中心に、大規模に闇活動を展開しています。

なぜ、東南アジアを選択するのか、お分かりですか？

それは、日本には四季と言う春夏秋冬で構成されておりますが、フィリピンやタイランドは、亜熱帯気候で一年を通して常夏で、ほぼ裸で暮らせる開放感溢れる憧れのパラダイス王国でもあるのです。

衣食住の費用は、なんと日本に比べて十分の一以下の格安で生活出来るのも魅力の一つになっています。

それを逆手にとって、闇王国が築かれています。

わたしたちは、絶対に許しません！」

力強く説く、悔しい怒りが頂点に達している学。

「わたしたちは一日でも早く、この大事件を解決しなくてはいけないのです！

どうしても、市民の不安を取り除かなくてはいけません。

わたしたちは、それに応えなくてはいけない使命感を抱えています。

わたしたちも舐められたものです。

マスコミ関係者のみなさんも、闇社会の仕組みはご存知かと思いますが、マイタウンブラック社にも明確な組織が存在していることを知っていますか？

マイタウンブラック社は、一般企業と同じように組織化されております。

これは、警察機構のデータベースに登録されている組織を分析いたしますと、次のことが分かりました。

マイタウンブラック社で言う黒幕と称するボスは、一般企業では代表取締役社長に当たります。

指南役は、上級・下級執行役員を指します。

指南役補佐は、役員候補であり部長クラスに値します。

課長クラスは、二班に分かれます。

一つは、犯行に関するシナリオを作成し脚本を手掛けることを生業とする著作家であるシナリオライターが資格を得ています。

また、個人が直面する悩みなどについて相談に応じ、適切な指導やアドバイスする専門家で心理カウンセラー担当も兼ねているものとも思われます。

もう一つは仲介役で、応募してきた人材の選定や配置ならびに職種などを見極めて、指示役へ伝達する重要な役割を担っています。

実行役は、職種によって分類されますが、係長クラス以下に該当します。

特に実行役の中でも、運び屋別名回し子とも呼ばれ、車やバイク等の運転管理が中心ですが、記録係と犯行時間を計測する重要な役割を、黒滝眞理夫が担っていたようです。

かけ子は、主に関係各所に連絡などを取り仕切るセクションで、国際手配になっている赤月智則容疑者が該当者に当たります。

受け子は、品物などを受け取る係で、現在行方不明になっています曾根崎栄二容疑者が、この役割を担っています。

打ち子は、主にデータの管理や脅迫文の作成などの文書管理が、主な仕事になっています。

ここまでは、正社員に該当しますが、ひら子は予備軍に当たり契約社員（通称アルバイト）として、正社員登用を狙うセクションになっています。

今回の現金強奪事件に関する手助けとして、下水道工事に於ける車の交通整理誘導員役や雑務処理などに徹することが多いようです。

従いまして、複雑に入り組んだ闇集団と日本セキュリティーガード社の関係性を明確にすることが、わたしたちの使命でもあります。

ここまでが、捜査本部として摑んでいる現金強奪事件と黒滝眞理夫殺人事件に関する捜査報告とさせていただきます」

＊　　＊　　＊

学の報告が終わったのを確認した裕俊は、

「ここで、みなさんからのご質問を受け付けたいと思います。

先ほども申し上げました通り、本日はたくさんのマスコミ関係者の方々にご臨席いただいておりますので、時間の関係上、各社一問とさせていただきます。

誠に恐れ入りますが、ご質問をされる方は挙手のうえ、社名と氏名を必ず名乗ってください。

こちらから、挙手された方を指名させていただきます。

よろしくお願いいたします！

それでは、どうぞ！」

「はい！」「はい！」

一斉に挙手する声が、会議室の中に響き渡った。

裕俊は、会場の中を見渡した。

元気な声で手を挙げる人物が目に留まり裕俊が指したのは、郡中署記者クラブに所属している修一だった。

ワイヤレスマイクを修一に手渡す次郎は、友だちでもあった。

ワイヤレスマイクのスイッチをＯＮした途端、

「ガガガッ、ピー！」

大音量が、会議室を占領した。

スピーカーから流れた音が、再びマイクやピックアップから入って増幅された雑音だった。

慌てた修一は、マイクのスイッチをＯＦＦにした。

修一は、再度マイクのスイッチをＯＮした。

二度とハウリングは起こらなかった。

正気を取り戻した修一は、

「大変失礼いたしました。

日報新聞社の橋川と申します。

これだけ、世間を騒がせておきながら、日本の警察に対してマイタウンブラック社から挑戦状を叩きつけられたとのことですが、この屈辱をどんな方法を使って乗り切ろうとしておりますか？

もし許されるなら、マイタウンブラック社を撲滅するための秘策があれば教えていただくことは可能でしょうか？」

学は、目の前に置かれているマイクを手にして、

「鋭い質問に、戸惑っております。

橋川記者からのご質問は、答えたくても答えることが出来ないので、難しい問題です。

なぜなら、わたしたち捜査員は、過去の犯罪実績と解決方法などを事細かくデータベースに登録していきます。

わたしたち捜査員は、犯罪を未然に防ぐためのQ＆Aを、常に頭の中に記憶して犯罪と向き合っています。

しかし、マスコミ関係各社のみなさんにはペンと言う活字や原稿などが、世論の人々の心に訴える表現豊かな紙面作りや放送などがあり、武力（剣）より強いことが証明されております。

わたしたちは、敢えて手の内をオープンにすることは出来ません。

特に、わたしたち公務員や弁護士・医師たちは一定の人物の職務上知り得た秘密を守る義務があるのです。

もし、法律上の義務を漏《も》らせば、わたしたちは処罰の対象になってしまいます。

大変申し訳ございませんが、お許しいただけませんでしょうか？

橋川記者、よろしいでしょうか？」

修一の質問は、空振りに終わった。

丸め込められた修一は、納得の域には達していなかった。

「はい」の声が上がらない無言の挙手が、何を質問してくるかが不気味な空気感を覚える裕俊だった。

右手に腕時計を嵌《は》めた紳士が目に飛び込んできた。

裕俊は、紳士を指名した。

次郎は、修一からワイヤレスマイクを受け取り、紳士までの距離を駆け抜け手渡すのであった。

「ありがとうございます。

テレビ郡山中央（ＴＫＣ）の津田《つだ》と申します。

優良企業と評価されておりました日本セキュリティーガード社の会社ぐるみの不正が発覚した経緯は、粉飾決算と伺いました。

ここまで来るには、それ相応の帳簿操作などが必要かと思われます。

また、どの時点で帳簿操作が行われていることに気づいたのですか？

教えていただける範囲で結構ですので、ご説明いただけないでしょうか？」

学は、目の前に置かれている分厚い捜査実態報告書を捲《めく》った。

本来なら捜査資料を読み上げれば良いものを、学は千鶴に託すことを判断した。

正直、数字に弱い学が選んだ道は、鋭い質問に対応しきれる自信もなかったこともあり、

「この粉飾決算を見破ったのは、県警本部から派遣されて来ました新堀財務捜査官であります。

最初は、入出金伝票等々から捜査をはじめましたが、ひょんなことから会計伝票の起票に偽《いつわ》りがあることを発見しました。

わたしからお答えするよりは、新堀財務捜査官から報告していただいた方が分かりやすいかと思われます。

お願いします」

前に陣取っていた千鶴は、ホワイトボードの前に歩み寄った。

千鶴に、ワイヤレスマイクを手渡す裕俊。

「早速ですが、皆様方のお手元に配布させていただきましたプレスリリースに基づいて説明させていただきます。

わたしたちは、数字は生きていると思っています。

可笑しいですよね。

でも、笑い話ではなく、真剣なんです。

ここで、粉飾決算の内容に入る前に、数字の概念が覆《くつがえ》りそうな面白い話があります。

世間の話を総括すると数字に対して拒否反応（アレルギー）が多いことも聞いております。

そんな中、親しみを持っていただけるための数字のマジック話をしてもよろしいでしょうか？」

千鶴は、会議室を見渡した。

「それでは、問題です。

一＋一は、いくつでしょうか？」

会議室から笑い声が零れた。

「そうですよね。

答えは、二ですよね。

これが、正解とは思っていただきたくはないのです（笑）。

わたしたちは、二と言う数字に固定概念に縛られることなく、常に疑問を持って捜査に立ち向かっています。

数式的には、一＋一は二です。

間違いありません。

しかし、少し角度を変えて考えてみませんか？

面白いことが分かります。

それは、一＋一は、一にもなりますし、十にもなり、無限にもなります。

例えば、履き物で考えてみましょうか？

履き物は、左右一揃いで一足と言われています。

また、一℃の水と一℃の水を加えても、二℃の水にはなりませんよね。

温度は上がりません。

一℃の水のままです。

また、二進数の一＋一は、十の数字になります。

一＋一を一つの公式に当てはめても、無限に広がっていくことも分かってきます。

一つの数字の答えを決めつけてかかることなく、いろんな角度から調査することで見えていないものが見えてくることが面白いのです。

数字は魔法の話になってしまいますので、眠たくなる前に雑談を入れてみました。

面白い数字の雑談は、このくらいにして本題に入りたいと思います。

それでは、粉飾決算に関わる実態についてですが、……。

＊　＊　＊

以上で、わたしたち捜査班が粉飾決算にまで辿り着くことが出来ました。

最後に、一言付け加えさせてください。

数字は、決して嘘はつきません。

ありがとうございました」

満足に説明を終えた千鶴は、深々と頭を下げた。

時代が変わったことに気づかされた学たちは、千鶴の堂々とした説明に感心するのである。

男性社会の中で、女性の飛躍と実行力に敬服することも多くなっていた。

裕俊は、柴三郎《しばさぶろう》に向かって質問とそれに対する答弁の有無を確認した。

柴三郎は、頷くことしか出来なかった。

柴三郎も、隣にいる次郎にワイヤレスマイクを手渡した。

マイクを受け取ったのを見届けた裕俊は、

「ありがとうございました。

引き続き、ご質問を受けたいと思います」

また、一斉に手が挙げられた。

質問してもらうエリアに偏《かたよ》りがあることに気づいた裕俊は、会議室の一番奥に陣取っている男性を指さした。

次郎は、マイクを持って男性の元へ。

「ありがとうございます。

週刊喜怒哀楽社《きどあいらくしゃ》の北里《きたざと》と申します。

わたしたちは、中堅都市郡山市で起こってしまった現金輸送車襲撃事件についてお尋ねしたいと思います。

先ほどの話ですと、主犯格の黒滝眞理夫被疑者が、仲間割れの末に殺害されたとのことでしたが、その後の経過が分かれば説明していただけませんでしょうか？」

学は、捜査実態報告書のページを捲った。

「この件につきましては、西那須野警察署所轄の事件に当たります。

本来なら、西那須野警察署から報告していただきたいのですが、ここに捜査実態報告書があります。

ここに、記載されている内容を読み上げさせていただきます。

それ以上に詳細を知り得たい場合には、西那須野警察署から報告していただきます。

まずはじめに、黒滝眞理夫被疑者は青酸カリによる毒物による殺人と判明いたしました。

缶コーヒーの中に混入された青酸カリです。

凶器となった証拠品の缶コーヒーの空き缶を、今でも殺害現場を中心に全署員手分けして捜索に当たっております。

しかし未だ、見つかっておりません。

犯人である曾根崎栄二が持ち帰った可能性もあります。

従いまして、殺人容疑者として曾根崎栄二が浮かび上がりましたので、全国の警察署を通して緊急手配させていただきました！」

　学の報告を聞いていた研二郎《けんじろう》が、

「それだけ鮮明に報告書が上がっていると言うことは、殺人事件の裏が取れている証拠があると言うことですよね？

　出来れば、曾根崎栄二容疑者に辿り着いた経緯を教えてはいただけませんか？

　お願いいたします」

　学は、優と武一の顔を覗き込んだ。

　優も武一も頷くことしか出来なかった。

　暗黙の了解だった。

「分かりました。

　わたしたちも、余りみなさんに手の内を見せるつもりもないのですが、日頃から捜査協力を得ていることですから、今回に限りお話しいたしたいと思います。

　情報提供者は、殺害された黒滝眞理夫被疑者からです！」

　会議室内が騒《ざわ》めいた。

「今から、衝撃的な映像をお見せいたしますので、みなさんへの情報の一つとして提供いたします。

　ただ、目を背けたくなるシーンが飛び込んできますので、そのところはご了承ください。

ありのままの映像です。

ステージ中央のスクリーンにご注目してください」

プロジェクターの前でスタンバイしていた正修に、学が合図を送った。

＊　＊　＊

曾根崎栄二容疑者が黒滝眞理夫被疑者を殺害するまでの鮮明な映像が残っていました。

これが、真実です。

死を悟った黒滝眞理夫被疑者が最後の抵抗として、マイタウンブラック社の実態を公にしたかったのではないでしょうか？

それも、死を以てですよ。

あなたたちには、こんな行動は取れますか？

正直、わたしには出来ません。

恥ずかしい話で恐縮です。

北里記者！　これでお分かりいただけましたでしょうか？」

研二郎は、学に向かって感謝の言葉を口にするのだった。

「ありがとうございました」

研二郎は、隣にいた次郎にワイヤレスマイクを手渡した。

学と研二郎との言葉のやり取りを確認した裕俊は、

「長時間に亘り記者会見を開催して参りました。

時間の都合上、大変申し訳ございませんが、最後のご質問をお受けいたしたいと思います。

ご協力よろしくお願いいたします！」

裕俊は、最後の質問に対する挙手を求めた。

「はい！」「はい」

広行は、手を挙げ大きく左右に振った。

手の動きに目を奪われた裕俊は、広行を指した。

息を切らした次郎は、広行にワイヤレスマイクを手渡した。

広行も立ち上がる際に、パイプ椅子が床に擦れる音が鳴り出した。

「ありがとうございます。

民友新聞社の鈴木と申します。

正直、この現金輸送車強奪事件等の解決が長引くんじゃないかと思われていましたので、執念深い捜査活動には感服しております。

わたしには、ただ一つだけ疑問に残ることがあるんですが、お聞きしてもよろしいでしょうか？」

突然の疑問符から入ってきた広行に違和感を覚える裕俊。

「今回の現金輸送車強奪事件に関する捜査手順で疑問があるのですが、よろしいでしょうか？

これだけ、この現金輸送車襲撃事件が早く解決するとは思っていませんでした。

この事件は、長引くのではないかと思いました。

個人的な感想で申し訳ございません。

恥ずかしいです。

これは、わたしだけでしょうか？

でも、不思議なのは、早めにモンタージュ写真が作られていたことです。

それも、そのモンタージュ写真が、現金輸送車襲撃事件の主犯格でもある黒滝眞理夫被疑者に極めて良く似ていたとのことでした。

現金輸送車襲撃事件に関して、普通は捜査員が近隣の人々などから聞き込みや防犯カメラなどの映像を解析して、総合的な判断からモンタージュ写真が作成されるんじゃなかったんですか？

わたしの認識不足でしょうか？

可笑しいですか？

現金輸送車襲撃事件現場に、だれかが立ち会っていなければ、あの鮮明なモンタージュ写真は出来上がらないはずです。

そうですよね、福島刑事部長！

それも、あのモンタージュ写真の中では、パンチパーマで右目下の黒子の位置とか耳たぶが変形していることまで鮮明に表現されています。

だれが見たって、その場に居なければ分からない情報ばかりです。

教えてください。

福島刑事部長！　わたしたちの間では、隠しごとはやめましょうよ！

わたしたちは、パートナーシップの一員じゃないですか？

出来れば、モンタージュ写真が出来るまでの経緯を教えていただくことは出来ないのでしょうか？

分かっている範囲で結構です！」

広行は、裕俊に向かって頭を下げた。

広行の突拍子もない質問に、裕俊は返答に戸惑った。

学と公三郎の顔を窺う裕俊。

公三郎が対応する姿勢を、裕俊に目で合図してきた。

「それでは、鈴木記者からのご質問に対して、わが署の雀之宮総務部長から報告させていただきます。

よろしくお願いいたします」

公三郎は、ワイヤレスマイクを握って立ち上がった。

刑事部長でなく総務部長からの報告に、会議室から響動《どよ》めきが湧き上がった。

「わたしからご説明させていただきます。

今回のことについては、信じられないことが起こっていました。

これから、わたしがお話しすることに対して、どれだけの方が信じてもらえるか疑問も残りますが、鈴木記者の質問に答えさせていただきたいと思います。

わたしも正直、最初は信じられませんでした。

ところで、みなさん！　透視能力と言う言葉をお聞きになったことがありますか？

透視能力とは、物を通して向こう側にあるものが見えることです。

そうです。

心の中まで透かして見える目を与えてもらったみたいなものです。

その人物が、わが署の中に存在していることを知ることになりました。

名前は申し上げられません。

お察しください。

ただ言えることは、今回のモンタージュ写真の構成は、その人物が中心となって作成していただきました。

作成されたモンタージュ写真が、殺害された黒滝眞理夫被疑者に瓜《うり》二つだったことで、わたしたちも驚きました。

黒滝眞理夫被疑者に辿り着くことが出来ました透視能力も、今後も捜査協力の一つとして活用していきたいと思っていますが……。

でも、今回は成功したから良いものの、次回も事件解決の糸口に結びつけていきたいなどとは思っておりません。

あくまでも、捜査手順に迷いなどが生じたときの情報源の一つとして、お願いをするかも知れません。

それが、わたしたちの最終決断です。

非科学的な捜査方法を、全面的に組み込み頼るつもりは、毛頭《もうとう》ありません。

しかし、わたしたちの中に心強い味方が一人いるだけで、なぜか安心するのはわたしだけでしょうか？

以上が、わたしからの報告とさせていただきます。

鈴木記者！　お分かりいただけましたでしょうか？」

公三郎の報告が終了したことを確認した裕俊は、広行に向かって、

「鈴木記者。よろしいでしょうか?」

「……」

「本日は、お忙しい中、また貴重な時間を割いていただき、誠にありがとうございました。

引き続き、捜査へのご協力よろしくお願いいたします。

これで、緊急記者会見を終了させていただきます!」

裕俊の最後のあいさつが終わる前に、マスコミ関係各社の記者テーブルとパイプ椅子が床に擦れる音で、会議室内に一斉に響き渡った。

報道機関としての責務

郡中署内記者クラブの狭き出入り口を、盛んに行き来する記者たち。

「及川キャップ! 新聞の見出しとなるタイトル案と掲載記事が出来上がりました。目を通していただけないでしょうか?」

広行は、陸へ打診した。

「とりあえず、見出しタイトルは三案考えてみました。

第一案は〝非科学的な透視能力で、現金輸送車襲撃事件の突破口を見つけ出す!?〟

第二案は〝信じられますか？　現金輸送車襲撃事件の目撃者は、子犬!?〟

第三案〝子犬は見た。現金輸送車襲撃事件の一部始終!?〟

以上の内容で、如何でしょうか？」

「わたしは、いつも言っていますよね。

シンプルでかつ大々的に強い影響力があり、なおかつ印象に残るタイトルが良いですよね。

ところで、子犬の話ですが、どのくらいの信憑性《しんぴょうせい》があるのですか？」

「百パーセントと言っても言い過ぎではありません。

なぜなら、今回の事件解決の突破口に導いてくれました」

広行は、陸から聞かれるのを見越して、答えを用意していた。

「ところで、この件については記者会見の中で発表されたのですか？」

「いいえ、一言も出ませんでした」

「エッ、どこからこの情報を知り得たのですか？」

「名前は言えませんが、郡中署の友だちから聞き出しました」

「鈴木さん！　これを報道してしまうと、情報を提供してくれた方にご迷惑は掛からないのですか？」

「大丈夫だと思います。

わたしからも、手柄となる情報を提供していますので、ギブアンドテイクじゃないかと思います」

「わかりました。

万が一、その方が不利益な立場に立たされるようであれば、わたしに相談してください。

これからも、鈴木さんとその方が永い友だちとして付き合うのであれば、わたしは協力を惜しみません。

わたしにも、それなりの考えを持ち備えています。

良いですね！

頭の隅に置いておいてください。

見出しとなるタイトルは、編集局に一任しますが、わたしたちの意向も伝えながら判断していただきましょう。

それから、この掲載する記事の内容ですけれど、もう少し柔らかい内容で表現しては如何ですか？

一部記事の内容が、堅い感じがします。

読者の立場になった表現方法が望ましいかと思います。

ここのところとここですね」

陸は、広行に指摘しながら、その場で赤ペンを入れた。

「ありがとうございます。

早速訂正させていただきます」

陸と広行の会話の中に、雄三が申し訳なさそうに割り込んできた。

「浦野さん、どうしましたか？」

「はい。お二人の話の中で子犬の話が出ていましたが、気になることを思い出しました」

「何をですか？」

「はい。はなさき醤油醸造所跡地での現金輸送車襲撃事件現場にいた一匹の子犬が、若い警察官（長谷川次郎巡査）に纏わりついて邪険にされている姿をカメラで撮影していました。

わたしの考え過ぎかも知れませんが、その子犬は事件の真相を若い警察官に伝えたかったのではないでしょうか？

わたしの脳裏から離れません。

もしそうであるならば、その子犬のカット割りで結構ですので、掲載するのはどうでしょうか？

これが、その子犬のスナップショット写真です」

雄三は、陸と広行にスナップショット写真を差し出した。

手渡されたスナップショット写真を見ながら、陸は、

「ちょっと待ってください。

果たしてこの子犬が、今回の現金輸送車襲撃事件の目撃者であり、透視能力によっての情報提供者なのか疑問が残ります。

当然、裏付けが必要です。

この写真を掲載するに当たっては、鈴木さんのお友だちの証言が必要です。

郡中署の中も、てんやわんやで忙しいのは分かっています。

鈴木さんに一つ頼んでもよろしいですか？

もし、これが本当ならスクープですよ。

賞金もんですよ。

わたしたちジャーナリストは、読者に真実をお届けする義務があり、記事を美しく装う必要はないのです。

ありのままの民友新聞を見ていただく使命感を担っています。

いま読者が一番知りたがっているのは、現金輸送車襲撃事件などがなぜ行われてし

まったのかの真相を知りたがっているのです！」

陸は、広行と雄三に向かって気持ちを奮い立たせる激励の言葉を掛けるのであった。

広行は、子犬のスナップショット写真を持って記者クラブを後にした。

＊　　＊　　＊

パーテーションで仕切られた日報新聞社の修一は、郡中署からマイタウンブラック社の組織などを聞き出せなかったことで苛立ちでいっぱいだった。

修一の心の中は複雑な気持ちになっていた。

当然、郡中署も手の内を見せてくれるほど、甘くはないことは分かっていた。

修一は、郡中署との駆け引きに失敗してしまった。

負け惜しみを言ってしまえば、期待もしていなかったことも事実である。

修一の心の声として、郡中署をいつの日かきっと見返してやる闘争心に火が点ってしまった。

独自の取材方法で、紙面を飾ることを誓った。

修一は、事前にマイタウンブラック社を内偵していた取材資料に目を通した。

取材資料のスクラップブックには、数多くの記事が切り貼りされていた。

読者からの投稿記事が主流であった。

日報新聞社独自の囲み記事が切っ掛けで、修一を新聞記者へと導いてくれたと言っても過言ではなかった。

読者の喜びや悲しみなどの人情を引き出すコーナーで、特に懺悔《ざんげ》の告白が好評だった。

人生それぞれの悩みを抱き匿名で掲載されていたのだ。

犯罪に手を染めてしまった後悔と抜け出したい記事が、世論の注目を浴びるコラムになっていた。

ただ、コラムの信ぴょう性は一割にも満たなかった。

殆ど、美談や現実にはあり得るはずのないことをいろいろと思いめぐらす記事でもあり楽しいコラムになっていた。

その中でも、マイタウンブラック社にまつわる罪悪感を匂わす告白文が目に留まった修一は、密かに組織の内偵をはじめていた。

それも、他人には知られると恥ずかしかったこともあり、内々で集めていた記事を積み集めたのがスクラップブックまでになっていた。

このスクラップ記事が、ようやく陽の目を見る機会を得ていたのだ。

ここまで来るには、マイタウンブラック社に身を投じていた若者から、修一に密告が提供されるようになったからだ。

若者は、自責の念に駆られ脱退する切っ掛けが欲しかったのである。

そこに、若者は読者匿名欄の懺悔コーナーが気になり出し、自ら投稿することにした。

時間は掛かった。

なぜなら、投稿内容が真実なのか想像の域を超えた空想なのかを判断するためには、あらゆる手法を使って割り出すことに努めることもあった。

新聞社は活字が命であり、真実を伝える責務を担っていたので、警察紛《まが》いのことをすることも多かった。

若者から送られてきたはがきや封書の消印や投函局と投稿内容などから、居場所を突き止めてから話し合いを重ねてきた。

密告者の若者と修一との間に、徐々にではあるが信頼関係が出来上がっていた。

ここで、点と点が繋がり線となりマイタウンブラック社の実態を確認する結果となった。

マイタウンブラック社も実社会も、ピラミッド型の組織になっていたことも知ることになった。

ピラミッドの頂点は代表権を持つ役員で、底辺は平社員やアルバイターなどで編成されていた。

中には、ボスなどを持たない闇社会が横行するものまで現れた。

修一は、マイタウンブラック社の実態をピラミッド型図式で、読者に分かりやすく解説付きで編集することをキャップに相談した。

理解を得た修一は、マイタウンブラック社の特集を組むことになった。

キャップから最終的にマイタウンブラック社の裏付けが取れていることを再三打診されていたのである。

修一には、自信があった。

最終責任は文字通りキャップであり、新聞社の最高責任者が取らなくてはいけないシステムにもなっていた。

修一も、会社を辞職する覚悟を伝えていた。

修一の熱意にキャップは折れた。

キャップは、他社の新聞社との差別化を図る意味で、マイタウンブラック社に纏わる特集記事を作成することに決断を下した。

「ありがとうございます。

早速、編集に取り掛かりたいと思います。

本当にありがとうございます！」

別室に控えていた週刊喜怒哀楽社の研二郎たちは、膨大な資料を並べ替えての編集作業等が予測されたこともあり場所を変えた。

衝撃的な写真を中心に誌面作りを考案していた。

中には、目を背けたくなるような生々しい写真が、手元に届いていた。

研二郎には、殺害現場に立ち寄っていないにも拘らず、黒滝眞理夫被疑者の死に顔のドアップや殺害現場の内部などの写真が複数枚寄せられていた。

研二郎は、紙面の出来上がりの体裁を考えながら、文章・イラスト・写真などの原稿に、用字の種類・文字級数・配列や図案の寸法・配置などを事細かく指示しはじめた。

誌面は、確実に出来上がっていった。

ただ、週刊誌の発売予定日が二日後に迫っていたことから、全国の書店や駅売店などへ完成品を納品することを考えると、逆算しても今日の深夜までに仕上げなくてはいけない恐怖感を覚える研二郎であった。

＊　＊　＊

＊　＊　＊

一方、テレビ郡山中央社では、執行役員を挟んで編集局、報道局、制作局、営業局のスタッフが一堂に会し、現金輸送車襲撃事件の真相を特集番組として、放映するための構成会議を開催した。

柴三郎は、いままでの取材を通して、一つアイデアが浮かんでいた。

柴三郎は、手を挙げた。

「一つ、よろしいでしょうか？」

「なんだね？」

執行役員から、問いかけられた。

「はい。一つの考えで恐縮ですが、現金輸送車襲撃事件の現場から黒滝眞理夫被疑者が殺害されるまでの通過する道路などを空撮で流すことは、如何でしょうか？

わたしの個人的な考えですが、ヘリコプターかドローンなどを使って、現金輸送車襲撃事件現場のはなさき醤油醸造所跡地から道の駅郡山南店までの、黒滝眞理夫被疑者たちの逃走経路と思われる一般道路（さくら通りや長沼街道）経て道の駅郡山南店を空撮するのです。

決して、そこでは終わりません。

出来れば、ポイントポイントでアップ構成をお願いしたいと思っています。

ポイントとして、二か所あります。

一つは、郡中署から黒滝眞理夫被疑者がスマートフォンで撮影した映像を、襲撃現場のはなさき醤油醸造所跡地の中に挟み込みたいと思います。

リアルに現場にいて撮影している臨場感を醸《かも》し出すのです。

もう一つは、那須別荘地の有栖川貞徳邸宅で、黒滝眞理夫被疑者が殺害された瞬間も組み込みたいと思います。

空撮の続きは、東北自動車道・郡山南ＩＣ、福島ＪＣＴ、福島飯坂ＩＣ、国道四号線、東北自動車道・本宮ＩＣ、岩槻ＩＣ、国道四号線、東北自動車道・宇都宮ＩＣ、那須ＩＣを経て、那須高原清流の里別荘地（有栖川定徳邸宅）と殺害現場までとし、視聴者を釘付けにするのです。

空撮の中に、所々にコンピューターグラフィックスを組み込んでいただきイラストなどで動画を作成し、水平から見た立面や側面などでインパクト植え付けるのもよろしいじゃないでしょうか？

当然、ポイントとなる場所では映像の下に字幕でテロップも付け加えて流すのも、如何でしょうか？

難しいですか？

他社では、ここまで押さえて放映するとは考えられません。

是非とも、新しい角度からトライしてみたいのですが……。

よろしくお願いいたします」

柴三郎の一生懸命な力の籠った説明だった。

「津田君から提案された現金輸送車襲撃事件が巻き起こした逃走経路の空撮の件、審議の対象としたいのだが、どうですか？」

「面白い提案だと思います。

少し時間はかかりますが、わたしは賛成です。

ただ、今回の現金輸送車襲撃事件の自作自演などの引き金を引いた日本セキュリティーガード社の取り扱いは、当社として見逃すことの出来ない重要な案件かと思われます。

わが社としての使命は、どのように対処しますか？

それも、日本セキュリティーガード社から大量の逮捕者が出ています。

許していただけるなら、逮捕者の人間形成である学歴や経歴、家族構成等々を調べ上げて公表しては、如何でしょう。

これは、市民を不安に陥れた卑劣《ひれつ》極まりない重大な犯罪であることを視聴者に知らしめるのです。

郡中署の強行捜査班が行ったように、この事件を大きく物語るような報道にして行きたいと思っております。

会社の業績を誇張してまでも、優良企業としての地位を誇示しながら、経済界などの中心人物で信用を取り付ける行動が許せないのです！

あの勝ち誇った佐々木晃司容疑者の顔がちらつくのは、わたしだけでしょうか？」

報道局スタッフから怒りの言葉が止まらなかった。

それに輪をかけたように、営業局スタッフからも、

「わが社の周年記念価格の企業宣伝コマーシャルへの出稿をお願いしたところ、取りつく島もなくいとも簡単に断られてしまいました。

わが社に落ち度はないはずなのですが、思い当たる節がありません。

好きや嫌いで判断されても困ります。

わたしは、佐々木晃司容疑者か田母神慎二容疑者から嫌われていたんでしょうね。

なんで嫌われているのか、わたしには思い当たりません。

顔ですかね、それとも言葉使いですかね？

言っていただければ、担当から外させていただきますのにね。

あれだけ頭を下げて懇願したことが、悔しくてなりません。

貴重な会議の時間に、取りとめもない話で申し訳ございませんでした」

営業局スタッフから、頭が下げられた。

「それぞれの部署から話を聞いて、本当にご苦労様でした。この経験が、みなさんを一歩も二歩も前進し、大きく育ててくれるのですよ。逮捕の瞬間を個人のドアップで最終編集して流しては、どうだろうか？準備が出来次第、編集に取り掛かってください！」

執行役員の一言で、会議室に笑みと活気が戻った。

＊　　＊　　＊

「及川キャップ！　大変です」

「どうしたんですか？そんなに大声を出して、鈴木さんらしくないですよ」

陸は、人差し指を唇に当てた。

「……」

「ところで、何があったんですか？」

広行は、自分の取った行動が恥ずかしかった。

隣の広行の声が耳に届いて気になった修一は、パーテーションに右耳を押し当てた。

パーテーションに修一の影が映っているのを見つけた雄三は、広行に向かって指を差すのであった。

広行は、陸たちに向かって自ら口にチャックするジェスチャーで表現したのである。テーブル上に置いてあったメモ用紙を拾い上げて、筆談に切り替えることを陸たちに提案した。

陸から無言の承諾を得た。

早速、広行はメモ用紙に書きはじめた。

【先ほど、浦野さんから預かりました子犬の写真ですが、大変なことが判明いたしました。

何気なく撮影していただいた子犬は、重要な役割を担っていました。

今回の現金輸送車襲撃事件の主犯格でもあり、殺害された黒滝眞理夫被疑者のモンタージュ写真の情報源であることも分かりました。

現金輸送車襲撃事件の目撃者は、この子犬だったのです。

いや、目撃者でなく目撃犬でした。

モンタージュ写真の細部に亘る情報を得ることが出来たのは、郡中署の総務部勤務の島本係長であることも分かりました。

ただ一つだけ、笠原巡査部長から条件が付加されてしまいました。

目撃犬を掲載することは許可されましたが、絶対に島本係長の名前や顔写真などを掲載しないことを約束させられました。

渋々、承諾してしまいました。

事前に、及川キャップの承諾を得ないまま、わたしの独断で返答してしまいました。

申し訳ございませんでした。

ただ、笠原巡査部長を介しての、島本係長から感謝の言葉もいただきました。

それも、浦野さんが偶然にも撮影された写真を見て、島本係長の仕草に変化が起きたそうです。

島本係長が探し求めていた子犬が、手元の写真を通して再会出来たことが、とても嬉しかったようです。

まだ、子犬の名前は分かっていません。

しかも、これを機に郡中署に対して貸しを作ることが出来ました。

わたしの仕事の中で、少しでもプラスに繋がる信頼関係を築き上げることが出来たように感じました。

以上です】

「ありがとうございます。

これで、明日の朝刊タイトルは決まりましたね」

重要参考人の苦悩

佐々木晃司容疑者の自宅前に、救命救急車03とパトカーが横付けされていた。

記者クラブなどに、郡中署の緊急放送が流れた。

『緊急指令！　佐々木晃司宅から、救命救急要請の連絡が入りました。

至急、現場に急行してください。

繰り返します。

佐々木晃司宅から、救命救急要請の連絡が入りました。

至急、現場に急行してください！』

長椅子で仮眠中の広行は飛び起き、携帯電話で陸と雄三に連絡するのであった。

雄三には、佐々木晃司宅へ速やかに直行するように指示した。

マスコミ関係各社も警察と同じように、単独行動は危険が伴うこともあり、原則禁じられていた。

佐々木晃司容疑者宅の前には、マスコミや報道陣の他にも野次馬が道路を挟んで、

佐々木晃司宅から急病人が出てくるのを待ち構えていた。

自宅から、ストレッチャーに乗せられた急病人が運び出されてきた。

案の定、その急病人は佐々木晃司本人だった。

フラッシュやシャッター音が、凄まじい速さで鳴り響いた。

「カシャカシャ！　パシャパシャ！」

ストレッチャーの後ろから、梅子《うめこ》と娘が泣き叫びながら、

「お父さん、お父さん！」「パパ、パパ～！」

ストレッチャーごと救命救急車の中へ。

梅子と娘も救命救急車の中に消えた。

佐々木晃司容疑者を乗せた救命救急車は、なかなか出発出来なかった。

救命救急車の中は、急病人の佐々木晃司容疑者を受け入れてくれる救命救急病院を探すのだが、専門医師不在や手術中で手が離せないなどの理由で受け入れてもらえなかった。

一番困惑している梅子と娘は、泣くことしか出来なかった。

突然、郡山中央病院から救命救急司令センターに、受け入れが可能の連絡が入った。

「こちら、救命救急司令センター！　救命救急車03聞こえますか？

ただいま、郡山中央病院から急病人の受け入れ可能である連絡が入りましたので、そちらに至急向かってください」

「了解しました。

至急、郡山中央病院に向かいます。

ありがとうございました！」

ようやく、救命救急車03の緊急サイレンがけたたましく住宅街に鳴り響きながら走り去った。

＊　＊　＊

佐々木晃司容疑者は、覚悟の上の自殺だった。

以前から、不眠症状に悩まされていた晃司は、かかり付けの病院から睡眠薬が処方されていた。

それも、睡眠薬でも最も作用が強い代物だった。

処方箋の袋には、赤字で注意書きが記載されていた。

必ず、お守りください。

一日一回一錠を寝る前に服用ください。

くれぐれも、二錠以上服用は避けてくださいの取り決めが、赤極太ではっきりと記載されているものを守らなかったのだ。

晃司は、死を選んだ。

枕元には、遺書が三通残されていた。

一つは、手書きで書かれた家族宛の遺書。

残りの遺書は、マスコミ宛と郡山中央警察署長宛のもので、パソコンで打ち込んだものであった。

家族宛の遺書の上に、郡山銀行本店の預金通帳と銀行印ならびにキャッシュカードが添えてあった。

しっかりと、キャッシュカードの暗証番号が記されたメモ用紙も見つかった。

三通の遺書

家族宛

【梅子へ

ごめんなさい
いつも　わたしを支※※くれて　ありがとう
思い起こせば学生時代にあなたと知り合ってから　今日まで歩んできた人生は波瀾

万丈そのものでした
　貧しさの中で育ったわ※しは　他人に負けることがとりわけ嫌いで　無我夢中で会社人間になっていました
　いま考え※※　もう少し　あなたと美鈴《みすず》の時間をもっと大切にしておけば良かったと後で悔いても、取り返しのつかない事件を引き起こしてしまいました
　仕※仕事と名ばかりで家庭を疎かにしてしまった結果が、今回の失態を招いてしまった事件に※※※がったものと思っております
　ど※しても　この会社を守りたかったし、地位も守り※った
　ここだけは分かってく※※い
　決して　会社の資金などを着服した※横領などはしていません
　これも言い訳になってしまい※※が　コロナウイルス禍にどっぷり巻き込まれてしまいました
　会社事※が順調に推移していることを思いつき会計伝票などを　知らずのうちに指示して操作していました
　わが社は　コ※※ウイルス禍などに負けない企業を　世間に広く浸透し※かったのです
　これが　間違いの元でした

いま考えると　ここ※負けず嫌いが出ていたのだと思います

事件が解決に向かっ※いる今　悔い※も取り返しのつかないことに巻き込んでしまった社員※申し訳ない気持ちでいっぱいです

わたしの指示で動かしてしまった社員と※の家族※みなさんには、大変申し訳なく思っています

反省しても　会社の信※は戻ってきません

そして、わたしの罪も消えることはありません

あなたの愁いを含んだ眼差し※物語っているように、家庭までも崩壊させてしまいました

特に、食事などは喉※通りません

わたしはこれ以上　あなたや美鈴が世間か※※冷たい眼差しに耐えられません

本来なら　わたしが世間か※※手厳しい非難を受け止め盾にならなくてはいけないのに、疲れました

それも、何も対応※※来ない空しさだけが、わた※を苦しめています

わたしが生き※いる限り　あなたたちに迷惑が掛かる※※も予想されるので

未来の世界に旅立つことを決※※した

わたしのわが※まをお許しください

悩んだ末の結論※す
ごめんなさい
本当にあ※がとう
さようなら
いつの日か　会えることを願※ています
最愛の梅子　家族を巻き込んでしまったことに対して　深※お詫びを申し上げます
本当に　※当にごめんなさい　　合掌　晃司】
晃司は、涙を流しながらの文面を書き留めていたのだろう、所々で文字が涙の雫《しずく》で消えていた。

マスコミ宛
【マスコミのみなさんへ
この度は　大変なご迷惑をお掛けしまして　申し訳ございませんでした
わたくしの独断と偏った見解の元で　会社に多大なる損害を与えてしまいました
どうしても　コロナウイルス禍などに負けることなど　会社人間として許せなかったのです

優良企業としての使命感から　ハイリスクハイリターンの激しい先物取引に手を染めてしまいました
最初は、順調な高配当を維持していましたが　コロナウイルスと言う未知なる感染症などで、世界各国に緊急事態宣言が発令され大混乱
マスコミのみなさんもご存知の通り　わたしたちの生活も一変してしまいました
不要不急の外出自粛などによる在宅勤務やテレワークなどで　売上・収入額が急減していることを知ったわたしは　内部留保の充実を図りました
わたしなりに　今後の経営環境や事業展開の見直しならびに業績修正等を総合的にあれこれ考え合わせた末での　安定的な高配当維持と利益配分の向上に努めました
それが　裏目に出てしまいました
どうしても　いまの企業の地位を守りたかったのです
幻の決算報告書である架空の取引を装う粉飾決算を提案していました
まだ　決算報告書を提出するまでの時間がありました
それが　いけなかったのです
対策なり傾向なりを考えている最中でも　犯罪に手を染めるアイデアしか思い浮かばなかったのです
時間は　止まってはくれません

わたしには　止めることも出来ません
テーブル上に置いてあったノートパソコンに助けを求めてしまいました
何気なく開いた闇社会の情報検索にクリックしていました
それが　マイタウンブラック社でした
はじめて　自作自演のシナリオを突き付けられました
一時の迷いもなく　縋《すが》りつく破目になってしまいました
シナリオは　現金輸送車には緊急事態に伴なう設備などが複雑に設置してあるので当日は一般車両に変更するよう指示されておりました
マイタウンブラック社が襲撃するに当たり　催涙スプレーを使用することも　事前に知らされていました
襲撃事件は成功したにも関わらず　わたしの手元に現金は戻ってきませんでした
成功した場合の現金配分は　わが社が一億円で　企画実行したマイタウンブラック社へは残りの六千三百万円になっておりました
本来なら成功した一億円は返還されても可笑しくないのですが　未だに届いておりません
マイタウンブラック社に問い合わせしたところ　現金輸送車襲撃事件は成功したのですが、持ち逃げされたとの一点張りでした

闇社会の中でも　裏切る人間がいることも　はじめて知りました
わたしも　騙された一人です
そんなにうまい話は　どこにもありません
身から出た錆《さび》を落とすことが出来ませんでした
本当に申し訳ございません
それからも　マイタウンブラック社へ再三連絡しても音信不通状態になり繋がりません
この事件の要因を作り上げたのは　全てわたしにあります
ですから　会社や社員を責めないでください
全て悪いのは　わたしです
わたしの指示で動いてくれた社員は　何も悪くはないんです
責任は　全てわたし個人です
これからも　偏《かたよ》った取材だけは　ご遠慮ください
よろしくお願いいたします
最後になりますが　この遺書を持って清算させていただきます
本当にありがとうございました　合掌　佐々木晃司】

郡山中央警察署長宛

【郡山中央警察署のみなさんへ

この度は　大変なご迷惑とたくさんの署員の方々を動員させてしまいましたこと本当に申し訳ございませんでした

心から　深くお詫び申し上げます

連日の取り調べに疲れました

正直に自供していても　途中で話の辻褄《つじつま》が合わない内容になってしまうと　最初から時系列的に話すよう強要されることも多くなってきました

当たり前のことですが　長時間の取り調べは思考能力の低下に繋がり　頭の中での整理がつきませんでした

頭の中が真っ白になりました

時折　しゃぼん玉が入れ代わり立ち代わり消えては浮かび、浮かんでは消える不思議な世界へ放り込まれていました

信じていただけるとは思っていません

わたしが経営判断を間違えていなければ　このような大事件にまで発展しなかったと思います

たられぱの話になってしまいますが　コロナウイルスが蔓延していなかったなら
今回のような事件は思い浮かばなかったと思います
現実は違いました
取引先や新規事業者に関する仕事が激減し　売上高や取扱額などに影響を及ぼして
いたことが一番の要因でした
余剰金を遊ばせることに疑問を抱いたわたしは　損失分の穴埋めとして一獲千金に
賭けてしまいました
成功すれば　会社は安泰です
これが裏目に出てしまったのです
取り返そうとの思いは　日増しに募り焦りが一段と強まってしまいました
助けを求めるにも　誰一人思い浮かびませんでした
テーブル上にあったノートパソコンに助けを求めていました
何気なく開いたアドレスが　闇社会のマイタウンブラック社でした
対応は　優しかったです
わたしの悩みを　一つひとつ拾い一つひとつ応えてくれるので胸の痞《つか》えが取れたよ
うで、ついその気にさせられてしまいました
言葉巧みな甘誘に　気づいていませんでした

今思えば　催眠術に掛けられたような　そんな気分に陥っておりました
これが、闇社会の手口じゃないかと思われます
創り上げられた対応マニュアルに乗せられていたわたしは　巧みな話術に填《はま》って
いったようです
マイタウンブラック社から　この次に現金などを輸送する計画があるのなら教えて
くださいを誘導されました
わたしは　郡山建物ホールディングスからお預かりしている現金を　郡山銀行本店
へ届ける仕事が入っていることを伝えましたところ　マイタウンブラック社から　現
金襲撃案が提示されました
驚きました
でも　後戻りは出来る雰囲気ではありませんでした
言葉巧みに畳みかけてくるマイタウンブラック社から　現金輸送コースと距離など
を聞かれました
止めようとしても止められない想いで　返答するしか出来なかったのです
ここから先は　マイタウンブラック社にお任せください
力強い言葉が返ってきました
早速　現金輸送車襲撃に関わるマニュアル作成ならびに人選に取り掛かりたいとの

回答でした
三つの条件を約束させられました
一　襲撃の最中は　抵抗しないでください
一　警察への連絡は　出来るだけ遅くしてください
一　わたしたちが交わした秘密や情報を流さないでください
必ず　三つの条件は　守ってくださいと強要されました
現金襲撃事件が成功した暁には　御社に二重の喜びが発生することも予測されます
それは　御社が現金襲撃事件が立証されればの話ですが　盗難された現金一億六千三百万円を申請すれば　損害保険会社から債務が補償されることも考えられます
また　そのようなつかの間の喜びにならないこと祈っています
本当に　他人事のように話していたことが気になりました
わたしからも　マイタウンブラック社へ約束事を　二つばかり提示いたしました
一　現金襲撃に際して　けが人を出さないでください
一　失敗しても　わが社の名前を出さないでください
この二つの条件だけです
ところが　わたしたちから提示させていただいた約束事が、守られませんでした
それが　とても悔しかったし　悲しかったです

いくら犯罪者であっても　今回の事件で尊《とうと》い命を奪ってしまったことです
お金よりも一番重い命を　いとも簡単に奪ってしまったことです
今回の現金輸送車襲撃事件さえ計画していなかったなら　命を奪うこともなかった
はずです
わたしよりも　一回りも二回りも若い将来性のある青年の命です
約束が守れなかったことへの　怒りが頂点にまで達していました
一瞬にして　マイタウンブラック社への信頼関係などが崩壊していったのです
後悔と憎しみが倍増していきました
毎日が　反省の日々でした
ここで　わたしも現金襲撃事件に対する清算をしなくてはいけない時間《とき》が来ました
取調室でも再三申し上げてきました通り　わたしがこの支社の最高責任者です
社員は　わたしの指示命令に従っただけなので　決して　社員は悪くはありません
全て　わたしが悪いのです
社員は　一番の犠牲者なんです
これ以上　社員の取り調べはお許しいただけないでしょうか
どうか　ご検討いただきますよう　よろしくお願いいたします
本当にご迷惑をお掛けいたしました

誠に申し訳ございませんでした　合掌　佐々木晃司】

囲み取材

故佐々木晃司の自宅前には、二人の若い警察官が警護に当たっていた。
突然の自殺に戸惑ったマスコミ各社が、佐々木邸に駆けつけていた。
突然、佐々木邸の玄関扉が開かれた。
目頭にハンカチを押し当てた梅子が出てきた。
マスコミ各社が一斉に、梅子の元へ歩み寄った。
ルールを守った囲み取材である。
口火を切ったのは、柴三郎でマイク片手に梅子へ迫った。
「奥さん、一言お聞きしてもよろしいでしょうか?
突然、ご主人様が旅立たれてしまいましたが、何かお聞きになっておりませんか?
なんでも結構ですので、お話ししていただけませんか?」
「……」
「奥さん！」

「……」

「なんでも構いませんので、お願いします！」

「……この度は、しゅ、主人がた、大変な事件を引き起こしてしまいまして、も、申し訳ございませんでした。

しょ、正直、しゅ、主人から何も聞かされておりませんでした。

い、家の中では、一切会社の話を持ち出す主人ではありませんでした」

「それでは、会社ではワンマン経営者の一人と言われていましたが、奥さんはご存知でしたか？」

柴三郎の話に割って入った広行は、声を荒げて質問したのだ。

「一言で結構です！

佐々木専務の性格は、短気な人でしたか？」

「い、いいえ。い、至って普通の主人でした。

さ、先ほども申し上げた通り、い、威勢を張り上げて偉そうにする主人ではありませんでした。

ご、ご近所の人たちに聞いていただければ分かることですが……」

落ち着きを取り戻した梅子は、二人三脚で築き上げた晃司を悪く言われることが心外だったこともあり、広行を睨み返していた。

「主人は、数字の悪魔に取り憑かれてしまったのでは、ないでしょうか?」

「数字の悪魔?

それは何ですか?」

「主人は、何も申し上げておりませんでしたが、会社を守りたい一心で数字を作り上げてしまったのではないでしょうか?」

「もし、それが本当ならば、こんな大事《おおごと》な事件が起こらなかったのではないでしょうか?

男なら潔く責任を取って会社を辞職すれば、事が最小限で済んでいたのではないでしょうか?」

「わ、わたしは、主人を援護するつもりは毛頭ありません。

会社の経営者代行の地位についてしまうと、そんなことは言っていられないのではないでしょうか?

わ、わたしが思いますに、しゅ、主人は社員とその家族を守りたかったのではないでしょうか?

しゅ、主人は、会社一筋の人間として生きてきました。

これ以上は、申し上げられる言葉は見つかりません。

ど、どうか、お許しいただけないでしょうか?」

「そんな素敵なご主人が、裏社会と繋がっていたんですよ。奇麗ごとでは済みませんよね？　奥さん！」

梅子は、道路に跪《ひざまず》き泣き崩れた。

窓越しに覗いていた美鈴が、血相を変えて飛び込んできた。

「もうこれ以上、わたしたちを苦しめないでください。父も死んだことですので、罪の清算も済んでいるんじゃないですか？　違いますか？」

涙を浮かべながら美鈴は、梅子を抱きかかえながら自宅の中へ消えた。

警護を務めていた若い警察官二人は、見守ることしか出来なかった。

だれの警護なのか疑問が残るシーンでもあった。

佐々木邸の荒れ果てた姿に、雄三の目が奪われた。

佐々木邸の門扉に、黒のペンキで〝人殺し〟と言う言葉が残されていた。

延長として、垣根としている柘植《つげ》の葉にもペンキが掛けられていた。

中庭には、空き缶やたばこの吸い殻、家庭の生ごみなどが投げ込まれていたことに驚いた。

生々しい情景に驚いた雄三は、夢中でカメラのシャッターを押し続けた。

野次馬による嫌がらせであった。

＊　＊　＊

一方、闇社会に首を突っ込んでしまった黒滝邸では、叔父の正道《まさみち》が眞理夫の両親（兄夫婦）に代わって、囲み取材に応じてくれた。

顔を写さない条件で、取材を受けることを承諾した正道。

「本来なら、兄夫婦が対応しなくてはいけないのですが、今は憔悴《しょうすい》した姿を世間に晒《さら》すことだけは避けたいので、ご勘弁ください。

兄に代わりまして、わたしが対応させていただきます。

お許しください。

甥っ子の眞理夫が大事件の首謀者である報道に対して、誠に申し訳ございませんでした。

ここに、親族を代表してお詫び申し上げます」

正道は、マスコミに向かって深々と頭を下げた。

「黒滝さん！　率直に、お聞きしてもよろしいでしょうか？

黒滝眞理夫さんは、どんな性格のお子さんでしたか？」

「はい。自慢に聞こえてしまいますが、甥っ子は地元の高校を優秀な成績で卒業すると同時に、東和特殊銘板株式会社に学校推薦で就職したようです。

それはそれは、兄夫婦は喜んでいました。

本当は、系列の大学へ進学して欲しかったらしいのですが、眞理夫はお金を蓄えて、趣味を活かしたゲームソフト開発事業を展開するのが夢だったそうです。

それだったら、最初から大学へ進学してコンピューターグラフィックス専攻学部で学べば良いものを、眞理夫は断ってきたそうです。

あくまでも、自分の力を試したかったようです。

そんな優しい眞理夫が、それも遠いところに、あいさつもなしに旅立ってしまったのです。

この悔しさは、だれにぶつければ良いのですか？

コロナウイルスにですか？

それとも、闇社会のマイタウンブラック社ですか？

これ以上は、闇社会とは関わりたくありません」

マスコミの柴三郎たちの顔を見つめながら、溢れる涙をハンカチで拭くこともなく正道は、訴え続けた。

「犯罪に手を染めてしてしまったことは揺るぎない事実です。

郡山中央警察署の方から、犯罪の流れを聞かされました。

いまは、眞理夫が殺害されてしまっては、真実を知ることは出来ません。

ただ、不謹慎な発言になってしまいますが、自らの命を張って闇社会の実態を、世に知らしめるために取ってくれた眞理夫の行動が、せめてものわが黒滝一族を救ってくれたものと思っております。

可笑しいですか？

報道のみなさんには、どのように映り込んでいますか？」

正道は、マスコミに疑問を投げつけた。

「……」

「眞理夫が大きな事件を起こしておきながら、ここで清算したとは思っておりません。

いままで、朝のあいさつ等が欠かせなかったご近所さんも、今では避けられる毎日です。

長年培ってきたあいさつが出来なくなったことが、淋しいです。

悲しいです。

でも、致し方ありません。

兄夫婦も長年住んでいた実家を手放し、この地から離れることを決心いたしました。

これも、眞理夫が蒔き散らした大事件の結末です。

だれも同情などしてくれませんし、肩身の狭い黒滝一族に転落してしまいました。

たった一人が招いた結果が、一族まで反映されてしまうのです。

本当に悔しいです。

信頼を取り戻せるのに何年かかるか分かりませんが、頑張って生活していきたいと思っております。

みなさんには、大変お世話になりました。

ありがとうございました」

正道は、謝辞を述べるのが精一杯であった。

マスコミ各社から、カメラのフラッシュが焚かれた。

［パシャパシャ、カシャカシャ！」

情報提供者　密告（内部告発者）、自首、逃走、強制捜査

連日のマスコミ各社の過熱する報道が、市民の心を揺り動かしていた。

特に、警察への電話協力は、真実（？）を語っているにも拘らず、逆探知や録音されていることが、情報提供者には苦痛でもあった。

当然である。

この行動は、常識なのだ。

情報提供者の話が真実であっても裏を取る必要性がある警察としては、どうしても執念深く尋ねられることも多くなっていた。

このことが嫌気に繋がっていたのかも知れない（?）

その点、マスコミ各社は懸賞金という名のもとで、情報提供者を募ることもしばしばあった。

ただし、情報の大部分はフィクションであったり嘘や出鱈目《でたらめ》も多かった。

嘘でない真実が証明されれば、それ相応に見合った懸賞金を出すこともあった。

＊　＊　＊

「リン、リン、リ〜ン、リン、リン、リ〜ン！」

「はい。こちら民友新聞社の社会部相談窓口です。

いつも、ご愛読ありがとうございます。

今日は、どのような相談ですか？

事件ですか？　事故ですか？

それとも、いじめなどのお悩みでの相談ですか？」

「……あ、あの〜。……い、いま世間を騒がせている現金輸送車襲撃事件の犯人に良く似た人物を知っているのですが？

どうしたら良いでしょうか？」

「それでしたら、最寄りの警察署か交番もしくは派出所へ届け出ては、如何でしょうか？

それとも、何か事情でもあるんでしょうか？」

「いいえ。それはないんですが？

チラッと小耳に挿《はさ》んだ話なんですが、懸賞金が出るとか出ないとかと言う話は、本当なんですか？

本当だとすれば、どのくらい出るんですか？」

「それは、内容にもよりますけどね。

もし許していただけるお話なら、聞かせてください。

話の内容によっては、わが社だけの判断じゃ済まないときが発生した場合は、速やかに警察署へも連絡したいと思います。

ただし、あなた様の意向にそって、氏名を伏せての報告とさせていただきます。

それでよろしければ、お願いいたします」

「正直、わたしもテレビ郡山中央のニュース番組で放映されたものを一瞬見ただけなんですが、現金輸送車襲撃事件の実行犯の一人が知り合いに極めて良く似ていたものですから、連絡しました」

「分かりました。

わが社にも、郡中署から現金輸送車襲撃事件のコピーとしてＤＶＤをいただいておりますので、後ほど確認させていただきます。

いま、あなたがお掛けになっている通話は、固定電話で対応させていただいております。

通話料金に関しましては、わが社で負担させていただきますので、ご安心ください。

ただし、わが社も郡中署と同じように、録音だけはさせていただきます。

お許しください。

なぜなら、わが社は一字一句活字と言う与えられた任務をやり遂げようとする責任が発生してしまいます。

活字と言う構成で作成される新聞が、いかに重要な発刊物であるかを、わたしたち新聞記者一人ひとりが責任感を抱きながら、市民の声を聞き漏らすまいとして情報を提供しているのです。

諺《ことわざ》にもあります。

言論が人々の心に訴える力は、武力よりも強いとまで言われています。

即ち、ペンは剣よりも強いと言うことです。

お分かりいただけましたでしょうか？」

「はい。大変なところなんですね。

懸賞金の話を持ち出したわたしが、恥ずかしいです。

早速ですが、現金輸送車襲撃事件の一コマの中で、わたしが知っている人物かどうかはっきりしません。

先日、テレビや新聞などで現金強奪事件に関するモンタージュ写真が公開されたのですが、鮮明に映し出されていなかったので、近くの交番に足を運び、染《し》み染《じ》みと掲示板を見てきました。

しかも、どことなく知人に似ているのが気になり出して寝られませんでした。

わたしが一番似ていると思うところは、作業帽からはみ出している白っぽく見える髪の毛は、金髪じゃないかと思うのです。

また、マスク越しに見える太い眉毛と右耳に星型のピアスが気になりました。

もう一つは、動きの中で首越しに大きな黒子らしき黒い点が見えたので、間違いないんじゃないかと確信しました。

あまりにも映像の動きが速いので、民友新聞社さんで確認していただけないでしょうか？

もし、わたしの言っていることが嘘でないことが分かりましたなら、次の人物を探して見てください。

名前は、徳丸春樹《とくまるはるき》。

出身地は、茨城県牛久市。

出身高校は、県立牛久商工高等学校機械科卒業です。

職業は、地元の整備工場に就職するも長く続かなかったようです。

それ以来、定職に就いたという話は聞いておりません。

これが、わたしの知っている範囲です。

もし、間違っている情報でしたなら、お詫び申し上げます」

情報提供者は、落ち着きを取り戻していたのか、言葉に焦りはなかった。

「犯人に繋がる情報ありがとうございました。

最後に、この電話番号をどちらでお聞きになりましたか？」

「はい。メイン記事から外れた隅っこに、小さい活字で、何でも承りますコーナーが、目に飛び込んできましたので、連絡を取らせていただきました。

この電話番号でよろしかったのでしょうか？」

「はい。この電話番号で、結構です。

本日は情報提供！　ご協力ありがとうございました。

早速、牛久市に出向き取材をさせていただきますとともに、重要な案件情報なので、郡中署へも情報の共有化に伴い協力要請を、わが社からしておきたいと思っております。

こちらに、あなた様の電話番号が表示されておりますので、自動的に登録をさせていただきます。

事件解決の折には、あなた様へは、こちらから改めまして折り返し電話を掛けさせていただきます。

ご協力ありがとうございました」

＊　＊　＊

「福島刑事部長！　西那須野警察署の和田刑事部長から連絡が入っております」

「分かった。わたしが代わります。保留ボタンを押してもらいませんか？」

次郎は、言われるままに保留ボタンを押した。

固定電話に設置されている赤ランプが点灯しはじめた。

学は、保留ボタンを押して受話器を取った。

「お待たせいたしました。

郡山中央警察署の福島です。

先日は、遠路はるばるお忙しい中、捜査会議にご出席を賜りまして厚く御礼申し上げます。

その後、何か進展がございましたでしょうか？」

「はい。たった今、合同捜査で全国指名手配をさせていただいた逃走中の曾根崎栄二の身柄を確保することが出来ました。

ご心配をお掛けしておりましたので、先ずは取り急ぎご連絡させていただきました。

これも偏に、郡山中央警察署様の手堅く着実な捜査方法が、わたしたちに力を貸していただいた賜物と感謝しております。

ご指導ご協力ありがとうございました」

「それは、違います。

西那須野警察署様の地道な捜査活動が実を結んだものと思われます。

おめでとうございます」

「ありがとうございます」

「ところで、曾根崎栄二の身柄を、どちらで確保されたのですか？」

「はい。お恥ずかしい話で恐縮ですが、一般市民からのタレコミ（情報提供）が逮捕の切っ掛けとなりました。

それも、諺の〝灯台下《もと》暗し〟のようで語るも辛いのですが、ここ那須別荘地内の廃墟の屋根裏部屋に潜んでいたところを、身柄確保することが出来ました。

先ほども申し上げた通り、曾根崎栄二の逮捕の切っ掛けは一般市民の方で、夕方の犬の散歩コースを散策中に、偶然にもある廃墟の建物が目に留まり気になっていながら素通りしていたそうです。

その建物は、以前から廃墟手続きが取られていた別荘地建物の玄関扉に〝警告　倒壊の恐れがありますので立ち入らないでください　西那須野市建築局〟の張り紙が貼られていたのです。

一般市民の方が一番気になったのは、立入禁止になっている屋根裏部屋の隙間から微かな光が漏れていたことに気づいたそうなのですが、時には光が消えていたこともあり、自分の勘違いかと思い気に留めなかったそうです。

そこの廃墟の建物の中に、殺人容疑者の曾根崎栄二が身を隠していることなど知る由もない一般市民の方は、ただただ眺めることしか出来なかったようです。

最近、若者たちで流行っている肝試しの物件として、とうとう那須別荘地にまで目が向けられていることに危機感を覚えていたとのことでした。

テレビなどのマス媒体などで報道されてから、注意喚起を含めた近隣住民が積極的に自主パトロールを実施してくれていたそうです。

特に、だれも住んでいない建物や廃墟施設を中心に火でも点けられたら大変なことになることから、近隣住民が拍子木《ひょうしぎ》を打ち鳴らしながら〝火の用心〟を連呼し、防災防犯に努めていたそうです。

曾根崎栄二は、パトロールが行き過ぎるのを息を殺して見送っていたのではないでしょうか。

ところが、一般市民の方が防火防犯パトロールの巡回を終えたコースを、子犬の散歩道になっていたことなどから、一時間遅れで散歩もランタン付懐中電灯の明かりを頼りにはじめていたようです。

前にも、廃墟の屋根裏部屋から微かな光が漏れていたのを目撃していたので、その場でスマートフォンを使い、透かさずわが署に連絡をくれました。

わたしたちは、最寄りの派出所に連絡を取り至急現場に急行するよう連絡を取りました。

ただし、何が起こるか分からないので、本部が駆けつけるまで進入しないように注意して、出入り口を固めるよう指示しておきました。

わたしたちが駆けつけた合図に、一斉に家宅捜査を開始いたしました。

屋根裏部屋は、真っ暗なうえ蜘蛛の巣が張り巡らされた天井の低い部屋でした。サーチライトを照らすと空き缶やペットボトル、空の弁当箱などが散乱していて足の踏み場もない部屋で、無精ひげの男が一人いました。もはやこれまでと観念した様子で、男は抵抗することなく沈黙のまま正座していました。

わたしたちは、その男に向かって、〝曾根崎栄二だな！〟と問いかけると、男は黙って頷きましたので、その場で逮捕いたしました。

いま考えるに、灯台の光は遠くまで届くよう照らされていますが、真下まで光が届かない暗い状態のところを見過ごしていました。

毎日が反省です。

以上が、わが署からの速報として報告いたします」

「ありがとうございます。

和田刑事部長の話の端々から、曾根崎栄二容疑者の身柄確保の瞬間が目に浮かびます。

本当にお疲れ様でした。

ところで、大金の入ったボストンバッグは見つかりましたでしょうか？」

「はい。手元から放さないように、ボストンバッグを枕代わりとして使っていたようです。

何を考えているのですかね。

頭の下には、渋沢栄一がいるんですよ？

普通は、大事に抱えているもんじゃないんですかね。

一億六千三百万円ですよ？

わたしには出来ません」

「そうですよね。わたしにも出来ません。

お忙しい中での質問で恐縮ですが、黒滝眞理夫被疑者が殺害された青酸カリの入手経路に於ける情報などは、どこまで進んでいるのでしょうか？」

「はい。いまのところ、ボストンバッグの中身である渋沢栄一が何人いるのかを鑑識課が数えてもらっています。

また、曾根崎栄二もこんなに早く逮捕されると思っていなかったらしく動揺を隠し切れないのか、からだが震えていました。

青酸カリの入手経路については、黙秘を貫いています。

これから、不眠不休でじっくり一つひとつを追及していきたいと思います。

今しばらくお待ちください」

「本当にありがとうございました。

　わが署の第一目標としていた現金輸送車襲撃事件の一部が解決され、現金が発見されたことで突破口が見えたようです。

　なぜか、わたしどもの胸の痞《つか》えが取り除かれたそんな気持ちになりました。

　わが署も、西那須野警察署様に一日でも早く良き報告が出来るよう全署員全力で、現金輸送車襲撃事件の真相が報告出来るよう頑張りたいと思っております。

　ところで、西那須野警察署様からお預かりしておりました携帯電話やスマートフォンなどにつきましては、わが署の手元から警視庁科学捜査研究所へ解析などを含めて、正式にお願いいたしました。

　いま、黒滝眞理夫被疑者が残してくれた携帯電話やスマートフォンの中身である通話記録や消えている画像などを復元するために、最新プログラムのシステムをフル稼動してデータ分析に努めていただくよう、全て警視庁へ委ねました。

　結果につきましては、詳細も含めて報告させていただきます」

＊　　＊　　＊

「福島刑事部長！　マスコミの報道のお陰で、現金輸送車襲撃事件に関わったと思われる容疑者が、全国の警察署に続々と自首してきている報告も入ってきております。

他県の交番に、家族に付き添われて自首してきた者もいます。

自首した理由は、家族の説得も去ることながら、黒滝眞理夫被疑者が殺害されたことが、大きな要因になっていたみたいです。

自分にも、地域から半永久的に白い目で見られ苦しめられる生活が待ち構えられた夢が頻繁に出てきて苦しんだそうです。

不安を覚えた容疑者は、日増しに被害妄想が高ぶり寝つけない日々に耐え切れず、仲の良い友人に助けを求め説得された末に、家族と一緒に出頭してきたようです。

はじめて、良心の呵責に目覚めたのではないでしょうか？

自首してきた容疑者は、現金輸送車を誘導する交通整理員の役割に就いたそうです。

あくまでも、高額アルバイトの感覚で引き受けたとのことでした。

容疑者は、アルバイト報奨金を持参して自首してきたとの連絡が入りました。

いま容疑者は、こちらに護送されてきます。

第三取調室を空けて待っております」

＊　＊　＊

「たった今、現金輸送車襲撃事件に関わったとして、桐谷憲剛《きりたにけんご》と言う人物が出頭してきました。

いきなりの出頭で、窓口が混乱しています。

如何いたしますか？」

「分かった。

わたしが、そちらに迎えに行きますので、身柄を確保して待っていてください。

自首の場合は、任意聴取しなくてはいけません。

特に、事件にも関わっていないのに売名行為に走る者まで現れて、捜査を混乱させられることもあります。

物事は、慎重に扱わなくてはいけませんからね。

どこでも良いので、取調室を空けておいてください！」

正修は、言い放って刑事部を後にした。

＊　＊　＊

「もう一度お聞きます。

お名前は？」

「はい。桐谷憲剛と申します」

「また、どうして自首する気になったのですか?」

「……」

「どうしたのですか?

教えてもらえませんか?」

正修は、憲剛の顔を覗き込んだ。

憲剛の目から、涙が流れていた。

驚いた正修は、

「どうしたんですか?

わたしどもで、何か不手際がありましたでしょうか?」

憲剛は、頭を横に振った。

「じゃ〜、どうして?」

「は、はい。反省しても反省し切れません。

わたしが、先日の現金輸送車襲撃事件を起こして、世間を騒がせてしまいました。

申し訳ございませんでした」

憲剛は、正修に頭を下げた。

「ところで、なぜ今?

もっと早めに、名乗り出ていてくれていれば、殺害事件まで発展しなかったと思いますがね？」

「そ、それが……申し訳ございません」

「それが、どうしました」

「は、はい。自分から申し上げるのも恥ずかしい話ですが、性格的に飽きっぽく長続きしないことから、家族からも見放されてしまいました。

一獲千金を夢見ることも多く、ギャンブルに手を染めていました。

一種のギャンブル依存症のようなもので、賭け事から抜け切れませんでした。

賭け事は、現金の世界です。

クレジットカードなどを持てる風格ある人生を歩んできていませんので、ブラックリストに名前が載るようになりました。

その日を楽しむお金が欲しいときは、日雇い労働などの繰り返しです。

仕事に有り付けないときは、悲しいかな公園などで寝泊まりするのは毎日のことでした。

ギャンブルに勝ったときは、お風呂に浸かりたい一心で格安のビジネスホテルに宿泊するのが楽しみの一つになっていました。

ホテルに常設してあったノートパソコンを、何気なく開いていました。

元々、パソコンは前職場で触れることもあり、昔を思い出してマウス（コンピューター の位置入力装置）を動かしていたところ、マイタウンブラック社の高額バイトが目に留まりクリックしていました。

重労働に於ける肉体を酷使してまで働くのが、嫌になっていたのも一つの要因でした。

条件が良かったこともあり、何も考えず飛びつきました。

これが、わたしの性格にも繋がっているのかも知れません。

時間厳守と仕事の内容は公言しないことと居場所は明確にしておくことが最低条件でした。

わたしはマイタウンブラック社に、定住している場所もなく携帯電話も持っていないことを伝えると、ＪＲ郡山駅西口のコインロッカー№13を開けるよう指示されました。

コインロッカーのキーは、左上の№５の扉の内側にガムテープで隠されていることを伝えられました。

わたしは心配になったので、コインロッカー№５が使用中の場合は、如何いたしますか？　と確認したところ、大丈夫の答えが返ってきました。

指示に従い、コインロッカー№５の扉の内側にガムテープでしっかりと№13のキーが貼り付けられていました。

コインロッカー№13の中には、携帯電話の他に白い封筒に準備金五万円と現金輸送車を襲撃する際の作業着などが入った紙袋が置かれていました。

ビジネスホテルに入るや否や、携帯電話機にマイタウンブラック社から連絡が入りました。

マイタウンブラック社からの確認の連絡でした。

はじめて、監視下に置かれていることに気づきました」

憲剛は、恐怖から戦《おのの》いていた震えも消えて、身柄を拘束された安心感からか涙も止まり、事件に至るまでの成り行きを話すのであった。

正修は、現金輸送車襲撃事件の一部始終を聞き出すチャンスが訪れたことで、真剣に耳を傾けた。

「ところで、どんな方法で現金輸送車を襲撃した経緯を、もう少し詳しく話してもらえないですか？」

憲剛は、天を仰いで目を閉じていた。

「は、はい。わたしたちは、見ず知らずの男四人が、トミタ百貨店の荷捌き場に集合させられました。

自己紹介することもなく、キャプテンさんから氏名などを名乗ることはご法度であることを説明されました。

しかし、これから仕事をする上で支障をきたす恐れがあることが予想されることから、みなさんの好きなニックネーム（愛称）で呼び合うことをキャプテンさんから提案されました。

先日殺害された黒滝眞理夫さんは、キャプテンと呼んでくださいと言われました。

わたしは、漫画のポパイが好きだったので、ポパイを名乗ることにしました。

残りの二人は、ピーターとジミーと言うニックネームで呼ばれるよう申し出ました。

はじめて、車内で現金輸送車を襲撃することを聞かされました。

だれ一人、驚きませんでした。

高額のアルバイトですから、そのくらいの仕事であることは覚悟はしていました。

キャプテン（黒滝）さんから、仕事のマニュアルを見せられ頭の中に叩き込むよう指示されました。

ピーターさんかジミーさんか忘れましたが、奇声を上げていました。

余程、襲撃事件が気に入ったのか、マニュアルを隅々まで見つめていました。

正直、スリルを味わうかのようにガッツポーズを上げて興奮していたのを忘れません。

〝郷に入っては郷に従え〟の諺の通り、わたしもいつしか一緒になって騒いでいました。

ジミーさんが盛んに、キャプテンさんに詰め寄っていたことが甦ってきました。

それは、この襲撃事件に何分掛けて終了すれば良いのか質問をしていました。

キャプテンさんから三十分以内で終了すれば、逃走時間にゆとりが生まれるので、記録を作ってくださいの激励が飛びました。

またここで、ガッツポーズも出ました。

和気あいあいの中、襲撃現場に到着。

わたしを含めだれ一人、慌てるとか焦りはありませんでした。

はっきり言って、ゲーム感覚で現金輸送車を襲撃していました。

わたしたちの中でも、約束事がありました。

それは、襲撃しても絶対に相手を怪我させないことが、キャプテンさんから強く言われていました。

素人集団のわたしたちにも、簡単に襲撃事件が出来る自信が身に付いていたことが不思議でなりませんでした。

キャプテンさんいわく、完璧なマニュアルに沿って行動したのが、良い結果に繋がったと言っていました。

予定していた襲撃時間が、二並びだったことも覚えています。

車内は、歌を唄うでもなく襲撃のあそこはこうだったとか、そこは上手くいったなどの反省会になっていたのを覚えています。

ただ、一定の時間を過ごした戦友と別れる時が、一番辛かったです。

こんな気持ちになったのは、わたしだけではなかったはずです。

こんな大それた大事件を起こしておきながら、美談で終わらそうとは決して思っておりません。

あんなに優しくて思いやりのあるキャプテンさんが殺害されたことが許せません！

あれは、絶対に内輪での犯行ですよ。刑事さん！

わたしは、絶対に許すことなど出来ません。

いつか、わたしたちにも同じようなことが起こっても可笑しくない状況を作り上げられているものと思われます。

絶対に口封じです！

それなら、こちらにも先手を打つ必要があることに気づきましたので、自首してきました。

有りと有らゆる現金輸送車襲撃事件に関わった全てを自供したいと思って、事件を起こしてしまった郡中署に犯罪を謝罪するために出向きました。

頭を下げて済む問題でないことは分かっております。

わたしは、罰則を受けるために来ました。

大変申し訳ございませんでした」

憲剛は、正修に向かって、深々と頭を下げた。

正修は、取調室に同席している書記官に目配せをした。

偽名の正体

「福島刑事部長！　警視庁刑事一課長から連絡が入っております！」

「了解。わたしの席に回してください」

次郎は、保留ボタンを押して内線番号をプッシュした。

学は、電話に内蔵されているスピーカーボタンを押した。

「はい。お待たせいたしました。

郡山中央警察署の福島と申します。

この度は、わが署で起きてしまった現金輸送車襲撃事件と実行犯・黒滝眞理夫殺害事件に於きまして、本庁のお力をお借りすることになり、身が引き締まる思いでいっぱいです。

ご指導よろしくお願いいたします」

学は、相手が見えていないのに、受話器を持ちながら盛んに頭を下げるのであった。郡中署と警視庁では雲泥の差があり、課長であっても階級の差があり過ぎて、必然的に言葉が丁寧になってしまうのである。

「先日、御署（郡山中央警察署）からお預かりしました遺留品の中で、大変興味をそそる情報があることが判明いたしました。

詳しいことは、郡山中央警察署の総務部宛に送信させていただきましたので、ご覧ください。

取り敢えず簡単な報告ですが、要点だけお話しさせていただきます。

今回の遺留品の中で、唯一、殺害された黒滝眞理夫が残してくれた携帯電話とスマートフォンを重点に、映像と通話記録を解析いたしました。中でも、ネット通信回線を中心に解析に努めました。

当然ご存知とは思いますが、携帯電話やスマートフォンの中に、ＳＩＭなるチップが挿入されています
いずれも、盗難届が出ている携帯電話ならびにスマートフォンが多かったです。

中には、改造機種や強制的に内容の変更も見受けられました。

わたしたちも、ＳＩＭに登録されている内容を一件一件虱潰《しらみつぶ》しの方式で確認させ

ていただきました。

当然、相手もプロ集団。

足がつく証拠品は残しておりませんでした。

ところが、携帯電話ならびにスマートフォンの内機に注目して見ました。

相手はプロ集団。

証拠となる映像や通話記録などは自動的に消去するよう細工されていましたので、復元を試みるものの、幾度となくチャレンジさせていただきました。

わたしたちは、絶対に諦めません。

わたしたちにも、警察の意地があります。

プロ集団を甘く見ちゃいけません。

科学捜査研究所では、二十四時間万全の態勢で携帯電話ならびにスマートフォンを解体し、部品一つひとつチョイスしながら解析に努めました。

特に、通信通話記録と映像を中心に裏を取らせていただいたのです。

わが警視庁のホストコンピューターをフル稼働して、この現金輸送車襲撃事件を徹底的にシステムの照会に努めて参りました。

システムの中でも、最先端技術を駆使したデータベースと照らし合わせて捜索していたところ、消去されていたはずの映像や通話記録などを復元することに成功しました。

復元した通話記録も鮮明に聞き取れる状態でもないですし、映像に至っては画像の画質がいまいち鮮明でなかったので苦労しましたが、何とか形が見えてきました。

近代の技術改革は目覚ましいですね。

画像の画質をより鮮明に復元することに成功した結果、一人の男性の顔が浮き上がってきました。

早速、顔認証などで判定される国土交通省や外務省、総務省へ協力要請を兼ねた問い合わせを開始しました。

いまや国民一人ひとりが手にしている運転免許証やパスポートそしてマイナンバーカードに登録されている顔写真と照会させていただきながら、手掛かりの一つになっていたのです。

その結果、本署がマークしていた人物が浮上してきました。

わたしたちが待ち望んでいた闇組織のマイタウンブラック社を追い詰める切り札が出来上がりました。

会話や映像を分析から、赤月智則と言うセカンドネームで登場していましたが、現金輸送車襲撃事件の指示役であることも判明しております。

本名・赤間《あかま》均《ひとし》四十三歳、

福岡県田川郡出身で犯罪歴（恐喝ならびに詐欺罪、交通違反数回）もあり、重要人物としてマークしていました。

現在も捜査中です。

国内の捜索範囲も広げましたが、万が一海外へ逃避行していることも考えられますので、現在外務省へも問い合わせしております。

結果は、間もなく判明すると思います。

なぜ海外へ逃避行をしているかを考えると、科学捜査研究所の分析の中で一つ気がかりな点が浮上してきました。

それは、携帯電話ならびにスマートフォンの受送信する電波の周波数が、正式な中継地点を介していないことです。

はっきり言って、海賊版電波泥棒に当たります。

電波を辿《たど》れば、自《おの》ずと発信場所等が判明するのですが、巧妙な手口で尻尾を出しません。

しかし、指示役の赤間均の面が割れたのが、せめてもの救いです。

あッ、すみません。

福島部長！　いま外務省から連絡が入りましたので、掛け直しさせてください。

いま暫く、お待ちください。

吉報かも知れません。

失礼いたします！」

一方的に電話は切られた。

学は、裕俊たちの目を見つめた。

情報の一元化を進める学は、

「警視庁からの進捗状況を聞いてもらいましたが、みなさんはどう感じましたか？」

裕俊は、刑事部を代表して、

「わたしたちも、黒滝眞理夫容疑者が残してくれた貴重な携帯電話やスマートフォンを警視庁に委《ゆだ》ねたことが間違っていなかったことが証明されました。

次から次へと真実が明らかになってゆくのが、嬉しい限りです。

でも、わたしたちも警視庁任せだったわけではないですけどね。

負け惜しみに聞こえるかも知れませんけど、わたしたちも一生懸命頑張ったつもりですけど？」

だれ一人、不服を漏らす者はいなかった。

＊　　＊　　＊

「やはり、外務省からの連絡でした。

赤間均は、日本国から出国していることも分かりました。

現在、赤月智則こと赤間均については、タイ国に潜伏中であることも判明しました。

早速、国際犯罪対策に関わる事柄につき、犯罪者引渡し条約に従い国際警察機構を通して、身柄確保を検察庁から依頼させていただきました。

赤間均が確保された際には、取り調べも兼ねて是非とも警視庁まで、ご足労をお掛けいたしますが、よろしくお願いいたします。

緊急連絡として、国際指名手配の手続きが完了したことと、改めて発令させていただいたことをご報告させていただきます。

一方的な報告で恐縮でしたが、これからもご指導ご協力よろしくお願いいたします」

警視庁刑事一課長からの報告に、学は頭を下げることしか出来なかった。

その名は、チャッピー

現金輸送車襲撃事件ならびに黒滝眞理夫殺害事件の解決の糸口を紐解いてくれた光

一郎は、感慨無量の面持ちで散策を楽しんでいた。

しっかりと左手には、雄三が撮ってくれた一枚の写真が握られていた。

隣には、めぐみも寄り添っていた。

本当の事件解決の糸口を知らせてくれたのが、一匹の子犬だった。

光一郎は、からだに異変が起こる度に、次から次へと不思議な体験を味わうことも多くなっていた。

光一郎は、どうしても子犬を見つけ出してお礼を言いたかったのと、許されるなら抱き上げて、スキンシップなる交流をしたかった。

めぐみの手には、ビニール袋がぶら下がっていた。

子犬の名前は、まだ知らない。

一枚の写真が手がかりだ。

事件現場のはなさき醤油醸造所跡地周辺で、子犬を探し回った。

広い敷地外を探した。

どこにもいない。

名前も知らないので、呼び掛けることも出来なかった。

子犬の特徴は、三十センチメートルの大きさで茶系のトイプードルである。

犬を連れて散策を楽しんでいるカップルやご婦人たちとすれ違っても、なぜか犬種が違っていても声を掛けたくなってしまう光一郎夫婦である。

中々いないものである。

突然、戸建ての庭先から、かわいらしい犬の鳴き声が聞こえてきた。

どこかで聞いたような鳴き声に、光一郎は庭先を覗き込んだ。

一匹の子犬が、芝生を駆け回っていた。

最初に子犬が、光一郎を見つけたのだった。

光一郎も、はじめて事件解決の恩犬であることを確信した。

子犬は、からだいっぱいの鳴き声と時計回りのように全速力で駆け走るのだった。

「ワン、ワン、ワン！　ワン、ワン、ワン！」

子犬の飼い主の春風《はるかぜ》くららが、異常な鳴き声に驚きガラス扉を開けた。

「どうしたの？　チャッピー！」

見知らぬ光一郎夫妻が、目の前にいたのでくららが庭先に出てきてくれた。

はじめてのあいさつにしては、お互いぎこちなかった。

くららが、声を掛けてくれた。

「うちのチャッピーが、どうかしましたでしょうか？」

「こちらのかわいい犬の名は、チャッピーちゃんと言うんですか？」

「はい。チャッピーと言いますが、何か？」

「いいえ。こちらのチャッピーちゃんには大変お世話になりましたので、探していました」

くららは、首を傾げた。

「やっと、逢えることが出来ました。

抱っこさせていただいてもよろしいでしょうか？」

「はい。結構なんですが、見知らぬ人に触られると嫌がって噛《か》みつくことがあるかも知れませんので、それでも良いですか？

気をつけてください」

くららの意に反するように、チャッピーは短い尻尾を左右に大きく振り千切れるんじゃないかぐらいの振り方である。

チャッピーは、光一郎に逢いたかったのか、勢いそのまま体当たりしてきた。光一郎は、倒れそうになった。

噛みつくどころか、光一郎の顔を舐め回した。

驚いたくららは、

「ごめんなさいね。

こんな大胆な行動に出るチャッピーを見るのが、初めてだったので驚いています」

「大丈夫です。

わたしは、嬉しいです」

「本当ですか？

嫌がる人が多い中、チャッピーは幸せ者ね。

ところで、先ほど大変お世話になりましたとおっしゃっておりましたが、どのようなことでのお話でしょうか？」

「申し遅れました。

わたくしは、郡山中央警察署総務課勤務の島本光一郎と申します。

隣にいるのが、妻のめぐみです」

くららに向かって、光一郎夫婦は頭を下げた。

「わたしは、チャッピーの飼い主の春風くららと申します。

庭先ではなんですから、どうぞお部屋の中へお入りになりませんか？

多少散らかっておりますが、どうぞ！」

「そうですか。それでは、お言葉に甘えてちょっとお邪魔させていただきます」

めぐみは、光一郎の洋服を引っ張った。

「あなた！　突然の訪問は失礼ですよ。

手土産も何も持ってきていないのですよ」

「大丈夫。お世話になった子犬の居所が分かったのですよ。

改めて、手土産を持ってくれれば良いんじゃないですか？」

めぐみは、光一郎の無神経さを発見することになったのだ。

「どうぞ、どうぞ！　お上がりくださいませ」

「お邪魔いたします！」

光一郎は、靴を揃えてスリッパに履き替えた。

めぐみは、光一郎の靴の向きを替えて、スリッパへ。

くららから、リビングルームのソファーへと案内された。

ソファーへ座ると同時に、くららは日本茶を持って入ってきてくれたのである。

「奥様！　何もしないでください。

わたしたち困ってしまいます」

恐縮する光一郎夫婦。

「朝の慌ただしい中、本当に恐縮しております。

これから話す話は、嘘でもなんでもない本当の話です。

チャッピーちゃんは、わたしの人生を大きく変えてしまった張本人であることを伝えるために、お邪魔しました」

あいさつがはじまると同時に、チャッピーはちょこんと光一郎の膝《ひざ》上に乗っかり休息を取る態勢に入った。

くららが注意したにもかかわらず、チャッピーは動ずることはなかった。

「奥様、良いじゃないですか？

わたしは、嬉しいです！」

初めて見る光景に、目を細めるくららがいた。

「奥様！　郡山市内で起こってしまった現金輸送車襲撃事件について、ご存知でしたか？」

「はい。テレビや新聞などのニュース番組で知りました。

それが、如何いたしましたか？」

「民友新聞社を通して、チャッピーを探していましたが、お気づきになりましたでしょうか？

決して大きく報道していただいた訳ではないのですが、気づいていただけませんでしたか？」

「はい。似ているトイプードル犬がたくさんいますので、わたしどものチャッピーとは知りませんでした。

申し訳ございません」

「奥様。謝っていただくために、お話しした訳ではございません。

こちらが恐縮してしまいます。

これから、お話しすることは真実です。

決して、ふざけ半分な気持ちで申し上げる話ではありません。

今回の現金輸送車襲撃事件の真相を、チャッピーちゃんから教えていただきました」

「……?」

「無理もございません。

わたしも、最初は信じられませんでした。

しかし、奥様方で飼育されているチャッピーちゃんが、今回の現金輸送車襲撃事件を解決していただきました。

これは間違いもない真実です。

信じていただけないでしょうか?

この真実を知っているのは、隣にいる妻のめぐみで、チャッピーちゃんからの情報を事細かくメモしてもらいました。

生き証人でもあります」

「……?」

「そうですよね。

信じていただけないですよね。

どうすれば納得していただけますか？

でも、現実に事件が解決していますからね。

これが紛れも無い真実です
以上が、わたしからの報告です。

本当にありがとうございました。

ここに、事件解決に尽力いただきましたチャッピーちゃんに、おやつを持参させていただきました」

光一郎は、めぐみからビニール袋を受け取り、くららに渡すのであった。

「エッ、こんなにたくさんのドッグフードとおやつをいただいてもよろしいのでしょうか？」

「当然です。

大きな事件を解決に導いてくれましたので、これでも少ないかも知れません。

お許しください」

「そんなことはありません。

一つお聞きしてもよろしいでしょうか？」

「わたしで分かることでしたなら、何なりと聞いてください」

「よろしいでしょうか？

わたしのチャッピーは言うまでもなく、お座敷犬で敷地内だけしか動き回っていないと思うのですが、不思議なんです。

ここから、はなさき醬油醸造所跡地まで結構距離がありますよね？

一匹の子犬が出掛けられるのは難しくないですか？

不思議でならないのです」

「分かりました。

検証してみましょうか？」

光一郎は、リビングから芝生が張り巡らされている庭先へ移動する際、チャッピーは驚きのあまりソファーから落ちてしまった。

「奥様！　垣根のここから脱出したのではないでしょうか？」

子犬が、出入り出来る穴が開いていた。

確信を得た光一郎は、くららに一つお願いごとをしたのだった。

「恐れ入りますが、チャッピーちゃんと散歩へ行く支度をしていただけませんか？」

「はい。かしこまりました」

＊　　＊　　＊

「それでは、ここの穴からはなさき醬油醸造所跡地まで散歩してみましょうか？」

水を得た魚のようにチャッピーは、くららを率先して引っ張るように散歩がはじまった。

時々、自分でつけたのであろうマーキングのところで、おしっこをするのであった。

チャッピーは振り返ることなく、はなさき醬油醸造所跡地まで脇目も振らず到着していたのである。

くららは、驚いた。

自分が連れてきたこともない未知の世界の、はなさき醬油醸造所跡地だった。

「奥様！　ここが現金輸送車が襲撃された場所です。

この事件を一部始終目撃していたことを、わたしの目を通して知らせてきてくれたのです」

くららは、首を傾げた。

どうして、ここまで子犬が来れたのが、くららには不思議でならなかった。

首を傾げているくららに向かって、光一郎は話を続けた。

「わたしが思うに、狭い部屋や庭先の遊びにも飽きてしまったことと、だれ一人いない静かな部屋が寂しさを募らせていたこともあり、抜け道を探し出し脱出に成功したものと思われます。

新しい世界を見つけるためのチャッピーちゃんは、散歩コースを開拓していたのではないでしょうか？

ネガティブに考えるよりポジティブに考えると、より一層前向きな行動に拍車がかかるのではないでしょうか？

正直、全て申し上げている言葉は、チャッピーちゃんからの心の声を、わたしを通して訴えていたのです。

信じられないかも知れませんが、これが本当のことなんです。

お分かりいただけましたでしょうか？」

光一郎は、チャッピーを抱き上げて目を見つめた。

チャッピーの瞳の中に、現金輸送車襲撃事件の一部始終の映像が残っているかを確認したものの消えていた。

光一郎は、チャッピーにさようならを瞬きで交わした。

チャッピーの瞳は、別れを惜しむかのように、なぜか潤んでいた。

晴れ晴れとした表情の光一郎は、久しぶりにめぐみの手を取り、はなさき醬油醸造所跡地を後にした。

緊急情報の開示

「雀之宮総務部長！　警視庁から勝間田署長宛に緊急な情報が、総務部経由で送信されてきました。

今日は、県警本部室で署長会が開催されています。

今回、署長会に同伴している鵜川和博《うかわかずひろ》総務課長からの伝言ですが、署長は署長会が終了次第、直帰する旨の報告を受けております。

総務部長から署長へ連絡をお取りいただくか？

それとも事後報告として、緊急情報の内容を少しでも早く確認することで、関連部署への影響が軽減されることも考えられます。

如何いたしましょうか？」

郡中署の窓口になっている和博が出張している今。

代行者としての光一郎は、はじめて公三郎に対して言いづらいことまで話せるまでの仲になっていることが、署員たちからすると許しがたい行為に値していた。

正直、羨ましい妬みであった。

今後の捜査活動に多大なる影響が生じることも予測されるので、警察のいろはも熟していない光一郎に対する公三郎は、盾になることを決めていた。

「島本係長！　落ち着いてください。

わたしの席の後ろに、努力目標が掲げられていると思いますが、読んでください。

〝慌てず　騒がず　見落とさず　冷静な行動を〟を、常に忘れることのないように、心の中に復唱してください。

組織で動いている以上、署長からの許可がどうしても必要になってきます。

これから、署長へ連絡を取るつもりです。

今しばらく待ってください」

＊　　＊　　＊

「勝間田署長から承諾を得ましたので、警視庁から届けられました緊急情報の内容を確認したいと思います。

中身によっては、他部署に影響することも予測されます。

慎重に判断したいと思います。

本日に限って、鵜川総務課長は勝間田署長のお供として、署長会議に出席しています。

従いまして、島本係長に立ち会っていただくよう、勝間田署長からも言い渡されていますので、よろしくお願いいたしますね。

内容によっては、関係関連部署への連絡も取っていただくかも知れません。

唯一、郡中署で登録されているシークレットパスワードは、一度しか使用出来ないように、コンピューターの中でプログラミングされ組み込まれています。

慎重に、パスワードを打ち込んで行きたいと思います。

一度入力を間違ってしまうと、送信されてきました緊急情報の内容が閲覧出来なくなってしまいます。

その場合、自動的に送信されたデータは消去されてしまいます」

「そのときの対処方法は、どのように復活されるのですか？」

「その場合は、警視庁をはじめ送信先に拘《こだわ》ることなく頭を下げて、再度同じ内容のデータや資料などを送信していただきます。

自分のミスですから、仕方がないですよね。

懲罰が待ち構えています。

それだけ、パソコンを使用するに当たっては、必然的に細心の注意が必要になって来ます。

ですから、だれでも使用出来るパソコンではありません。

勝間田署長とわたしだけが、郡中署を代表として利用資格が与えられています。

むやみに入出力操作することに対しては、使用規制が敷かれています。

わたしよりも島本係長の方がパソコン操作などに詳しいと思うので、そこは省略させてください。

わが国や警察の動向や機密などを知りたがる好奇心旺盛なサーバーが、不法にコンピューターシステムに侵入して、プログラムやデータを破壊したり情報を盗用する犯罪者集団が多いことも承知しています。

だから、その都度シークレットパスワードを変える必要性が、理由の一つになっていることも確かです。

シークレットパスワードは、十二桁の大小英数字の組み合わせで、必ず、郡山中央警察署の頭文字（ＫＣＰ）を取り入れることも義務付けられているんです。

それでは、早速、警視庁から送信されてきました緊急情報を閲覧していきましょう。

＊　＊　＊

次から次へと総務部会議室へ、刑事部はじめ警備部や他部の幹部が続々と駆けつけてきた。

刑事部からは、学と裕俊が招集された。

会議室の中は、慌ただしく光一郎や静香が動き回っていた。

即席の会議室に仕上げるために、ノートパソコンをはじめスタンド式スクリーンとプロジェクターなどを用意する光一郎と静香。

プロジェクター操作の担当になった静香は、不安が顔に出ていた。

静香の肩を、軽く叩く光一郎は、

「大丈夫、大丈夫！　何とかなります」

と優しく声を掛けた」

「みなさんには、お忙しい中での招集につきまして、申し訳なく思っております。ようやく、わが署管内で起きた現金輸送車襲撃事件の最終章を迎えるための、警視庁から情報が入ってきました。

当然、この情報は部外秘扱いとさせていただきますので、ご協力よろしくお願いいたします」

公三郎は、光一郎と静香に向かって、

「お願いします！」

光一郎は、スタンド式スクリーンのロールを静かに下した。

静香は、ノートパソコンのコードを、プロジェクターに差し込みスイッチをONした。

プロジェクターの光が、スクリーンに映し出された。

「まずはじめに、闇社会のマイタウンブラック社の指示役である赤間均の居所を警視庁がネット通信回線を解析した結果、突き止めることが出来ました。

詳しい内容につきましては、センターのスクリーンに注目してください」

内容は、5W1H（いつ、どこで、だれが、なにを、なぜ、どのように行なった）という報道を基に構成した基本要素での報告になっています。

【報告書

〈結論〉

先日まで、国際指名手配に踏み切っていた赤間均容疑者が、タイ国で逮捕されました。

国際警察機構のネットワークを通して、赤間均の身柄の引渡し条約に従いタイ国に、早速要請いたしました。

タイ国内のプーケットビーチで、現地時間午後四時（日本時間午後六時）バンコク警察署員が身柄を確保したとのことです。

赤間均の身柄引き渡しについては、タイ国内の法律に基づく民事法や刑事法などに照らし合わせてからになりそうです。

その結果、裁判ならびにそれに関連する国家に影響を及ぼす事案内容に匹敵するか否かを判断するための供述調書や逮捕に至るまでの報告書作成などにより、引き渡すのに時間が掛かるとのことで、速やかに解放してくれない模様です。

いましばらく時間をいただきたいとのことでした。

〈経緯〉

郡山中央警察署から転送されてきた現金輸送車襲撃事件ならびに黒滝眞理夫殺害事件に関する調書と犯人に結びつく遺留品の提供などを受け、再鑑定させていただきました。

的確な調書が出来上がりました。

一番の決め手は、被疑者黒滝眞理夫が残してくれたスマートフォンや携帯電話機などが、捜査を円滑かつ迅速に導いてくれたことは間違いありません。

死して名を残すという言葉がありますが、この言葉が当てはまるかは疑問ですけどね？

黒滝眞理夫被疑者は、何が善であり悪であるかをやぶ蚊から、善を命じ悪を退ける魔法の言葉で、自分を取り戻せる機会を得たのである。

ただ、何と言っても解析などに時間が掛かってしまいました。

特に、会話や映像が自動消滅されていたからです。

復元を試みるものの、何度か躓《つまず》くこともありましたが、何とか乗り越えることが出来ました。

〈バンコク警察署からの調書〉

在タイ日本大使館からの第一報として、赤間均容疑者の供述を基に作成いたしました。

公用語はタイ語なので、大使館職員が日本語に翻訳してくれました。

翻訳の内容から判断しての報告です。

海外に脱出していた赤間均容疑者の日常生活が見えてきました。

マイタウンブラック社という会社は、多角経営に乗り出していました。

主に、タイ国バンコク市とフィリピン国パタヤ特別市に不動産事業を展開していたようです。

廃墟に近いホテルを激安で買い付け、人件費の安い現地人を雇用し、リフォーム工事に着手していた。

リフォームされたホテルは、日本人の高齢者を対象とした特別老人ホームとして提供することが最大の目的だった。

マイタウンブラック社は、高齢化社会が進む日本の中で、タンス預金などでお金に余裕のある高齢者をターゲットにした事業への着手でした。

表事業の陰に隠されたマイタウンブラック社は、資産家高齢者を騙して錯誤《さくご》に陥れて、財産などを騙し取る素案を描いていたのです。

赤間均たちは、常にシナリオライターと素案を基に劇場版脚本を仕上げることも多かったようです。

何と言っても魅力的なのは、一年中常夏の気候で安定しているせいか、老若男女に限らず人気のアイランドを模索していて、この地に辿り着いた。

それと、高齢者が生活するうえで一番気になるのは物価である。

しかし、物価などは日本の八分の一と安く、魅力の一つにもなっていた。

資産家ほど、金品を必要以上に惜しむ傾向にあったのだ。

それを、逆手に取るマイタウンブラック社は、介護などを目的とした福祉事業にも力を入れていることを謳《うた》い文句にして、入居者を募っていた。

不覚にも深く調査を怠っていた不動産業界も挙《こぞ》って参加していた。

将来的にも避けて通ることの出来ない社会福祉サービスは、魅力ある事業の一つになっていた。

ただ、マイタウンブラック社の急激な介護事業に着手していたことに違和感を覚えていたタイ国の警察が、常に日本の警察と連絡を取り合っていた。

お互いの国に、被害が拡大することないように内偵を進めていたのである。

これが、情報交換や捜査協力などによって国際犯罪の防止・解決を目指す国際警察機構が設立され、日本の警察とバンコク警察署が、大掛かりな詐欺集団であるマイタウンブラック社の行動の自由を奪うために逮捕することに踏み切った。

その中に、赤間均もいました。

以上が、警視庁からの報告書です。】

くれぐれも、この情報については、部外秘扱いとさせていただきます」

公三郎は、警視庁から送付されてきた報告書の中身を、幹部たちに公開したのだった。

会議室の灯りが、一斉に点《とも》された。

一瞬の光が、目を襲い眩しかった。

会議室の中は、騒々しくなっていた。

突然、学が幹部を代表して手を挙げた。

「雀之宮総務部長！　一つお聞いてもよろしいでしょうか？」

「わたしに応えられる質問でしょうか？」

「はい。警視庁から提出された調書は、わたしたちにも手に取るように分かる内容でした。

今後のわが署は、西那須野警察署や警視庁とは、どのような関わり方をすればよろしいのでしょうか？

　わが署管内で起きてしまった現金輸送車襲撃事件の全面的な解決が見えてきたように思われます。

　今回は偶然が重なり、闇社会のマイタウンブラック社にまで辿り着くことが出来ました。

　前々から、警視庁や検察庁が内偵していたマイタウンブラック社に遭遇した訳ですから、この先の捜査権は、警視庁に一任されるのでしょうか？

　また、これから先のわが署が取るべき捜査方法は、どうのようにしたら良いと思われますか？」

　学の質問は、刑事部全体を代表した大きな疑問でもあった。

　学は、捜査権のない総務部の公三郎へ相談したのも可笑しな話ではあった。

　しかし、公三郎は以前刑事部長を歴任していたこともあり、学は直属の部下だった。

　気心が知れている学に対して、公三郎は優しく語りかけた。

「福島刑事部長！　事件の解決は、どこの警察署でも良いじゃないですか？

　考えてみてください。

　わが署からの遺留品などの提出が切っ掛けで、間違いなく闇社会のマイタウンブラック社組織の大解体が、早急に行われることは間違いがないと思われます。

大きな犯罪組織は、警視庁などに委ねても良いんじゃないですか？

でも、わたしたちも指を銜《くわ》えていても良いんですか？

やることは、目の前にいっぱいあるじゃないですか？

それは、現金輸送車襲撃事件に関わった犯罪者たちの供述などが、点と点がしっかりと線に繋がる調書を作成することが、わが署の使命じゃないですか？

なんと言っても、裏付ける調書と資料は、どうしても必要なんです。

それも、裁判所で覆《くつがえ》されないためにも、みなさんの地道な捜査活動が生きてくるのです。

刑事は、なんと言っても足なんです。

耳なんです。

目なんです。

分かっていただけましたでしょうか？」

頷く学。

「ありがとうございました。

勝間田署長代行の雀之宮総務部長に向かって、
一同、起立！　礼！」

会議室の中は、テーブルと折り畳みパイプ椅子の床に擦れる音が鳴り響いた。

「本日の臨時幹部会議は、終了させていただきます」

光一郎は、閉会のあいさつを交わした。

学たちは、狭い出口に殺到していた。

異例の人事異動

「ただいまから、令和十年度秋季人事異動に伴う発令式を行いたいと思います。

一同、礼！」

静寂な大会議室は、異様な音が流れた。

儀式の第一声を和博が発した。

「それでは、ただいまから日本国歌ならびに警察歌が演奏されますので、ご唱和ください。

恐れ入りますが、ご来場のみなさん！　ステージ中央に掲げられております日本国旗ならびに警察章にご注目ください」

ステージ袖にスタンバイしていた県警音楽隊の指揮官がタクトを下ろした。

♪君が代は、千代……♪

「続きまして、警察歌をご唱和ください」

県警音楽隊の指揮官がタクトを振った。

♪国民の安心を創る安全な街……♪

「ありがとうございました。

それでは、発令式をはじめさせていただく前に、来賓者の方々をご紹介をさせていただきます。

「みなさまから向かって右側にお座りいただいておりますのは郡山市長の平松《ひらまつ》一朗《いちろう》様です」

一朗は立ち上がって、頭を下げた。

続きまして、その隣にお座りいただいておりますのは県議会議員の瓜生《うりゅう》泰宏《やすひろ》様です」

泰宏も、頭を下げた。

「引き続きまして、その隣には市議会議員の××××様です」

＊　＊　＊

「それでは、はじめに、郡山市長の平松一朗様よりごあいさつをいただきたいと思います。

よろしくお願いいたします」

演台の隅には、一輪の松を優雅な形に整えられた盆栽が、ひときわ目を引いていた。

一朗は立ち上がり日本国旗と警察章に向かって一礼し演台の一歩手前で、響輝にも一礼を交わした。

響輝も立ち上がり一礼したのだった。

一朗は、演台前に立つと大会議室の参列者に向かって一礼した。

「おはようございます。

この度は、令和十年度秋季人事異動発令式にお招きいただきまして、ありがとうございます。

わたしは、いつも思います。

みなさんのお顔を拝見するたびに、この郡山市が安心安全な街で暮らせることを、いつも誇りに思っております。

市民を代表しまして、御礼申し上げます。

本当にありがとうございます」

また、一朗は一礼をした。

「本来ですと、わたしの名前だけ紹介されて終わるのが当たり前だったのですが、今日は違うみたいです。

それは、こちらの郡山中央警察署に、わたしどもから派遣させていただいておりました島本光一郎くんが転籍することになりました。

これは、異例中の異例だそうです。

わたしどもは、島本光一郎くんを派遣した理由については、異業種交流で学んで、自分を磨いて戻ってもらえるものと思っておりました。

しかし、違うんですね。

環境が変わると、こんなにも変わってしまうんですかね。

これから、派遣させるときには考えなくてはいけないんでしょうか？（笑）

お互い派遣するときは注意しましょう（笑）」

一朗は、響輝を見返した。

響輝は、照れ笑うことしか出来なかった。

また、公の場で名指しされて戸惑う光一郎もいた。

「正直、いま島本光一郎くんに抜けられてしまうと、本当に痛手なんですよ。

ところが以前から、勝間田署長と当時雀之宮刑事部長が当市役所に足を運ぶ機会が多くなり、当市の総務部長を通して懇願していたそうです。

当市の総務部長いわく、島本光一郎くん本人は承諾しているのかを確認したところ、まだであることも判明していました。

それでも、責任は勝間田署長が取るの一点張りだったそうです。

正直根負けしてしまいました。

後ほど、人事異動発令式で発表になると思うのですが、わたしはビックリしました。郡山中央警察署の総務部職員として、島本光一郎くんを派遣させていただいたのですが、今回の人事異動発令式では刑事部へ移籍するとのことで、またビックリです。

少し話が長くなりましたことお詫びして、ごあいさつに代えさせていただきます。

ご清聴ありがとうございました」

一朗は、参列者に向かって一礼すると同時に、響輝と日本国旗にも改めて一礼したのである。

赤面状態の光一郎。

会場から割れんばかりの拍手が湧き起こった。

「ありがとうございました。

引き続きまして、県議会議員の瓜生泰宏先生からごあいさつをいただきたいと思います。

よろしくお願いいたします」

泰宏も、所定の一礼を交わしながら演台へ。

「本日は、令和十年度秋季人事異動発令式にお招きをいただきまして、ありがとうございます。

本日は、県内選出議員を代表いたしまして、ごあいさつをさせていただきます。

わたしたち議員団も、住みやすい街作りを目指して、県民一人ひとりの声を聞きながら、代弁者として一つひとつ実現に向けて応えられるよう努力しております。

わたしたちは、みなさんのお役に立てればの思いを、いつも秘めての活動ですので、何なりとご相談ください。

わたしも、雀之宮総務部長から密かに島本光一郎くんを、郡山市から郡山中央警察署へ転籍出来るよう援護して欲しいことも相談を受けていました。

今回の人事異動発令式は、異例の儀式かと思われます。

正直、嬉しい限りです。

これからも、県民はもとより市民の安心安全な街づくりのために、お力をお貸しください。

これからも、よろしくお願いいたします。

議員団を代表しまして、ごあいさつに代えさせていただきます。

ご清聴ありがとうございました」

光一郎は、逃げられる穴があったなら、すぐにでも入りたい気持ちでいっぱいだった。

泰宏も、参列者に向かって一礼しながら、響輝と国旗に頭を下げた。

泰宏の一連の行動に、招待されていた市議会議員たちも、パイプ椅子から立ち上がり一斉に頭を下げるのだった。

会場から拍手も湧き起こった。

＊　　＊　　＊

「これより、就任式を挙行いたしたいと思います。姿勢を正してお待ちください」

ここで、ひと呼吸を入れる和博。

「ただいまより、令和十年度秋季人事異動発令式を行います。お名前を呼ばれた方は、ステージ中央の演台前に進み、勝間田署長より辞令交付書をお受け取り下さい」

響輝は、パイプ椅子から立ち上がり、日本国旗と警察章に向かって一礼して、ステージ中央の演台に歩み寄った。

演台の隣りには介添人として、静香が辞令書が入ったお盆を持ってスタンバイしていた。

「郡山中央警察署総務部　雀之宮公三郎殿！」

「はい」

公三郎は、ステージ袖に設置されている階段をゆっくり上り、中央演台の前へ。

公三郎が所定の位置に着いたのを確認した和博は、県警音楽隊の指揮官に合図を送った。

響輝は、静香から辞令書を預かった。

「辞令！　雀之宮公三郎殿　郡山中央警察署副署長を命ずる
令和十年十月一日　郡山中央警察署長　勝間田響輝」

響輝が辞令書を読み上げ、公三郎に手渡したタイミングに合わせて、突然、県警音楽隊のドラムロールが鳴り出した。

静まり返っていた会議室に、ドラムロールの反響と同時に拍手が湧き起こった。

響輝は、辞令書を脇に抱えて、来賓者に向かって一礼して所定の位置に戻った。

公三郎の定位置に着いたのを確認した和博は、

「引き続きまして……」

＊　　＊　　＊

「引き続きまして、総務部係長　島本光一郎殿！」

「はい！」

光一郎は、所定の流れに従い中央演台の前へ。

響輝は、静香から辞令書を預かり、

「辞令！　島本光一郎殿　郡山中央警察署刑事部警部補を命ずる
令和十年十月一日　郡山中央警察署長　勝間田響輝」

光一郎も、公三郎と同じ行動で所定の定位置に戻った。

「引き続きまして、いわき南警察署警備部巡査部長　五十嵐《いがらし》恭子《きょうこ》殿！」

「はい」

恭子は、所定の流れに従い中央の演台の前へ。

響輝も、所定の流れで、

「辞令！　五十嵐恭子殿　郡山中央警察署刑事部巡査部長を命ずる
令和十年十月一日　郡山中央警察署長　勝間田響輝」

恭子の定位置に着いたのを確認した和博は、

「引き続きまして……」

式典終了を確認した和博は、セカンドマイクを手に、

「本日の人事異動発令式に関しまして、勝間田署長より一言御礼も兼ねてお伝えしたいことがございますので、ご清聴よろしくお願いいたします」

響輝は、改めて頭を下げてセンターマイクに向かって、

「本日は、お忙しい中での人事異動発令式に、平松郡山市長はじめ瓜生県議会議員のご来賓の方々にご参列いただきまして、誠にありがとうございました。

心より御礼申し上げます。

みなさんの記憶にも新しいかと思いますが、あの忌まわしい現金輸送車襲撃事件から、たくさん学ぶことが出来ました。

中でも、わが署からの情報提供が思いも寄らない大事件の解決に繋がることなど思いも付きませんでした。

それも、赤間均容疑者の逮捕を切っ掛けに警視庁や検察庁がマークしていた闇社会のマイタウンブラック社に辿《たど》り着きました。

未だ、闇社会の首謀者は逮捕されておりませんが、決して諦めたわけではありません。

＊　　＊　　＊

少しずつではありますが、首謀者に近づきつつあります。

みなさん！　自信を持ってください。

わたしたちの地道な捜査方法が、闇社会の氷山の一角であるマイタウンブラック社を壊滅までに追い込むことが出来ました。

それも、日本の犯罪がよその国まで影響することもなく、未然に食い止めることが出来たことが、日本国民として恥をかかなくて済みました。

また、現地（フィリピン国とタイ国）で廃墟寸前のホテルをリフォームして運営していた介護施設は、そのまま現地の非営利の民間組織団体が引き継ぐことで合意されたそうです。

これも、わが署が一役買ったものです。

正直、鼻高々です。

全体を通して言えることは、間違った捜査手順を踏んでいなかったことが証明されたのです。

手掛かりの少ない中で、島本総務部係長の特殊能力が事件の解決の切っ掛けを作ってくれたのですが、だれからも信じてもらえるような話ではなかったことも確かです。

しかし、雀之宮総務部長だけが信じてあげるものの、最初は眉唾《まゆつば》だったとか。

でも、信じてあげた結果が事件解決に繋がりました。

すなわち〝瓢簞《ひょうたん》から駒が出た〟の諺が当てはまったのでした。

何が起こるか分からない世の中です。

運は天にあって、人の力ではどうすることも出来ない摩訶不思議な世界を体験したのですね。

今日から、新体制で臨んで参ります。

常に市民の声に耳を傾け、犯罪のない安心安全な街づくりを見守り、みなさんのお力をお借りしたいと思っております。

長時間に亘り、ご清聴ありがとうございました」

響輝が、席に戻るのを確認した和博は、

「ただいまのごあいさつをもちまして、令和十年度秋季人事異動発令式を終了させていただきますが、一つ訂正させていただきます。

先ほど、勝間田署長からのあいさつの中で、雀之宮副署長と島本警部補を紹介するに当たって、慣れ親しんだ旧部署の役職名で読み上げてしまいました。

本日の辞令交付式で、自動的に役職名が変わることになっておりますので、訂正させていただきます」

響輝は、頭の上に手を乗せるのであった。

「最後に、二つばかりお願いがございます。

一つ目は、本日の人事異動に関する告知ですが、マスコミ関係各位とみなさんには、警察署に登録されていますスマートフォンなどのアドレスに一斉送信させていただきます。

また、所轄の掲示板ならびに警友会だよりに、次の内容で掲載させていただきます。

【人事異動に関する告知

雀之宮公三郎　警視正　郡山中央警察署副署長（旧　警視　総務部長）

……………

島本光一郎　警部補　郡山中央警察署刑事部（旧　総務部係長）

……………

五十嵐恭子　巡査部長　郡山中央警察署刑事部（旧　いわき南警察署警備部巡査部長）

加藤悦司　巡査　郡山中央警察署刑事部（旧　地域部　自動車警ら隊）

……………

以上

令和十年十月一日付　総務部】

二つ目は、会場からの退場については、ご来賓の方々を最優先にお見送りをさせていただきたいと思いますので、そのまま定位置でお待ちください。

退場の際には、県警音楽隊の演奏が開始の合図とさせていただきます」

♪……♫……♪

新体制の刑事部

刑事部の席には、だれ一人いなかった。

今回の人事異動に伴い、刑事部は新体制で臨まなくてはいけないこともあり、小会議室に招集されていた。

学は、新体制の顔ぶれを眺めながら、

「今日から、この新メンバーで捜査活動を展開することになりました。

現時点で抱えている大きな事件は、特にありません。

あるとすれば、わが刑事部も窃盗とか空き巣などで振り回されることもありますが、それもわが署だけに偏っているものでもありません。

定職に就いても、人間関係などで崩れてしまい退職や引退する傾向にある者がいることも把握しております。

生活する上で、簡単に金品などが手に入るアルバイト感覚で犯罪に手を染めてしまっている者もいます。

それだけ、世の中が狂っているというか、不安定な時代になりつつあるのは間違いありません。

わたしたちは、それを見て見ない振りなど出来る立場ではないのです。

それを取り締まるのが、わたしたち刑事部の重要な役割でもあります。

何事も結果ではなく、いかに事件を未然に防ぐべきかを考えなくてはいけない重要な職場で、警察官のあこがれの場所でもあるのです。

みなさんは、選ばれし戦士たちなんです！

まずはじめに、島本警部補には警察官としての携帯必需品を用意いたしました。

身分証明書でもあります警察手帳、手錠、警笛、警棒とメモ帳です。

拳銃に関しては、余程の凶悪犯罪事件などが発生した場合のみ、拳銃の携帯許可や防弾チョッキ着用が義務付けられます。

従いまして、今回は総務部から警察手帳と手錠、警笛、警棒とメモ帳を預かって参りました。

早速ですが、島本警部補！　前へ」

学から、光一郎に刑事としての携帯必需品が手渡された。

だれからともなく、拍手が湧き起こった。

学は、特例の儀式を簡単に済ませ、

「はじめて、刑事部に花の管理者が入ってきてくれました。

そこで、わが刑事部も二班に別れて行動していきたいと思います。

特に、島本警部補と五十嵐巡査部長は、刑事部という職場のルールとか流れを良く知りませんので、重中警部補を中心に展開していきたいと思っております。

重中警部補のチームには、五十嵐巡査部長と加藤巡査他三名。

島本警部補のチームには、ベテランの笠原巡査部長と長谷川巡査他四名に分かれて捜査活動をしていただきます。

市民を愛し、市民のためになる行動を常に心の中に秘めながら、より良い安心安全な街づくりに力を注いでください。

先ほど、雀之宮副署長から、本日をもって極秘捜査部隊を解散する旨の報告がありました。

極秘メンバーに抜擢された方々には、本当にお疲れ様でした。

ありがとうございました」

学は、改めて頭を下げたのであった。

「また、何か気づいたことがあれば、いつでも言ってきてください。待っています。

以上、報告を終わります！」

学のあいさつが終わったのを確認した正修は、

「福島部長！　これからの刑事部の結束を強めるための伝統的な儀式を行いたいと思うのですが、如何いたしましょうか？」

学から笑みが零れた。

学は、静かに手を前に差し伸べた。

すかさず、正修が学の手の上に重ねた。

戸惑う裕俊たちは、正修を見つめた。

正修は、目で手を重ねるようお願いをしたのだ。

正修の手の上に、裕俊の手が、恭子の手も重ねられていった。

重ねられた手の高さは、ゆうに五十センチは超えていた。

刑事部十四名の重ねられた手を学は、ゆっくりと押し上げられるのを切っ掛けに正修は、

「頑張りましょう！」

の掛け声で、解き放たれた。

恭子にとっては初体験だった。

次郎は、刑事部の団結となるシュプレヒコールが終わったのを見届け、小会議室の

扉を開けた。

＊　＊　＊

突然、署内に取り付けられているスピーカーから、緊急事態発生の放送が流れた。
『緊急指令！　緊急指令！　ジュエリー　ヴィーナス店で強奪事件発生！
繰り返します。ジュエリー　ヴィーナス店で強奪事件発生！
場所は、郡山市本町《もとまち》一丁目××番地×号！
繰り返します。郡山市本町一丁目××番地×号！
至急、現場に急行せよ！』
慌ただしく廊下や階段を駆け抜ける光一郎たち。
静香は、正修に向かって、
「あなた、頑張って！」
人一倍使命感に燃えている正修は応えられる余裕などなかった。

＊　＊　＊

奪われたジュエリーは大きなしゃぼん玉に包まれ、複数の小さなしゃぼん玉に担がれて飛び立とうとしていた。

しゃぼん玉から〝捕まえられるなら捕まえてごらん〞のポーズで、挑発するのであった。

大きなしゃぼん玉は、遠くへ旅立つにつれて小さいしゃぼん玉が壊れて消えていった。

トカゲの尻尾切りのようにも見えた。

大きなしゃぼん玉は、天高く舞い上がって消えていった。

完

あとがき

この物語を制作するに当たって、初心に返るきっかけをいただいたように思いました。

今から十三年前、わが故郷を襲った未曾有の東日本大震災が後押ししてくれたお陰で、小説が七作品まで完成することが出来ました。

文章の組み立てや表現能力などが著しく欠落していた劣等生のわたしが、小説を書きはじめていたことに、恩師も驚いておりました。

未知の世界から、わたしの耳もとで囁く魔法の言葉が優しく語り掛けてきました。

だれもが、現実にはあり得るはずのないそんな嘘話を信じていただけるとは思っておりません。

正直、わたくし本人もびっくりしています。

しかし、その証拠にわたしの作品を多数、世に披露することも出来ました。

サラリーマン生活を四十数年勤務した後の、目覚めた瞬間でもありました。

来年で喜寿を迎えます。

今でも、次作品のヒントになると思われる内容を書き留めるため、枕もとにメモ用紙と筆記用具などを置いてあります。

そんな中、今年の元旦に突然襲った能登半島地震ならびに四月三日台湾東部花蓮沖地震が立て続けに起こってしまい無残な災害地を目の当たりにして、胸が締め付けられています。

なぜなら、東日本大震災が昨日のように蘇えってくるからです。

何も出来ない自分が情けなく、腹だたしい毎日が続いております。

募金などで被災地支援していても、一時的なもので時間が経つにつれ薄れていくのが怖いです。

被災地では、いまなお余震に怯えながらも、一日も早い復興復旧に向けた作業で頑張っている姿が、東日本大震災の災害景色と交叉して頭から離れません。

それも、モニター越しでのコメントで申し訳ありません。

本当にありがとうございます。

少しでも、わたしに出来るものを考えてみました。

一向に思い浮かび上がりません。

＊　＊　＊

考えに考え上げた挙句、一つの答えに辿り着きました。

わたしに出来ることは、未完成なる作品に対しても真摯に向き合ってくれている読者の方が一人でもいる限り、より良い作品を作り上げることを決意しました。

多少疑問も残りますが……。

わたしの作品を好んで読んでいただいている方へ、笑顔と元気が届けられれば作者冥利に尽きるものです。

それが逆に、わたし自身の自信と励みにもなってくるのです。

今回の作品は、現代社会に蔓延《はびこ》る闇集団と戦う警察やマスコミ各社との間で繰り広げられるコミカルな物語になっております。

ここ近年、コロナウイルスの蔓延などが齎《もたら》した後遺症に伴い、テレワークやリモートワークなどの在宅勤務で働き方改革等が大きく変わり、人生そのものも狂わされてしまったようにも思われます。

企業の事業縮小や倒産などが追い撃ちをかけるかのように、弱者や貧困者に対しての過酷な環境などを作り上げてしまったのではないでしょうか。

なぜ、闇集団が簡単に短時間で高収入を提供出来るシステムを構築していったのかを考えると、最低条件の一つとして生活の安定もしくは贅沢したい欲望を競争心のように掻《か》き立てて楽しんでいるのではないでしょうか。

特に、簡単に闇集団に登録が出来ることで、若者や貧困者たちは遊び半分でゲーム感覚を満喫しているかのようにも見受けられました。

まるで警察関係者やマスコミ各社に対する挑戦状とも取れる行動です。

ただ、犯罪なる負の代償を支払わなくてはいけないことなどを、深く考えていない行動が気になるところです。

これは、あくまでもわたくし個人的な考え方でもあります。

この物語に於ける警察関係者ならびにマスコミ各社への対応表現に疑問を抱いている方もいらっしゃるかと思われます。

本来なら、大小に関係なく事件が発生している緊迫感の中での言葉遣いなどは、熾《し》烈《れつ》極まりないバトルになっているはずです。

それも、わずかな時間も惜しみなく一刻でも早く事件解決を目指す警察関係者やマスコミ各社の方々は、より良い市民の安心安全な街並みを維持したい一心からの行動などで、目を見張る出来栄えに痛感しております。

今回の小説の中では、優しい言葉遣いなどで物語を繰り広げられております。

少なからず違和感を覚えているのは、わたしも承知して書き上げました。

ところどころ作品を読んでいく上で、首を傾げたくなる内容に、お気づきでしょうか。

それは、前作品の『風船は、しゃぼん玉の中へ』からの続編だと思っていただくと読みやすいかも知れません。

話は変わってしまいますが、わたしの読書方法は一気に読み上げる才能もなく、時々飽きてしまうことが多々あります。

若き時代から、遠のいて行く年齢には勝てません。

この年齢になると、いかに読書を楽しむかを模索する毎日。

そこで、新たに短編小説も楽しんでいただくために、本編の最後に付加させていただきました。

この短編小説を掲載するに当たって、ご家庭でのコミュニケーションツールの一つになっていただければの思いから、勝手に決めさせていただきました。

わたしも、子どもの笑顔を見たくてオリジナル童話を作成して、小学校の読み聞かせ授業を受け持ち、学びなどを楽しんできました。

子どもたちの笑顔は、素敵で最高です！

最後になりましたが、この作品のユニークなタイトルである『子犬とやぶ蚊としゃぼん玉。』を理解していただけましたでしょうか。

いずれも作品の中で、大活躍する子犬ややぶ蚊そしてしゃぼん玉を通して、物語を展開する重要なキーポイントになっております。

想像しながら、一読いただけるともっと楽しいかと思います。

【感謝を込めた短編小説　二編】
さようならの中に、ありがとう。

郡山　還

ぼくの名は、鈴之助。

十五歳（人間に換算すると七十六歳）になる小型高齢犬である。

ぼくとご主人様夫婦との出会いは、大型量販店の買い物の合間に、わんにゃんコーナーをのぞき込んできた時でした。

正直、ご主人様夫婦は、わたしたちを買う気がないのに時間調整のために、売り場をのぞいてきた。

冷やかしのお客様にしか、ぼくの目には映っていなかった。

ショーケースのアクリル板・三段ボックスが六列並んでいた。

半分が犬派で、残りが猫派になっていた。

ご主人様夫婦は、ひと通りわんにゃんコーナーをのぞきながら、ぼくの目の前に立ち止まった。

周りの犬は、お客様が立ち止まると一斉に自己アピールを開始した。

狭いケージを勢いよく走り回って、元気を猛アピールする子犬。

目を潤ませて訴える子犬。

アピールするどころか、無視してふて寝する子犬。

ぼくは、冷やかしのお客様に対してのポーズは、決まってお尻を向けることにしていた。

時には、ウンチを排出する姿を見せつけることもしばしばあった。

ご主人様は、笑って奥様にひそひそ話をはじめた。

これが、一番印象に残っているご主人様夫婦との初めての出会いだった。

あれから、早いもので十四年の歳月が流れた。

振り返るに、たくさんの楽しい思い出しか蘇ってこなかった。

最初のころは、ご主人様が率先して散歩に連れて行ってくれていたのだが、仕事を口実に激減していった。

正直、散歩するためのリードを銜えて、玄関から下りないで待つことを心がけていた。

それでも、ご主人様は起きてこなかった。

ぼくは、淋しかった。

それを見かねた奥様が、ご主人様に代わって散歩に連れていってくれたのだった。

ぼくは、うれしかった。

いつしか、散歩は奥様に変わっていた。

最初は、ご主人様と歩いた散歩コースを自慢げに奥様に教える格好で先頭に立つことも多かった。

今では、ぼくを引き連れて新しい世界を見せてくれるようになっていた。

年を重ねることに、ぼくの目に白い膜が作り上げられ、景色が霞《かす》むようになってきた。

白内障である。

姿勢も悪くなり、地面に鼻をこすりつけることも多くなっていた。

無数に出来た鼻の擦り傷は、ぼくの勲章だった。

しかし、痛かった。

でも、ぼくは弱音を吐かなかった。

奥様の悲しい顔を見たくなかったからだ。

光は少し見えているものの、はっきりと奥様の顔は見えていなかった。

凄く悲しかった。

だから、自分が尿などでマーキングしておいた場所を中心に散歩することに心がけていた。

散歩の途中、奥様が倒れた。

ぼくは、どうして良いものか分からず、ただただ奥様の周りを駆け回った。

助けてもらうために一生懸命吠え続けた。

「ワン、ワン！　ワ〜ン！（助けてください）」

そのまま、救急車で運ばれた。

曜日感覚のないぼくは、奥様を待つことしか出来なかった。

とても、淋しかった。

散歩への回数は減ったが、一日でも早く奥様が退院されるのを、毎日祈った。

祈った甲斐あってか、奥様は満面の笑みで帰ってきたが、違和感ある笑顔だった。

ぼくは、うれしさのあまり高速逆回転とおしっこ（うれしょん）を漏らしながら飛びついた。

奥様は足元がふらつき倒そうになったところを、ご主人様が支えた。

ご主人様は、ぼくを叱《しか》った。

「鈴之助！　駄目じゃないか？

あっちへ行きなさい！」

あまり怒ったことのないご主人様の顔が怖かった。

渋々、ぼくはその場から離れた。

散歩に行く時間を知らせる♪エリーゼのために♪の曲の時計チャイムが部屋中に鳴り響いた。

うれしさのあまりぼくは、いつものリードを銜えて奥様の元へ。

奥様は起き上がることが出来なかった。

奥様は、ぼくの顔を見るなり涙を流した。

最初、何で泣いているのか分からなかった。

奥様は、ぼくを散歩へ連れて行けないのが、辛かった涙であることも知らずペロペロ顔を舐めてしまった。

涙は、甘からず塩っぽかった。

ぼくは散歩も好きだが、奥様がもっと大好きだったので、寝床の中に潜り込んだ。

寝床の中は、温かかった。

奥様の匂いは、寝床に浸み込んでいた。

うとうとしたぼくは、酸欠状態になり寝床から顔を出して思いっ切り空気を吸い込んだ。

安心感からか奥様の枕を奪い、いびきをかいて寝込んでしまった。

奥様は、ぼくの顔をしみじみと見つめると、また涙を流しはじめた。

そんな生活が、長くは続かなかった。

突然、奥様が消えた。

ぼくは、奥様がいつ戻ってきても良いように、寝床を温めていた。

いつまで経っても、奥様は帰ってこなかった。

奥様の匂いがする枕を舐め続けた。

滅多に、ぼくの前では涙など見せることのないご主人様は、悲しみを押し殺すかのように大きな背中が小刻みに震えていた。

＊　＊　＊

時空の神になった奥様の誘惑する微かな声が、ぼくの耳に届けられた。

「ベルちゃん、ベル～……」

ご主人様は、ぼくの前では涙など見せることはなかった。

が、ご主人様の大きな背中が、悲しみを押し殺すかのように小刻みに震えていた。

遠くから、ぼくを呼ぶ奥様の声が微かに聞こえてきた。

「ベルちゃん、ベル〜……こっちよ〜」

呼ばれるほうに、顔を向けても姿が見えない。

ぼくは、散歩の誘いと思いリードを口に銜えて、下りたことのないテラスから一気に芝生へ飛び下りた。

下りたはずみでリードを落としてしまった。

ぼくは、リードを拾わず奥様の声がする方へ脇目も触れず探した。

目が殆ど見えない中、声だけが頼りだった。

小さな耳をダンボのように広げた。

自分の尿などでマーキングしていた場所から、どんどん離れていった。

ここから先は、時空への扉。

＊　＊　＊

地面に鼻を擦りながら歩いた。
痛かったが、我慢することしか出来なかった。
愛しい奥様に逢えるための試練でもあった。
道なき道を歩き続けた。
また、遠くから奥様の声が聞こえた。
人目を気にすることなく、ぼくの名を大声で呼び続けた。
ぼくは、だれの力も借りず……道なき道を突き進んだ。
疲れた。
上の瞼と下の瞼が磁石のように合わさるのであった。
睡魔が襲ってきた。
開けようにも開かない。
そのまま、ぼくは深い眠りについた。

*　　　*　　　*

いつも、奥様の寝床にいるはずのぼくがいないことに気づいたご主人様は、家の周りを探しはじめた。

「鈴之助、隠れていないで出ておいで～！」

奥様が遠くへ旅立ったことで、心の整理がつかないご主人様は、人目を気にすることなく、ぼくの名前を大声で呼び続けた。

「鈴之助～！」「ベル～！」

ご主人様が、ぼくの名前を呼んでいることも知らず、奥様からの甘いささやき声が聞こえる方へと導かれるように突き進んだ。

見知らぬ世界へ。

ぼくは、だれの力も借りることなく奥様の声を頼りに、道なき道を突き進んだ。

疲れた。

上の瞼と下の瞼が磁石のように合わさるのであった。

開けようとしても開かない。

そのまま、深い眠りについた。

＊　＊　＊

どうにか、奥様の元にたどり着くことが出来た。

うれしかった。

「ご主人様！　ありがとうございました。

長い道のりでしたが、奥様に会うことが出来ました。

いま、奥様の腕に抱かれています。

涙が出るほど、うれしいです。

ご主人様！　ありがとうございます。いつの日かお会い出来る日を、奥様と一緒にお待ちしております。

それまで、からだに気をつけて頑張って下さいね。

さようなら〜、ありがとう〜」

ふたつの名を持つぼくは、満面の笑みで奥様の腕の中に抱かれて、ご主人様に向かって手を振った。

さようならとありがとうを連呼しながら、ぼくと奥様を包んだしゃぼん玉は、天高く時空へと舞い上がり消えていった。

翔平の不思議な世界

ありあけの月が、さ迷う夜明け前。
ひとりの青年が、月明かりを頼りに一軒の館を探していた。
額から溢れる汗が、足元へ滴り落ちていた。
青年の名は、鈴鹿《すずか》翔平《しょうへい》。
遥か遠くに一つの光が揺れ動く一軒家が、目に飛び込んできた。
翔平は、走った。
館に近づくに連れ、長蛇の列。
係員が、最後尾の看板を掲げて待っていた。
翔平は、腕時計を見た。
長短針は、午前二時四十八分を指していた。
焦った翔平は、係員に訊ねた。
「この列だと、何分待ちですか?」
「そうですね。この流れですと、約十分くらいですかね?

今日は、流れているほうですよ」

約束の時間までには、まだ余裕があった。

額の汗を、ハンカチで拭いた。

人の流れは、係員が言うように順調に流れていた。

館の門扉に近づくと、小さい男の子が手元に用意しているカラフルなカードを配っていた。

翔平に渡されたカードは、グリーン券だった。

こんな夜明け前から、子どもに手伝わせていることが、翔平には腹立たしかった。

一階建ての小さな館の中に、次から次へと人が吸い込まれるように消えて行った。

こんな小さな館に、どれだけの収容力があるのか不思議ではあった。

流れに逆らうことなく、言われるまま翔平も中へ。

正面に三基のエレベータが、大きな口を開けて待っていた。

平屋建ての館なのに、エレベータ付きである。

不思議な館である。

階段でも良いものの、両側に階段は見当たらなかった。

グリーン券を持つ翔平も、エレベータの中に誘導された。

たくさん並んでいたはずの人たちも、振り分けられたエレベータの中に消えてしまったのが、不思議でならなかった。

エレベータは、十名程度が入れる普通の大きさだった。

翔平が入ると、扉が自動的に閉められた。

なぜか、エレベータの中は息苦しかったのと、暗かった。

ひとりの若者が叫んだ。

「このエレベータ少し暗くないですか？」

「本当よ。もっと明るい光が欲しいわ」

隣に乗り合わせた婦人も、若者の話に乗っかったように話を合わせた。

奥に陣取っていた老人が、恥ずかしそうに帽子を頭から外した瞬間、暗かったエレベータ内が、一瞬にして明るくなった。

エレベータに乗り合わせた人たちは、光が強かったので目頭を手で押さえた。

眩しかった。

老人の頭には、髪の毛が一本もなかった。

突然、エレベータに設置されているスピーカーから、『玉造《たまづくり》みどりさん』次の階で降りて下さい。

女性の声で案内された。

エレベータに乗り込んだだけで人の名前をフルネームで読み上げられたことが、不思議だった。

エレベータに乗り込む前まで自分の名前を記入した記憶など、翔平にはなかったからだ。

翔平は、エレベータに識別できるカメラがあるのかを探して見たが、どこにも見当たらなかった。

静かにエレベータが止まった。

扉が開き、玉造みどりさんと入れ替わりに、車いすの少女が乗り込んできた。

車いすが入ってきたことで、ゆとりがないはずのエレベータかと思いきや、人と人との距離間は充分にあった。

ただ、翔平には一つだけ疑問に思うことがあった。

それは、平屋建てで奥行きのない館のエレベータが、どこに向かって動いているのか気になって仕方がなかった。

翔平がエレベータに乗り込んで数分経つのだが、なぜか上下左右に動いているような錯覚に陥っていた。

翔平は、乗り合わせた人たちに向かって、

「このエレベータ、さっきから上に行ったり下に行ったり、時には横に行ったりしているようですが、気になりませんか？」

「……」

誰一人、答えてくれなかった。

翔平は、腕時計を見た。

約束の時間が迫っていた。

焦った。

焦っていても、沈黙のエレベータの中では、どうしようも出来なかった。

突然、男性の声で『鈴鹿翔平さん』次の階で降りて下さい。

予期せぬ放送に、翔平は驚いた。

エレベータは静かに止まり、扉が開いた。

部屋は薄暗く奥正面に、一つのテーブルにスポットが照らされ、小さい可愛い女の子が座っていた。

またも、深夜労働に携わる少女である。

怒りが湧き上がるのを抑え、少女にやさしく声を掛けた。

「ご苦労様です。大変だね。何年生ですか？」

「……」

翔平を椅子に腰掛けるよう、少女は手招きで案内した。

正直、翔平は少女を軽く見ていて、後任に誰か着任するものと決め込んで、案内された椅子に腰掛けた。

待てど暮らせど、少女の交替となる人は現れなかった。

「あの～、わたしの窓口になってくれる方は、まだなんでしょうか？」

「目の前にいるわたしですが……」

「エッ、嘘でしょう？

わたしが抱えている悩みの相談相手ですよ？」

「はい。知っていますよ。わたしです」

「ふざけないで下さい。

小さいあなたに、わたしの何が分かるって言うんですか？」

翔平の怒りの声が、暗い部屋に響き渡った。

冷静な少女は、

「はい。あなたは、わたしたちに助けを求めて相談に来たのですよね。

違いますか?」

「そうですが……」

余りにも、あどけない少女の口から返ってきた答えが、翔平には受け入れられる言葉ではなかった。

「今でも、あなたはわたしを信用していませんよね。

しかし、わたしには、あなたの心の中が透けて見えているのです」

「エェッ、本当ですか?」

「本当です」

「じゃぁ、どんなことが分かるって言うんですか?」

翔平は、少女に詰め寄った。

「あなたは、人の目を気にする典型的な臆病者ですものね。

それでいて、あなたは見た目だけで、その人の人間味を判断していますものね。

それも、わたしを子どもだと決めつけて、会話に参加しようとせず、頭ごなしに威圧的な言葉に出ていますものね?」

的を射ている言葉に翔平は改めて、少女の顔を覗き込んだ。

突然、少女の顔が変形しはじめた。

少女↓女性↓老婆↓子犬。

変形自在にコロコロ変わる少女だった。

少女から女性へ。

「ウワァ〜!」

翔平は、驚きの奇声とともに恐怖の余り座っていた椅子ごと床に叩きつけられた。

この場から逃げたい翔平は、思うように体が動かなかった。

「鈴鹿翔平さん、落ち着いて下さい。

まだ、あなたの口から悩みをお聞きしておりませんよ。

聞かせていただけませんか?」

震えが止まらない翔平は、謎の女性に悩みを聞いてもらう、ゆとりなどなかった。

「あなたから寄せられた悩みごとは、人生に疲れ先行きが見えず、不安が募《つの》るばかりの相談ですが、間違いありませんか?

どうして、あなたは、そんなに急いで結論を出そうとしているのですか?

その理由を聞かせてください」

「……じ、じ、自分には、とても苦しく生きていける自信がなくなってしまいました。

なぜなら、やることなすこと全てが裏目に出て、みんなに迷惑を掛けているのです。

正直、行く先を見失い模索するも、出入り口が見つからず、自分が背負っている重荷を外すことが出来ません。

　心身ともに苦痛から解放されることで、安らぎの楽園と言われている別世界を旅することを心に決めました」

「そんな軽々しい考えだから、あなたの言葉に重みもなく無責任な行動が如実《にょじつ》に表れてくるんです。

　一番大切な慎重さが、欠落しているのです。

　一歩下がって考えれば、おのずと分かるはずの問題解決も見失って、あなたは逃げ回っているだけなのです」

　女性は、テーブルに置かれていたノートパソコンを、おもむろに開いた。

　ノートパソコンを、翔平に向けた。

「これから流れる映像は、あなたが誕生した日から今日までの記録映像です。

　この中には、喜怒哀楽が濃密に描かれていますので、目を背けることなく、しっかりと見届けて下さい。

　これが、あなたが歩んできた人生の一部始終です」

　翔平は、ノートパソコンの映像を食い入るように見つめ、釘付けになっていた。

翔平の目から大粒の涙が流れた。

翔平の様子が可笑しい。

「あなたの少年時代の映像には笑みが多かったのに、成長するにつれ顔の表情もこわばり、悔しがる場面も多く見受けられます。

なぜなら、少年時代のあなたの周りには、たくさんの友だちが集まり和気あいあいだったのに、大人になるにつれ、なぜか一人欠け二人欠け、やがて孤立していったのです」

翔平には、思い当たる理由が見つからなかった。

どのくらいの時間、映像を見続けたのだろうか。

映像に吸い込まれ飽きることはなかった。

女性も老婆に変わっていた。

老婆は、翔平の映像を見ながら、

「良いですか？　あなたは、ここの小さな石につまずき、転んで立ち上がったものの、小さい壁を見過ごしてしまいました。

いつしか、乗り越えられない高い壁を、自分で作ってしまったのね」

「どうすれば、この壁を取り除くことが出来るんですか？

お願いです。教えて下さい。

そうすれば、余計なことを考えないで、楽しく前向きに突き進めると思うのですが？」

「だから、あなたは甘えているんです。

今の映像の中に、たくさんのヒントが隠れていたはずです。

気づきませんでしたか？」

「……」

翔平は、映像を振り返るも、何一つ思い当たるヒントとなる答えを見つけることが出来なかった。

翔平の心の中は、過去の世界に戻りたい気持ちになっていた。

翔平の顔を窺う老婆だったが、いつの間にか子犬に変わっていた。

特に、翔平には違和感がなかった。

「あなたには、これからやるべきことがたくさん残っています。

これからでも、遅くはありません。

この壁を取り除いて、再出発して下さい。

これが、あなたに与えられた最後のチャンスです。

ただし、お金にまつわる魔物に執着しないことを誓ってくれれば、必ずや良い方向へ導かれることでしょう。

失敗から得られるものはたくさんあります。

若いあなたなら、荒波にも耐えられる体力と優れた才知があるはずです。

恵まれている才能を活かさない手法はありません。

もう、余計なことは考えず頑張りましょうよ」

子犬からの優しい言葉が告げられた瞬間、通された部屋が明るく照らされ、色とりどりのしゃぼん玉が舞っていた。

しゃぼん玉が破裂するたびに、不思議な世界の扉が閉まるカウントダウンがはじまった。

けたたましい目覚まし時計のベルが、部屋の中に置かれている観葉植物などに朝の知らせを告げた。

激しい音に驚いた大きなしゃぼん玉は、破裂と同時に子犬の姿も消えた。

清々しい心地良いすっきりした顔立ちの翔平が、不思議な世界から帰ってきた。

「お帰りなさい。

そして、おはようございます。翔平くん！」

最後まで、お読みいただきましてありがとうございました。

著者プロフィール

橋本 ひろ実（はしもと ひろみ）

郡山 還（こおりやま かえり）

1949年1月22日生まれ。
福島県郡山市出身。
神奈川県横浜市在住。
相模鉄道株式会社・横浜商工会議所出向（横浜市企画財政局派遣）・
株式会社京急アドエンタープライズに勤務し現在に至る。
「郡山 還」は、短編小説や創作童話を作成する際のペンネーム。

■著書
『時空の交差点』橋本ひろ実（2014年、文芸社）
『時空に翔る、夢』橋本ひろ実（2017年、文芸社）
『時空をさ迷う、しゃぼん玉』橋本ひろ実（2019年、文芸社）
『しゃぼん玉と美しの島』郡山 還（2021年、文芸社）
『風船は、しゃぼん玉の中へ』橋本ひろ実（2022年、文芸社）

子犬とやぶ蚊としゃぼん玉。

2024年11月15日　初版第１刷発行

著　者　橋本 ひろ実
　　　　郡山 還
発行者　瓜谷 綱延
発行所　株式会社文芸社
　　　　〒160-0022　東京都新宿区新宿1－10－1
　　　　　　　　　　電話　03-5369-3060（代表）
　　　　　　　　　　　　　03-5369-2299（販売）

印刷所　株式会社暁印刷

ISBN978-4-286-25855-3